문학적 감성과 영화적 상상

김외곤

경남 하동에서 태어났으며, 서울대학교 국어국문학과를 졸업하고 같은 대학교 대학원에서 현대문학 전공으로 문학박사 학위를 받았다. 서원대학교를 거쳐 상명대학교에서 근무하였다.

저서로 『한국 근대 리얼리즘 문학 비판』, 『한국 현대 소설 탐구』, 『문학과 문화의 경계선에서』, 『한국 근대 문학과 지역성』, 『한국 문학과 문화의 상상력』, 『얀이 들려주는 하늘에서 본 지구 이야기』(공저) 등이 있다.

김외곤 교수 유고 논문집
문학적 감성과 영화적 상상

초판 1쇄 인쇄 2018년 4월 3일
초판 1쇄 발행 2018년 4월 12일

지 은 이 김외곤
펴 낸 이 이대현
펴 낸 곳 도서출판 역락

책임편집 이태곤
편   집 권분옥 홍혜정 박윤정 문선희 추다영
디 자 인 안혜진 홍성권
마 케 팅 박태훈 안현진 이승혜

주 소 서울시 서초구 동광로46길 6-6 문창빌딩 2층(우 06589)
전 화 02-3409-2060(편집), 2058(영업)
팩 스 02-3409-2059
전자메일 youkrack@hanmail.net
홈페이지 www.youkrackbooks.com/
블로그 blog.naver.com/youkrack3888
등록번호 1999년 4월 19일 제303-2002-000014호

정가는 뒤표지에 있습니다.

ISBN 979-11-6244-210-4 93810

* 이 도서의 국립중앙도서관 출판시도서목록(CIP)은 서지정보유통지원시스템 홈페이지(http://seoji.nl.go.kr)와 국가자료공동목록시스템(http://www.nl.go.kr/kolisnet)에서 이용하실 수 있습니다.(CIP제어번호: CIP2018010487)

문학적 감성과
영화적 상상

김외곤 교수 유고 논문집

역락

　그와 함께 한 일들 중 가장 기억나는 것은 여행이다. 같은 직장
에 있을 때는 학생들과 학술 답사도 많이 다녔고, 직장이 떨어졌을
때도 방학 때마다 한국의 구석구석을 돌아다녔다. 가는 곳마다 그
의 해박한 지식들로 즐겁고 유익했다. 나는 그를 통해서 주심포 양
식이 어떤 것이고, 간지럼 나무가 어떻게 웃으며, 보리밭에 바람이
어떻게 부는 것인지 알았다. 그가 여행에 관련된 책을 쓰면 책머리
에 추천사를 쓰리라 계획했는데, 그의 유고 논문집에 이렇게 책을
내는 경위를 쓰게 되면서 깨닫는다. 그와 함께 다닌 무수한 여행들
이 끝났듯이, 삶이라는 여행도 더는 그와 함께 할 수 없게 됐다.
　그 친구는 생전에 나를 형이라 불렀다. 더 나이가 들어서 선후배
라는 개념조차 무화되는 고령의 시간을 우리는 함께 맞지 못했다.
그래도 우리는 언제나 친구였다. 수면 내시경에 사용되는 수면제는
고통을 줄이는 게 아니고, 고통의 기억을 삭제하는 거라고 한다.
기억하지 못하면 없었던 것이 되는 것이다. 이 논문집이 그와 세상
에서 인연을 맺었던 사람들에게 계속 그를 기억하게 했으면 한다.
우리 모두가 그를 잊는 순간 그는 세상에서 존재하지 않았던 사람
이 되기 때문이다.

친구는 문학부터 공부를 시작했다. 그러면서 관심을 문화와 영화 쪽으로 확장했다. 자연스럽게 그가 학생들을 가르치던 학과의 전공도 국문학에서 문화콘텐츠, 영화로 변해갔다. 순문학보다는 문화콘텐츠나 영화가 문화 전체를 주도하는 시대적 분위기와도 관련이 있겠지만, 친구 스스로도 새로운 것들에 적극적으로 대응하러 노력한 결과이기도 했다. 경남 하동의 조그만 바닷가 마을에서 태어난 그가 상경해 문학 공부를 통해서 임화와 김남천을 알았던 것만큼, 40이 넘어서 영화과 석사과정을 공부하며 임권택과 라스 폰 트리에를 알았던 것도 그에게는 소중한 발견이었다. 그는 30대 초반에 국문과 교수로 대학 생활을 시작해서 50대 초반에 영화과 교수로 대학 생활을 마쳤다. 이번 논문집은 기왕에 책으로 묶이지 않은 그의 논문들 중에서 문화와 영화에 관련된 논문들을 골라 실었다. 그의 생각이 그의 학문의 시작인 문학에서 어떻게 확장돼 나갔는지 알 수 있는, 문학 안에서 영화적 요소들을 살펴보는 논문들도 함께 넣었다. 자연스럽게 시기적으로도 가장 최근 논문들이 이 책에 담기게 되었다. 머리말은 친구가 세상을 떠나기 전 작업하고 있었던 두 책의 머리말을 같이 실었다. 『문화 이론의 이해』와 『영화 속의 춤』이라는 책이었다. 그 머리말들이 담고 있는 것이 이 책의 취지와는 조금 다르지만, 그 역시 친구의 유고이기에 이 유고 논문집의 머리말로 갈음하는 것도 의미 있다고 생각했다.

친구의 초임 교수 시절 제자였던 도서출판 역락 이태곤 편집이사와 교사 김성표 씨의 헌신적인 노력이 없었다면 이 책은 결코 세상에 나올 수 없었을 것이다. 또한 출판을 맡아준 이대현 대표의 후의에도 감사드린다. 대학시절부터 오랜 세월 친구였던 서울대학교 김종욱 교수가 학문적 감수를 맡았다. 그 외에도 일일이 거명할 수 없는 친구들과 제자들이 힘을 모았다. 그의 1주기를 맞아 내는 이 책이 그와 관련된 모든 사람에게 그가 세상에 없이 산 1년을 위로하는 것이 되길 바란다. 그의 가족들에게도, 특히 부인 김자영 씨에게도.

육 상 효

『문화 이론의 이해』 머리말

오늘날을 문화의 시대라고들 한다. 이제 문화는 오랫동안 담당해 온 전통적인 역할을 넘어서서 한 나라의 경제적 문제를 해결해 주는 역할까지 하고 있다. 바야흐로 문화가 발전한 나라가 문화를 이용해서 막대한 경제적 부를 축적하는 시대가 도래한 것이다. 한국도 예외는 아니어서 정부와 민간 부문에서 모두 문화 산업을 발전시키기 위해 많은 노력을 경주하고 있는 실정이다. 그 결과 대중가요와 영화를 필두로 하여 우리의 문화가 세계 곳곳으로 퍼져 나가는 현상이 벌어지고 있다.

이러한 문화 산업의 성패를 가름하는 결정적 요인 중의 하나는 문화에 대한 이론적 연구이다. 오랫동안 문화 이론에서 분석의 대상이 된 것은 고급 문화였다. 이론적 연구에 종사하는 사람들이 대부분 엘리트였기 때문에 그들이 자신들의 문화를 주된 연구 대상으로 삼았던 것은 어쩌면 당연한 일이었는지도 모른다. 하지만 산업적 관점이 개입되면서 문화 이론의 대상은 변화를 겪었다.

오늘날 문화 이론의 주된 대상은 대중문화이다. 대중문화와 고급문화는 일상과 맺는 관계의 유무에서 결정적 차이를 보인다. 전염성이 매우 강한 텔레비전 등을 통해 때를 가리지 않고 우리의 곁에 다가오는 대중문화는 일상생활을 거의 지배하다시피 할 정도로 강한 영향력을 미치고 있다. 그렇기 때문에 이러한 대중문화를 이론적으로 연구하는 일은 결국 우리의 일상생활에 대한 연구이며, 우리의 삶 전체에 대한 연구라고 할 수 있다.

영화를 시작으로 문화에 대한 연구를 하기 시작한 지도 벌써 10여 년이 지났다. 아직까지도 이 일을 계속하고 있는 것은 오로지 그동안 학교와 산업 현장에서 만났던, 한국의 문화와 문화 산업에 지대한 관심을 가졌던 사람들 덕분이다. 이론에 목말라 하던 그들에게 이 책이 작은 위안이라도 되기를 바란다. 끝으로 한결같은 열정으로 문화 관련 책을 지속적으로 출간하고 있는 글누림 관계자들에게도 감사한다.

2015년
태조산 기슭에서
저자

『영화 속의 춤』 머리말

영화는 그 속에 등장하는 인물로 인해 존재한다. 인물로 존재한다는 것은 그의 움직임이 우리의 뇌리에 잊힐 수 없는 어떤 의미를 전달한다는 것을 뜻한다. 영화의 중요한 표현 수단인 인물의 움직임에는 표정과 동작이 있다. 처음부터 작은 화면으로 시작한 텔레비전은 표정을 중요한 표현 수단으로 삼을 수밖에 없었지만, 큰 화면을 이용하는 영화는 표정에 과도하게 의지하지 않아도 되었다. 오히려 큰 화면을 채우는 데는 동작을 이용하는 것이 유리한 면이 많았다.

영화처럼 인간의 동작을 사용한 예술의 역사는 매우 길다. 그러한 예술 중의 하나가 바로 춤이다. 흔히 최초의 예술은 원시 종합 예술이라고들 한다. 먹고살기 위하여 채집과 수렵 생활을 하던 최초의 인류가 풍성한 수확물을 앞에 두고 기쁨을 어떻게 표현하였을까를 생각할 때 가장 먼저 떠오르는 것은 소리 지르기와 몸 흔들기이다. 주지하다시피 소리 쪽은 음악이나 문학 분야로 발전하였고, 몸 쪽은 춤이나 연극 분야로 발전하였다. 춤과 연극은 공통적으로 동작을 기반으로 하고 있지만, 춤 동작은 연극에서 볼 수 있는 동작에 비할 때 리듬에 맞추어진 것이 대부분이다. 그래서 춤은 음악과도 밀접한 관계를 맺게 된다. 원시인들이 기쁨에 들떠 추었던 최초의 춤은 자신의 심장 박동에 맞추어 몸의 근육을 자연스럽게 움직이는 수준이었지만, 이후 춤은 점차 복잡한 형태를 띠면서 여러 갈래로 분화하였다. 프랑스나 러시아의 궁정에서 즐겼던 발레는 우아한 음악에 맞추어 동작을 아름다움의 정점까지 끌어올린 경우라고 할 수 있을 것이다.

이처럼 오랜 세월을 통하여 소리와 동작이 어울린 복합 예술로 성장한 춤을 역시 소리와 동작을 기반으로 하는 영화가 주목했던 것은 너무도 당연한 일이었다. 이와 관련하여, 1927년에 최초의 유성 영화로 만들어진 <재즈 싱어>가 뮤지컬 영화였다는 사실을 기억할 필요가 있다. 이후 불과 몇 년 만에 화려한 춤과 음악으로 채워진 수많은 뮤지컬 영화가 미국 영화계를 장악하였다. 물론 지금도 뮤지컬 영화는 끊임없이 만들어지고 있다. 미국 할리우드보다 더 많은 영화를 만들어내는 인도 볼리우드가 대표적인 생산지이다.

춤을 전면에 내세운 뮤지컬 영화가 아니라도 춤이 등장하는 영화는 손으로 꼽을 수 없을 정도로 많다. 우리가 영화를 보면서 춤에 열광하는 것은 우리의 자아가 정신이 아니라 몸을 통하여 표현된다는 철학자들의 최근 논의와 무관하지 않다. 실제로 우리는 일상생활에서 자신의 존재를 정신이 아니라 육체를 통해서 느낄 때가 많다. 자아 정체성을 뚜렷하게 형성하기 시작하는 청소년들이 춤추는 사람에게 열광하고, 스스로 춤을 추면서 육체를 가꾸는 것도 같은 맥락에서 이해할 수 있을 것이다.

춤을 추는 육체는 영화 산업의 측면에서도 좋은 돈벌이 도구가 될 수 있다. 인간의 몸이 아름답다는 것을 보여 주기에 춤추는 모습보다 좋은 것은 많지 않다. 춤은 움직이는 육체를 통하여 관능적 자극과 쾌락을 선사하는 기능을 한다. 이를 잘 활용하면 영화관에 오는 관객들에게 좋은 볼거리를 제공하여 막대한 상업적 이익을 거둘 수 있다. 하지만, 남성의 시선을 끌기 위하여 여성의 육체를 대상으로 이런 일을 과도하게 벌이게 되면 커다란 반발을 불러일으키게 되고 심지어 사법적 판단의 대상이 되기도 한다.

주목할 만한 것은 최근의 페미니즘 이론가들이 춤추는 몸과 같은 여성의 육체를 외면하는 것이 아니라 오히려 주목하고 있다는 점이다. 남성에게 착취당하는 여성의 현실뿐만 아니라 여성다움에도 주의를 기울이고 있기 때문이다. 아니, 이제는 여성다움을 페미니즘의 중요한 대상으로 삼고 있기 때문이다. 이러한 여성다움을 나타내는 데 육체만큼 중요한 소재도 없다는 것은 쉽게 동의할 수 있을 것이다. 그래서 새삼스럽게 영화 속의 춤추는 몸도 학문적 연구의 대상이 되고 있기도 하다. 이 책도 이런 흐름에서 멀리 떨어져 있지 않다.

시간이 흐르면 우리가 보았던 영화들의 줄거리는 점차 망각되고 특정한 몇몇 장면만 뇌리에 남게 된다. 그 장면에 나오는 동작 중에서 가장 우아하게 남아 있는 것은 아마도 춤을 추는 동작일 것이다. 이 책이 우리의 기억 속에 남아 있는 춤을 떠올리게 하고, 그 영화를 보던 때를 떠올리게 하고, 그때의 추억이 세상을 살아가는 데 자그마한 보탬이 되기를 바란다.

과거에 맺었던 인연들을 소중하게 생각하며 늘 힘이 되어 주는 김자영에게 감사한다. 역시 과거의 일들로 인하여 스승에게 얽인 채 이 책을 만들게 된 이태곤도 이번 출간을 통하여 작은 보람이나마 느끼게 되기를 기대한다.

2016년
태조산 자락에서
저자

차 례

1부

1920~30년대 한국 근대 소설의 영화 수용과 변모 양상 _ 21

김남천의 프랑스 시적 리얼리즘 영화 수용 연구 _ 49
─「페페 르 모코」와 「이리」의 관련성을 중심으로

3부

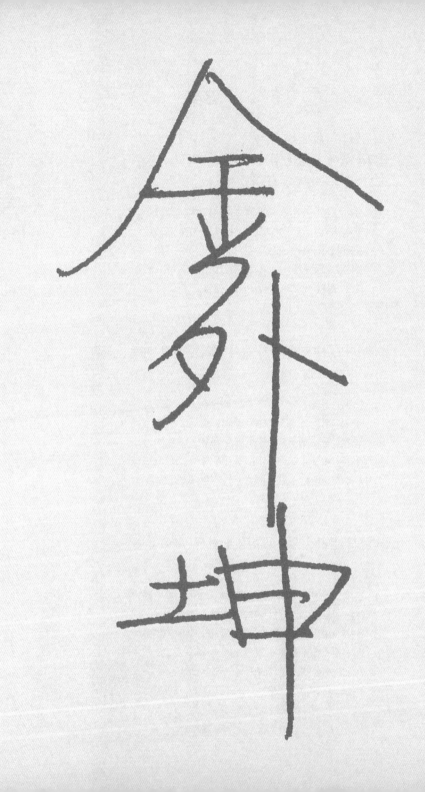

1부

1920~30년대 한국 근대 소설의
영화 수용과 변모 양상

1. 수입된 쌍생아로서의 소설과 영화의 교섭

임화의 이식문학론에 동의하지 않더라도 우리의 근대 문학이 서구의 문학 장르를 채용하면서부터 시작되었다는 의견을 부정하기란 쉽지 않다. 일본 유학을 다녀온 이인직에 의해 이식된 근대 소설이 이광수, 김동인 등을 거치면서 본격화되던 과정은 영화가 하나의 장르로서 자리를 잡는 과정과 시기적으로 거의 일치한다. 한국에서 영화는 1903년에 처음으로 야외에서 상영된 이래 1910년대에 전문 극장이 잇달아 개관하면서 점차 발전하였다. 그리하여

1930년대 이후에는 라디오와 축음기 등과 함께 대중문화의 형성을 선도하는 결정적 매개체가 된다. 이와 같은 영화의 발전상은 근대 도시 경성의 도시화와 맞물린 것으로, 모던 보이와 모던 걸이라고 하는 새로운 인간형을 만들어내기에 이른다. 전통 문화를 부정하고 서구 문화를 직접 수용하는 제도적 장치로서의 영화가 도시적 삶을 변화시키는 동안 그 세례를 받고 성장한 문학 분야의 모더니스트들은 옛날 이야기책을 읽고 자란 이전 세대와는 달리 영화와 문학의 교섭을 진지하게 고민하였다.

처음부터 영화와 문학의 상호 관계가 순탄했던 것만은 아니다. 고전 소설의 전통이 전해져 오던 소설에 비해 영화는 그러한 바탕이 없어서 하나의 독립적 장르로 자리 잡는 데는 상당한 시간이 걸렸던 것이다. 또 영화는 19세기 후반에 이르러서야 비로소 탄생하였고 무성 영화에서 유성 영화로 발전하는 데도 적지 않은 시간이 소요될 수밖에 없었다. 1910년대에 정립된 연출, 촬영, 편집 등의 기법을 계승하여 러시아 감독들에 의해 소비에트 몽타주(montage) 기법이 시도된 것도 1920년대 후반에 이르러서였다.[1] 그렇기

---

1) 미국의 영화감독 그리피스는 「인톨러런스」(1916)에서 전혀 다른 둘 이상의 장소를 병치시키는 평행 편집 또는 교차 편집을 시도하였고, 이에 자극을 받은 에이젠슈타인, 푸도프킨, 베르토프, 도브첸코 등 러시아의 영화감독들이 1920년대 중반 이후에 소비에트 몽타주라고 불리는 일련의 작업을 진행하여 몽타주 양식의 고전적 영화를 내놓았다. 데이비드 보드웰·크리스틴 톰슨, 주진숙·이용관 공역, 『영화예술』, 이론과 실천, 1997, 558면.

때문에 1920년 무렵까지 한국에서 영화는 연쇄극이라는 연극의 보조 수단이 되기도 하였다.

하지만 1930년에 접어들면서 이러한 사정은 더 이상 지속되지 않는다. 우선 봉건 시대에 집안에 갇혀 있던 여성들이 관객으로 새로이 등장하였고, 오랜 노력 끝에 유성 영화도 만들어졌기 때문이다. 이 시기에는 영화가 소설로부터 스토리를 제공받던 수동적 위치에서 벗어나 소설에 새로운 서사 기법을 제공하기도 하였다. 물론 영화와 소설의 관계에 대한 논의도 비교적 활발하게 이루어지게 되는데, 때때로 영화와 소설 진영에서 서로 자신들이 우월하다고 하는 주장도 나오기도 하였다. 그리하여 소설 쪽에서는 영화가 보다 발전하기 위해서는 교양이나 사상적인 수준에서 앞선 문학과 친화하고 협조해야 한다는 의견[2]을 제출하기도 했다. 이와는 반대로 영화 쪽에서는 소설이 지식적, 사색적인 데 비해 영화는 시선만으로도 사색 이상의 작용하기 때문에 그리고 경제적으로도 적은 돈으로 하룻밤에 몇 개의 소설을, 직접 사건의 움직임을 볼 수 있기 때문에 사실상 영화가 소설을 정복했다는 주장도 제기되었다.[3] 이런 와중에 '영화 소설'이라는 이름 아래 시나리오와 소설의 중간적 장르가 나타났는데, 이것은 영화적인 효과를 노린 소설의 하위 개념이라고 할 만한 것이었다.

---

2) 백철, 「문학과의 친화론」, 『조광』, 1939. 1, 105면.
3) 승일, 「라디오, 스폿트, 키네마」, 『별건곤』, 1926. 12, 107면.

영화 소설 이후 소설에 영화의 기법을 수용하는 일이 본격화되어 구인회 소속의 몇몇 작가들과 한때 카프에 소속되었던 작가들 가운데 일부 작가들의 작품들이 그 때까지와는 전혀 다른 소설적 면모를 보여 주었다. 그리하여 근대 과학과 기술 발전의 산물인 영화와의 교섭을 통해 우리 소설은 고전 소설의 수법으로부터 탈피하여 현대 소설로의 도약을 이룩할 수 있는 계기를 마련할 수 있게 된다. 이에 대한 연구는 1990년대 이후 본격화되어 이미 많은 성과들이 축적된 바 있다.[4] 아래에서는 이러한 기존의 성과들을 바탕으로 하여, 1920~30년대 한국 근대 소설이 영화를 수용하면서 어떻게 변화하였는지를 인물형, 소재, 서술 기법, 새로운 시간과 공간의 창조라는 분야로 나누어 밝혀보고자 한다.

---

4) 대표적인 연구 성과로는 다음과 같은 것들이 있다. 조연정, 「1920~30년대 대중들의 영화 체험과 문인들의 영화 체험」, 『한국현대문학연구』 14, 한국현대문학회, 2003 ; 강심호, 「유행, 대중적 감수성, 문학의 변모」, 『한국현대문학연구』 12, 한국현대문학회, 2002 ; 장일구, 「영화 기법과 소설 기법의 함수」, 『한국문학이론과 비평』 9, 한국문학이론과 비평학회, 2000 ; 김양선, 「1930년대 모더니즘 소설의 영화 기법」, 위의 책 ; 김경수, 「한국 근대 소설과 영화의 교섭 양상 연구」, 『서강어문』 15, 서강어문학회, 1999 ; 최혜실, 『한국 모더니즘소설연구』, 민지사, 1992 ; 김경수, 「현대 소설의 영화적 기법」, 『외국문학』, 1990 가을호. 이 가운데 장일구는 몽타주 등의 기법과 관련하여 그에 상응하는 대목이 소설에 있다고 해서 영화적 기법이 적용되었다고 하는 것은 난센스라고 하면서, 영화와 소설의 서사 기법이 호환되는 경우라고 보아야 한다고 했다. 이는 영화와 소설의 영향에 대한 단면적 이해를 경계하는 지적이라고 할 수 있을 것이다. 한편 김양선은 1930년대의 모더니즘 소설이 시간을 공간화하고 현재의 체험을 전경화하여 '비동시성의 동시성'을 텍스트적으로 실천하는 영화적 글쓰기를 시도한 것으로 보았다.

2. 새로운 인간형의 차용을 통한 소설의 변화

소설과 영화의 관련성을 소재의 측면에서 논의할 때 무엇보다도 두드러진 특징은 영화를 보고 자란 스트리트 보이(Street boy)들이 대거 소설에 등장했다는 점이다.[5] 영화는 짧은 시간 안에 많은 사람들에게 근대적 물질문명의 욕망을 전파할 수 있는 대중 매체의 일종이다. 봉건 시대에는 무엇이든 사람들의 입과 입을 통해 전달되었기에 유행이라는 것이 거의 성립되지 않았지만, 근대에는 영화 덕분에 유행이라는 것이 생겨나서 사람들로 하여금 서구적 유행에 민감하도록 만들었다.[6] 한편 1910년대에 미국과 유럽에서 거의 동시에 시작된 스타 시스템은 소위 스타로 불리는 영화배우들로 하여금 대중을 지배하는 최고의 인기인으로 군림하게 했다.[7]

---

5) 1920~30년대 대중문화의 형성에 결정적인 계기를 마련한 것은 영화이다. 유행을 뒤쫓는 '스트리트 보이'뿐만 아니라 '모던 걸'과 '모던 보이'의 등장에 영화만큼 커다란 영향을 미친 것은 없었다. 김진송, 『서울에 딴스홀을 허하라』, 현실문화연구, 1999, 160~163면.

6) 당시의 조선 영화계는 외국 영화가 수입되지 않았다면 유지되기조차 어려울 지경이었다. 외국 영화는 해마다 수입 편수가 늘었고, 그 중 유니버설사 중심의 미국 영화가 차지하는 비율이 95%였고 독일과 이탈리아 영화가 나머지 5%를 차지했다. 김학수, 『스크린 밖의 한국 영화사』 1, 인물과 사상사, 2002, 59~60면.

7) 세계 제1차 대전이 끝난 직후인 1919년에 이르면 영화의 선전은 물론이고 내용과 제작마저 스타를 중심으로 이루어지며, 이후 스타시스템은 영화 산업의 중심을 차지한다. 에드가 모랭, 이상률 역, 『스타』, 문예출판사, 1997, 25~26면.

극장에서 영화를 즐기던 관객들은 자주 작품에 나타난 스타의 성격과 현실 생활 속의 영화배우를 혼동하였고, 스타의 이미지에 매혹당한 채 그들을 모방하고자 하였던 것이다. 한편 미국의 경우 대중들이 상상하는 것 이상으로 스타의 과거가 그렇게 화려하지 않았다는 사실이 알려지면서 많은 사람들에게 평범한 사람이라도 제작자의 눈에 띄기만 하면 꿈을 실현시킬 할리우드로 진출할 수 있다는 믿음을 가지게 되었다.[8] 이런 현상은 비단 미국에만 국한된 것이 아니어서 얼마 지나지 않아 식민지 조선에서도 유사하게 되풀이된다. 그리하여 1920년대의 언론에는 영화배우가 되고 싶어 언론사에 영화배우가 되는 길을 문의하는 청년들의 고민이 나타나기에 이른다.

『문』 저는 열 여덜 살 먹은 청년이올시다. 수년 전부터 활동사진 배우를 불어워합니다. 그리하야 엇지하면 활동사진 배우가 될가 하야 마음을 태우고 잇스나 아모 도리가 업습니다. 엇더케 하엿스면 조켓습닛가. 가르처 주십시오. (견지동 김××)[9]

영화 화면에 등장하는 영화배우의 화려한 생활을 보고 영화배우가 되고자 하는 식민지 청년의 희망은 시간이 흐르면서 점차 서구

8) 루이스 자네티, 김진해 역, 『영화의 이해』, 현암사, 2000, 264면.
9) 「활동사진 배우 되기를 원합니다」, 『조선일보』, 1925. 12. 7.

인들과 똑같은 옷을 입고 똑같은 행동을 하고자 하는 유행으로 확산되었다.[10] 특히 서구 문물의 수입에 민감하였던 지식 청년 출신의 스트리트 보이들은 할리우드나 유럽에서 수입한 영화 속의 인물들을 흉내 내어 커피도 마시고 레코드를 통해 재즈 등의 음악을 듣기도 하였다. 소위 식민지적 잡종성의 문화가 뿌리를 내리기 시작했던 것이다. 물론 이러한 모방이 호미 바바가 이야기한 식민지적 모방, 즉 "거의 동일하지만 아주 똑같지는 않은 차이의 주체로서 개명된 인식 가능한 타자를 지향하는 열망"인지는 따로 논의해야 할 문제이다.[11] 하지만 그 효과 여부에 상관없이 영화를 통한 식민지 청년들의 모방은 상당한 열기를 띤 채 진행된 바 있다. 당시의 문학, 특히 소설에서 도시적 감수성을 작품 활동의 밑바탕으로 삼았던 모더니스트들의 작품에 이들 스트리트 보이들이 등장하는 것은 어쩌면 당연한 일이라고 할 수 있을 것이다.

---

10) 그 예로 무성영화 시대의 3대 희극왕 중 하나였던 해럴드 로이드의 「로히드의 야구」(1917년 제작)가 조선에 상영되자 로이드 안경과 맥고 모자의 로이드 스타일이 경성에도 유행했으며, 영화배우 발렌티노의 '귀밑머리'를 흉내 내어 뺨에다 염소 털을 붙였던 사실 등을 들 수 있다. 신명직, 『모던 쏘이, 경성을 거닐다』, 현실문화연구, 2003, 135면.

11) 호미 바바에 의하면, 식민지적 모방은 한편으로 식민 권력의 지배 전략적 기능을 강화하지만, 다른 한편으로 규범화된 지식과 규율권력에 내재적 위협이 되는 차이와 반항의 기능을 갖는다. 다시 말해 모방의 효과는 식민 담론의 권위를 심화하면서도 방해하는 이중성을 지닌다. 호미 바바, 나병철 역, 『문화의 위치』, 소명출판, 2002, 179면.

오후 두 시, 일을 가지지 못한 사람들이 그 곳 등의자에 앉아, 차를 마시고, 담배를 태우고, 이야기를 하고, 또 레코드를 들었다. 그들은 거의 다 젊은이들이었고, 그리고 그 젊은이들은 그 젊음에도 불구하고, 이미 자기네들은 인생에 피로한 것같이 느꼈다. 그들의 눈은 그 광선이 부족하고 또 불균등한 속에서 쉴 사이 없이 제 각각의 우울과 고달픔을 하소연한다. 때로, 탄력 있는 발소리가 이 안을 찾아들고, 그리고 호화로운 웃음소리가 이 안에 들리는 일이 있었다. 그러나 그것들은 이곳에 어울리지 않았고, 그리고 무엇보다도 다방에 깃들인 무리들은 그런 것을 업신여겼다.

어떤 때, 활동사진관으로 향하여야 마땅한 발길을 돌려 잡은 군인이 서너 명 이곳을 찾아와 군대에서나 같이 큰 목소리로 홍차를 명하였다. 그들은 암만 이 안에 있든, 이 곳 공기에 동화되지 않았다. 또 그들은 암만이든 그 곳에 있도록 끈기 있지 못하다. 사람들은, 그들이, 그 근대적 고아한 감정을 모른다고 비웃었다. 또 가엾어 하였다…….

구보는 아이에게 한 잔의 가배차와 담배를 청하고 구석진 등 탁자로 갔다.[12]

다소 우울한 분위기로 묘사된 이 글에 등장하는 젊은이들은 레코드를 틀어 놓은 다방에 가서 가배차(커피)를 마시거나 담배를 피

---

[12] 박태원, 『소설가 구보씨의 일일』, 문장사, 1938, 241~242면.

우는 일을 하고 있는데, 이러한 행위는 그들이 보았던 서구 영화의 주인공이 하는 행위와 하등 다를 바가 없다. 당시 조선에서 젊은이들 사이에 유행한 품목에는 유명한 할리우드 영화배우의 모자와 헤어스타일, 의상 등이 어김없이 들어 있었고 그들의 생활 방식도 그대로 수입되었던 것이다. 이와 같이 유행에 민감한 스트리트 보이들의 생활상에 대한 묘사는 결과적으로 우리 소설에 소비 지향의 근대적 인간형을 도입하는 계기가 되었다고 할 수 있다.

한편 영화 자체가 소설 속에서 이야기를 끌어가는 매개체로 등장하는 일도 자주 있었다. 이미 영화는 사람들의 일상 속에 깊숙이 자리 잡았기 때문에,[13] 스트리트 보이들이 주인공인 작품뿐만 아니라 그렇지 않은 작품에서도 인물들은 영화의 영향권에서 벗어날 수 없었던 것이다. 다음은 당시의 서울 청계천 주변을 공간적 배경으로 하고 있는 박태원의 『천변풍경』에서 따온 인물들 간의 대화 부분이다.

"참, 저어, 춘향전 보셨어요?"
"춘향전이라니?"
"웨, 요새, 단성사에서 놀리죠."
"활동사진 말이로구나. 거, 재밌나?"

---

13) 당시 대중들과 문인들의 영화 체험에 관해서는 조연정, 「1920-30년대 대중들의 영화 체험과 문인들의 영화 체험」, 앞의 글 참조.

"모두 좋다구들 그래요. 오늘, 동무 몇이서 구경가자구 맞
는데…, 영감 가치 안 가시렵쇼?"[14]

위의 대화에서 말하는 영화 「춘향전」은 이명우 감독에 의해 제
작된 1935년 작으로 「춘향전」 영화 가운데 두 번째로 제작된 작품
이다. 춘향이 역으로는 문예봉이 나오고 변사또 역에 한일송, 방자
역에 이종철이 출연하였는데, 한국 최초의 발성 영화여서 커다란
인기를 끈 바 있다. 그래서 입장료가 다른 영화의 두 배인 1원이었
음에도 상영관인 단성사 앞길은 인파로 메워질 정도였다. 이러한
영화 이야기가 당시의 시대상을 묘사하는 소설 속에서 다루어진다
는 것은 당연한 일이라고 할 수 있다. 이 소설에는 위의 장면 이외
에도 우미관에서 본 액션 영화(활극)에 열을 올리는 소년의 이야기
도 나올 정도로 영화가 도시인의 삶에서 차지하는 커다란 비중은
지대하다.

1930년대의 소설 가운데는 영화가 이야기를 전개하는 매개체 역
할에서 더 나아가 아예 영화가 소설 창작의 모티프가 된 작품도
찾아볼 수 있다. 이 경우에는 영화에 등장하는 인물과 사건을 바탕
으로 하여 소설 속의 인물과 사건이 구성되는 양상을 보였는데, 인
물의 경우에는 자본주의 사회에서 형성된 근대적 인간으로서의 성

---

14) 박태원, 『천변풍경』, 박문서관, 1938, 345면.

격을 강하게 지니고 있는 것이 특징적이다.

　어떤 날 오후, 봄이라지만, 아직도 치위가 완전히 대기 속에
서 가시어 버리지 않은 날, 나는 영화 상설관에서 「페페·르·
모코」를 구경하고 일곱 시경에 거리에 나섰다. 저녁을 먹어야
할 끼니때가 이미 지났으나, 곧 뻐스에 시달리면서 집으로 향할
생각을 먹지 않고, 어데 그늘진 거리나 거닐면서 지금 보고 나
오는 토키가 주는 아름다운 흥분을, 고지낙하니 향학하고 싶어
서, 나는 발을 뒷골목으로 돌려놓았다.
　서울의 빈약한 거리를 걸으면서도, 나의 상념의 촉수는 「카
즈바」의 소란하고 수상스러운 세계를 헤매고 있었다 「페페·
르·모코」가 소프트의 뒷전을 추켜서 머리에 올려 놓고, 줄이
반듯한 양복에 색 구두를 신고, 목에는 흰 명주 수건을 얌전히
둘러 감고서, 「카즈바」의 소굴을 탈출하야 계집을 찾어 부두로
향하던 그림이, 나의 머리를 떠나지 않는 것이다. 그의 어깨 넘
어로, 혹은 그의 눈이 부드치는 곳에서 한없이 움직이며 전개되
던 「카즈바」의 괴상한 골목이, 마치 빈약하고 단조로운 이 서울
거리인 양, 나의 앞에로, 지나치는 나의 길옆으로 자꾸만 자꾸
만 꼬리를 물고 버려지는 것이다. 이 「카즈바」의 헤아릴 수 없
는 수상한 분위기 속에 아름다운 「페페·르·모코」 — 장·갸
방의 얼굴이 기연히 솟아올라 나의 눈을 사로잡아 버리는 것이
다.[15]

---

15) 김남천, 「이리」, 『삼일운동』, 아문각, 1947, 62~63면.

위의 작품은 프랑스 영화 「페페 르 모코」를 보고 나온 주인공이 서울 거리를 영화 속의 거리인 것처럼 생각하면서 배회하다가 친구를 만나 영화 속의 이야기와 흡사한 실제 사건을 듣게 되는 것으로 구성되어 있다. 이 소설에서 작가가 주의를 기울이고 있는 것은 영화 속의 인물에서 볼 수 있는 바와 같이 강렬하면서도 악한 적인 성격을 창조하는 일이다. 결국 작가는 시골서 상경한 여성들을 매음굴로 팔아 넘기는 인신 매매범의 소탕 과정을 통해 영화 속의 서구 도시와 마찬가지로 자본주의적 도시로 성장한 서울의 어두운 측면을 보여주는 성격을 창조하는 데까지 나아간다. 비록 이 소설과 같은 경우를 많이 찾아볼 수는 없지만, 영화 자체가 소설 창작의 결정적 계기가 된 것은 주목할 만한 일이라고 할 수 있을 것이다.

이상에서 살펴본 것처럼 영화와 소설의 교섭 과정에서 소설은 영화가 만들어낸 스트리트 보이라는 신종의 인간형을 차용함으로써 근대적 면모를 일신할 수 있었으며, 영화를 이야기 전개의 매개체로서 이용하기도 하였다. 그리고 때로는 영화 자체가 소설의 창작 동기로 작용하는 경우까지 있었다. 이와 같은 영화와 소설 사이의 영향 관계는 당시 신개념의 예술이었던 영화의 서사 기법을 소설이 수용하는 단계에서 더욱 긴밀해진다.

3. 영화의 카메라 기법과 소설 서사 기법의 관련성

영화가 탄생한 지 불과 이삼십 년 만에 예술적 총아로 자리를 잡게 된 것은 영화에서 시간과 공간의 경계가 유동적이었기 때문이라고 해도 과언이 아닐 것이다. 영화에서 시간 개념의 중심 요소는 동시성이고 그 본질은 시간적 요소를 공간화 하는 데 있다. 그리하여 영화의 시간은 공간적 성격을 띠고 공간 역시 시간과 유사한 성격을 지니게 된다.16) 이러한 시·공간관을 표현하기 위해 영화는 각종 카메라 기법을 발명하였고 다른 어떤 예술 장르들과 뚜렷이 구별되는 편집 기술을 발전하게 된다. 클로즈업(close-up)과 같이 시간의 흐름을 일시적으로 중지시킬 수 있는 카메라 촬영 기법이나 플래쉬백(Flash-back)처럼 시간을 되돌리는 기법이 발명되고 서로 다른 시간에 일어난 사건을 동시에 보여주는 몽타주 이론 등의 편집 기술이 확립되었던 것이다. 이 가운데 클로즈업이나 미디엄 쇼트(midium shot), 딥 포커스 쇼트(deep focus shot) 등 카메라의 기법은 우리 소설이 현대 소설로 나아가는 데 결정적인 역할을 한다.

영화의 카메라 기법이 소설에 끼친 영향 중 먼저 꼽을 수 있는 것은 전통적인 서사 기법을 넘어설 수 있게 한 점이다. 과거의 우리 소설은 서술자가 말하기(telling)의 수법을 통해 사건의 전달하는

---

16) 하우저, 백낙정·염무웅 공역, 『문학과 예술의 사회사 - 현대편』, 창작과 비평사, 1974, 241~242면.

경우가 대부분을 차지하였다. 그렇기 때문에 독자들은 서술자의
진술을 통해 수동적으로 인물의 성격과 사건의 진행 과정을 파악
하는 경우가 적지 않았다. 말하자면 독자의 상상력을 상당 부분 제
약한 측면이 없지 않았던 것이다. 하지만 다양한 각도에서 촬영한
시각적 정보를 통해 사건을 전달하는 영화의 기법이 소설에 수용
하면서 말하기 대신 보여주기(showing)가 지배적인 서사 기법으로
자리를 잡게 된다. 소설에서 영화의 카메라 기법을 수용하기 이전
인 1920년대 전반에 발표된 소설과 영화가 문화 전반에 커다란 영
향력을 발휘하던 1930년대 후반에 창작된 소설을 비교해 보면 이
러한 특징은 훨씬 명확하게 드러난다. 아래에 제시한 첫 번째 인용
문은 1924년 6월에 『개벽』에 발표된 현진건의 「운수 좋은 날」에서
따온 것이고,[17] 두 번째 인용문은 구인회의 중심 멤버였던 박태원
이 1936년 8월부터 『조광』에 연재했던 『천변 풍경』의 일부이다.

(가) 정거장까지 가잔 말을 들은 순간에 경련적으로 떠는 손
유달리 큼직한 눈 울 듯한 아내의 얼굴이 김 첨지의 눈앞에 어
른어른하였다.
"그래 남대문 정거장까지 얼마란 말이요?"

17) 현진건의 작품을 1920년대 소설의 예로 든 것은 한국 근대 단편 소설을 확
립한 작가로 평가받고 있을 뿐만 아니라, 묘사나 플롯 등 문학 수법에 있어
서도 가장 높은 수준에 오른 작가 중의 한 명으로 평가받고 있기 때문이다.
백철, 『신문학사조사 : 근대편』, 수선사, 1948, 357~359면.

하고 학생은 초조한 듯이 인력거꾼의 얼굴을 바라보며 혼자말 같이,

"인천차가 열한 점에 있고 그 다음에는 새로 두 점이든가."
라고 중얼거린다.

"일 원 오십 전만 줍시요."

이 말이 저도 모를 사이에 불쑥 김첨지의 입에서 떨어졌다. 제 입으로 부르고도 스스로 그 엄청난 돈 액수에 놀랐다. 한꺼번에 이런 금액을 불러라도 본 지가 그 얼마만인가! 그러자 그 돈 벌 용기가 병자에 대한 염려를 사르고 말았다. 설마 오늘 내로 어떠랴 싶었다. 무슨 일이 있더라도 제일 제이의 행운을 곱친 것보다도 오히려 갑절이 많은 이 행운을 놓칠 수 없다 하였다.

"일 원 오십 전은 너무 과한데."

이런 말을 하며 학생은 고개를 기웃하였다.

"아니올시다. 잇수로 치면 여기서 거기가 시오 리가 넘는답니다. 또 이런 진날은 좀 더 주셔야지요."

하고 빙글빙글 웃는 차부의 얼굴에는 숨길 수 없는 기쁨이 넘쳐 흘렀다.

"그러면 달라는 대로 줄 터이니 빨리 가요."

관대한 어린 손님은 이런 말을 남기고 총총히 옷도 입고 짐도 챙기러 갈 데로 갔다.[18]

---

18) 현진건, 「운수 좋은 날」, 『한국소설문학대계』 7, 동아출판사, 1995, 483면.

(나) ① <u>해 뜨고 가는 비가 부실부실 나리는 오후다, 빨래터
위 골목 모퉁이집 문깐 옆에 기대어 놓인 쓰레기통 우에가 샘
터 주인은 올라 앉어서, 옆에 서 있는 칠성 아범과 한가로운 이
야기를 주고받고 있었다.</u>

② <u>"요새 금값이 자꾸 올라간다는군 그래."</u>

<u>곰방대를 빼어 물며, 민 주사집 행랑아범이 하는 말.</u>

③ <u>"그저 돈 있는 사람은 을마든지 돈 벌어 먹기루 마련된 세
상이지."</u>

<u>보기 좋게 가래침을 탁 뱉고, 빨래터 관리인이 하는 말.</u>

"하옇든, 새면 둘러 봐야 금점꾼이로군 그래. 그저 금광 거간
…."

"아, 그게 헐만 허니깐 그렇지. 으떡 허다 꿈이나 한번 잘 꾸
어, 노다지나 하나 얻어 걸리는 날엔 최챙액이 부럽지 않으니
까…."

"허지만, 그것두 얼마간 미천이래두 있어야 말이지. 그저 겅
깽깽이루야 말이 되나? 뭐, 등기만 허는 데두 백여 환이 든다
지 않어?"

"그러기에 없는 사람은, 또 수단대루 거간이래두 해서, 그저
매매계약 하나만 되면 멫 백 환씩 구문이 생기니…."

"그저 불상허긴, 돈 없구 수단 없구 헌 우리지. …넨—장헐
둔 한 가지 있담야 지금 세상에 정승판서 부럴 꺼 있나?"

"옳은 말야."

샘터 주인은 까칠까칠한 구레나룻을 억센 손가락으로 쓰윽

쓱 비비며 잠깐 고개를 끄덕이다가,

"그래두 여보. 당신은 우리안테다 대면, 갑부유, 갑부야."19)

인용문 (가)와 (나)는 두 사람의 대화를 제시하고 있다는 점에서
는 공통적이지만, 그 제시 방법에서는 상당한 차이를 보인다. 먼저
인용문 (가)를 보면 두 사람의 대화 중간에 서술자가 "제 입으로
부르고도 스스로 그 엄청난 돈 액수에 놀랐다. 한꺼번에 이런 금액
을 불러라도 본 지가 그 얼마만인가."와 같은 심리 묘사가 삽입되
어 있음을 알 수 있다. 3인칭 전지적 작가 시점으로 주인공의 내면
심리까지 드러내는 이러한 형상화는 전형적인 '말하기' 기법에 해
당된다. 물론 현진건의 소설은 당대 다른 작가들의 소설 작품들과
비할 때 등장인물 간에 서로 주고받는 대화를 통해 인물의 성격이
나 심리를 드러내는 '보여주기'의 수법도 상당히 잘 구사하고 있는
편이지만, 그 수준은 인용문 (나)에 훨씬 미치지 못한다.

인용문 (나)를 살펴보면 마치 영화 시나리오 콘티처럼 인물들 간
에 차례로 대화가 오갈 뿐만 아니라, "까칠까칠한 구레나룻을 억센
손가락으로 쓰윽 쓱 비비며 잠깐 고개를 끄덕이다가"에서 볼 수 있
듯이 그들의 행동에 대한 묘사까지도 거의 영화 시나리오 지문처
럼 지시되어 있다. 일반적으로 인용문 (나)처럼 두 사람의 대화를
그려내어야 할 때 영화에서는 소위 '180도 체계'라는 것에 따른

19) 박태원, 『천변풍경』, 앞의 책, 185~186면.

다.[20] 이 체계는 쇼트(shot)와 쇼트 사이에 공통된 영역을 만들어냄으로써 공간이 안정을 유지할 수 있도록 하는 것인데, 이 체계에서 가장 흔히 사용하는 화면 제시 유형 중의 하나는 '설정 쇼트(establishing shot) - 정사(shot) - 역사(reverse-shot)' 유형이다. 이 유형을 좀 더 자세히 설명하면, 먼저 대화하는 두 사람의 모습이 다 나오게 미디엄 쇼트 등으로 투 쇼트(two-shot)한 다음에, 말하는 사람의 얼굴이 화면에 가득 차도록 크게 찍는 클로즈업이나 등을 돌린 한 사람의 어깨 너머로 말하고 있는 사람의 얼굴을 찍는 오버 더 쇼울더 쇼트(over the shoulder shot) 등을 이용하여 차례차례 한 사람씩 말하는 모습을 배치하는 것이다. 즉, 대화하는 두 사람을 다 보여준 다음에 말을 건네고 있는 한 사람의 얼굴을 보여주고 이어서 그 사람에게 응대하는 다른 사람의 얼굴을 보여준다. 이를 그림을 이용하여 제시하면 아래의 <그림 1>과 같다.

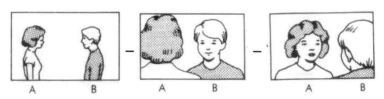

〈그림 1〉 '설정 쇼트 - 정사 - 역사'의 예시 화면[21]

20) 180도 체계의 자세한 내용에 관해서는 데이비드 보드웰·크리스틴 톰슨, 『영화예술』, 앞의 책, 321~335쪽 참조.
21) 위의 책, 322쪽을 바탕으로 임의로 편집하였음.

위에서 살펴본 '설정 쇼트- 정사- 역사'는 영화의 가장 기본적 화면 구성 및 편집 기법 중의 하나이기 때문에 비록 영화를 전문적으로 연구하는 전문가가 아닐지라도 누구나 영화를 한두 편만 감상해 보면 쉽게 받아들일 수 있는 것이다. 도시에서 태어나고 자라면서 영화를 포함한 도시 문명의 세례를 강하게 받았던 1930년대의 모더니스트 박태원도 이 점에서 예외는 아니었던 것으로 보인다. 인용문 (나)의 ①- ③이 거의 한 치의 오차도 없이 '설정 쇼트- 정사- 역사'의 유형을 그대로 따르고 있다는 사실이 그것을 증명한다. 소설에 나타난 이와 같은 변화는 그만큼 현대 문화의 총아로서의 영화 예술의 특성을 적극적으로 수용한 결과라고 할 수 있다.

한편 인용문 (나)에는 군데군데 마치 카메라로 촬영한 것처럼 인물의 외양을 묘사한 장면도 곁들여져 있다. 처음에는 멀리서 사람과 배경까지 한 화면에 담기게 찍는 롱 쇼트(long shot) 기법처럼 묘사하고 구레나룻을 손가락으로 비비는 장면에서는 인물의 얼굴만 보여주는 클로즈업(close-up)의 기법을 연상시키는 묘사를 시도하는 등 다양한 카메라 기법의 응용이 시도되고 있다. 이러한 장면 구성은 영상 매체의 위력이 하늘을 찌르는 오늘날에는 너무나도 일반화된 유형이지만, 사실 1930년대 이전의 소설에서는 찾아보기 힘든 것이었다. 이후 보여주기가 점차 지배적인 기법으로 자리를 잡으면서 독자들은 소설을 읽으면서 머릿속에 영화의 한 장면처럼 시각적 요소로 구성된 한 편의 장면을 떠올려야 했다. 물론 이와 같은 소설의 변화는 시각적인 것을 중심 요소로 하는 도시 문명의 발전 과정과 궤를 같이하는 것이라고 할 수 있다.

영화의 다양한 촬영 기법이 소설에 도입되면서 몇몇 소설가의 작품에서 마치 내레이션 없이 다양한 인물을 인터뷰하여 보여주는 다큐멘터리 영화나 옴니버스 영화처럼 서술자가 사라지거나 다수의 서술자가 등장하게 된 점도 주목할 만한 특징이다. 고대 소설은 물론이고 신소설과 초기 근대 소설에서도 일관된 서술자가 등장한 것을 염두에 둔다면 이러한 변화는 매우 혁신적인 것이라고 평가할 수 있을 것이다. 대표적인 예로는 과거에 카프 소속 작가로 활약한 바 있는 김남천의 「장날」이라는 작품을 들 수 있다. 우리는 "신여성과의 접촉이 없는 신세인지라 가끔 여성의 기질이나 풍속으로 심리를 배워올 뿐, 안티 클라이막스의 방법과 몽타주론과 「무도회의 수첩」22) 등의 수법 등을 잠시 고려해 보았을 정도"23)라는

---

22) 「무도회의 수첩(Un Carnet De Bal)」은 1937년에 쥘리앙 뒤비비에(Julien Duvivier)가 감독을 하고 마리 벨이 주연을 맡았던 보그의 흑백 영화로, 조선에서는 1939년에 개봉하였다. 주제는 세월의 흐름 속에 드러나는 인생의 허무함인데, 감독은 이를 이탈리아 코모 호반의 한 미망인이 16세 때 첫 무도회에서 함께 춤추던 남자들의 모습을 더듬으며 그들을 한 명씩 찾아다니는 방식으로 그려내었다. 젊은 시절의 낭만과 나이 든 후의 허망함을 대비시키는 수법이 매우 특징적인 영화이다.
23) 김남천, 「영화인에게 보내는 글」, 정호웅·손정수 공편, 『김남천 전집』 2,

작가의 진술을 통해 그가 평소 소극적이나마 영화의 기법에 관심을 두고 있었음을 알 수 있다. 「장날」은 아래에 제시한 소제목에서 보는 것처럼 특정한 서술자를 내세우기보다는 몇 사람의 진술과 조서, 독백 등으로 이루어진 작품이다.

소 거간이 사법 주임에게 본 대로 하는 이야기
의사가 만든 해부 검사, 진단의 보고 기록 중 한두 점
서두성이와 같은 오래에 사는 송관순이의 참고 심문지
병원에 누은 채 김종철이가 사법 주임에게 하는 고백담
서두성이의 안해 보비의 에누다리
무당의 입을 빌려 서두성이가 하는 이야기[24)]

통일적인 서술자를 등장시키지 않고, 그 대신 카메라를 들고 각각의 인물을 인터뷰하듯이 다양한 시각을 통해 사건의 실체에 접근하는 이 작품의 사건 전개 방식은 영화에서 자주 찾아볼 수 있는 기법이다. 이러한 기법이 소설에 수용됨으로써 우리 소설은 여러 가지 다른 시점들의 혼합과 각기 다른 내면적 체험의 제시 등을 통해 현대인의 정신적 풍경을 주관의 간섭 없이 객관적으로 담아낼 수 있는 가능성을 확보할 수 있게 되었다. 이것은 우리 현대

박이정, 2000, 196면.
24) 김남천, 「장날」, 『삼일운동』, 위의 책, 91~114면.

소설의 발전 과정에서 아주 중요한 의미를 지닌다고 할 수 있을
것이다.

4. 시간적, 공간적 병치 기법의 적극적 활용

현대적인 시간과 공간에 대한 관념을 보다 효과적으로 표현하기
위해 개발된 영화의 편집 기술이 소설에 끼친 영향은 실로 지대한
바 있다. 여러 편집 기술 중에서도 앞의 장면이 서서히 사라져가는
데 겹쳐서 다음 장면을 서서히 나오게 하여 점차 완전히 다음 장
면이 되게 하는 기법, 즉 서로 다른 사건을 한 화면에 보여주는 이
중노출(시나리오에서는 오버랩)과 서로 다른 단편적 화면을 새롭게
이어 붙여 실제 현실과 다른 영화적 시간과 영화적 공간을 만들어
냄으로써 새로운 현실을 보여주는 몽타주 이론은 더 이상 동질성
이 통일적으로 확보되어 있지 않은 파편화된 현대 세계를 보여주
는 데 매우 효과적인 기술이었다.[25] 특히 후자는 정신적인 세계와

---

25) 문학 분야에서 이와 같은 몽타주 이론의 긍정적인 측면을 옹호한 사람으로
　　독일의 극작가 베르톨트 브레히트를 들 수 있다. 그는 현실의 총체적 반영
　　을 주장하던 루카치에 맞서 예술을 통해 현실의 현상과 본질의 차이점과
　　부조화를 드러내 보이려고 하면서 도스 파소스(Dos Passos)식의 몽타주 기
　　법이 가진 장점을 인정하였다. 즉, 도스 파소스식의 몽타주 기법이 투쟁적
　　이고 복잡한 인간 상호 관계들을 묘사하는 데 일정한 기능을 발휘한다고
　　보았던 것이다. 게오르크 루카치 외, 홍승용 역, 『문제는 리얼리즘이다』, 실

실제 세계, 환상과 이성적인 사고를 하나로 연결할 수 있는 장점을 지니고 있었다. 일찍이 구인회의 멤버로서 심경 소설을 창작한 바 있는 박태원은 이러한 영화의 편집 기술에 대해 깊은 관심을 표출한 바 있다.

> 우리가 작품 제작에 잇서, 새로운 수법을 시험하여 보는 것은, 언제든 필요한 일이요, 또 의의 있는 일이다.
>
> 여긔서 우리는 영화 수법의 효과적 응용이라는 것에 관하야, 생각하여 보기로 한다.
>
> 이 새로운 예술, 영화는, 그 역사가 지극히 새로운 것임에도 불구하고, 짧은 시일에 그러케도 비상한 진보를 우리에게 보였다. 그와 함께, 그것은 우리가 배흘 제법 만흔 물건을―, 특히 그 수법, 그 기교에 잇서, 가지고 잇다.
>
> 나는 그 중에서도 특히『오우뻬랩』의 수법에 흥미를 늣긴다. 그리고 나는 실제로 나의 작품에 잇서, 그것을 시험하여 보앗다. 그러나 물론 그것은 나만이 생각할 수 잇섯든 것은 아니엿슬께다. 최근에,『울리시―즈』를 일고,『쩨임스·쪼이스』도 그가 큰 시험을 한 것을 알엇다.[26]

물론 박태원은 이중 노출, 즉 오버랩의 핵심이 '과거와 현재의

천문학사, 1985, 130면.

26) 박태원,「표현・묘사・기교」,『조선중앙일보』, 1934. 12. 31.

교섭, 현실과 환상의 교착'을 동시에 효과적으로 표현하는 데 있다
는 것을 잘 알고 있었다. 그래서 그는 위에 인용한 글의 끝 부분에
서 스스로 밝힌 바처럼 「소설가 구보씨의 일일」의 일부를 과거와
현재를 동시에 보여주는 수법으로 창작하기도 하였다. 박태원을
위시하여 당시의 몇몇 작가들이 즐겨 썼던 몽타주 기법의 한 측면,
즉 시간의 병치와 공간의 병치는 영화의 편집 기법 중에서 비교적
쉽게 소설에 수용할 수 있는 방법이었다. 특히 인물의 심리를 묘사
하는 데 목적을 두고 있는 심리 소설에서 유용하게 사용할 수 있
었다.

(가) 나는 잠시 그 계간 유수(溪間流水) 같은 목소리의 주인
C양의 얼굴을 들여다본다. C군이 범과 같이 건강하니까 C양은
혈색이 없이 입술조차 파르스레하다. 이 오사게라는 머리를 한
소녀는 내일 학교에 간다. 가서 언더— 더 워치의 계속을 배운
다.
사람이—
비밀이 없다는 것은 재산 없는 것처럼 가난하고 허전한 일이
다.
강사는 C양의입술이 C양이 좀 회(蛔)배를 앓는다는 이유 외
의 또 무슨 이유로 조렇게 파르스레한가를 아마 모르리라.
강사는 맹랑한 질문 때문에 잠깐 얼굴을 붉혔다가 다시 제
위치의 현격히 높은 것을 느끼고 그리고 외쳤다.

「쪼꾸만 것들이 무얼 안다고―」

그러나 연이는 히힝 하고 코웃음을 쳤다. 모르기는 왜 몰라 ―연이는 지금 방년이 이십, 열여섯 살 때 즉 연이가 여고 때 수신과 체조를 배우는 여가에 간단히 속옷을 찢었다. 그리고 나서 수신과 체조는 여가에 가끔 하였다.[27]

(나) 「C양! 내일도 학교에 가셔야 할 테니까 일찍 주무셔야지요」

나는 부득부득 가야겠다고 우긴다. C양은 그럼 이 꽃 한 송이 가져다가 방에다 꽂아 놓으란다.

「선생님 방은 아주 살풍경이라지요?」

내 방에는 화병도 없다. 그러나 나는 두 송이 가운데 흰 것을 달래다 왼편 깃에다가 꽂았다. 꽂고 나는 밖으로 나왔다.

국화 한 송이도 없는 방안을 휘―한 번 둘러보았다. 잘하면 나는 이 추악한 방을 다시 보지 않아도 좋을 수―도 있을까 싶었기 때문에 내 눈에는 눈물도 고일밖에―

나는 썼다 벗은 모자를 다시 쓰고 나니까 그만하면 내 연이에게 대한 인사도 별로 유루(遺漏) 없이 다 된 것 같았다.

연이는 내 뒤를 서너 발자국 따라 왔든가 싶다. 그러나 나는 예년 시월 이십사 일 경에는 사체가 며칠만이면 상하기 시작하는지 그것이 더 급했다.[28]

---

27) 이상, 「실화」, 김윤식 편, 『이상 문학 접집』 2, 문학사상사, 1991, 362면.
28) 이상, 「실화」, 위의 책, 363~364면.

위의 인용문은 각각 시간적 병치와 공간적 병치의 수법을 보여
주는 좋은 예이다. 글 (가)에서 서술자는 현재 C양의 파르스름한
입술을 보고 있으면서, 동시에 과거에 자신이 사귀었던 입술 파란
연이의 모습을 상상하고 있다. 말 그대로 현재와 과거가 동시에 제
출되고 있는 것이다. 물론 이처럼 이질적인 시간적 요소의 동시적
으로 제시하는 것은 현재와 과거의 상호 관련을 보여주기 위해서
이기도 하고 시간의 흐름을 자유자재로 넘어서고자 하는 의식의
흐름을 보여주기 위해서이기도 하다. 인간 외부의 객관적 세계의
묘사를 목적으로 하지 않고 인간 내면의 묘사를 목적으로 하는 심
리 소설에서 이런 기법을 사용한 것은 자연스러운 현상이라고 할
수 있다. 한편 글 (나)에 사용된 것은 공간을 병치하는 기법이다.
국화 한 송이 없는 나의 방과 연이와 이별하는 그녀의 방이 동시
에 제시되고 있다. 시간의 병치와 마찬가지로 공간의 병치 역시 물
리적 한계를 쉽게 뛰어넘어 서로 이질적인 두 요소를 결합시킴으
로써 새로운 효과를 노리고 있다.

이제까지 논의한 바와 같이 시간과 공간의 병치라는 영화 편집
기법의 수용은 소설의 허구적 공간을 대폭 확장시켜 주었다. 뿐만
아니라 인간의 내면 풍경을 예전보다 훨씬 풍부하게 그려낼 수 있
는 가능성을 열어 주었다.[29] 그만큼 이 기법이 한국의 근대 소설

---

29) 이러한 현상은 서구 소설에서도 마찬가지였는데, 이에 대해서는 최만산, 『소
    설과 영화』, 신아출판사, 2005 참조.

의 발전 과정에 기여한 바는 지대한 것이었다고 할 수 있다.

5. 맺음말

영화와 소설의 상호 교류를 주로 소설에서 수용한 영화적 기법을 중심으로 살펴보았다. 이제까지 논의한 내용을 요약해 보면, 먼저 영화의 수용 이후 우리 근대 소설 속에 영화를 보고 자란 스트리트 보이(Street boy)들이 대거 등장인물로 형상화되기 시작하였다. 이후 시간이 흐르면서 영화를 이야기 전개의 매개체로서 이용하거나 영화 자체를 모티프로 소설을 창작하는 사례도 나타나게 되었다. 한편 영화의 카메라 촬영이나 편집 기법도 소설에 지대한 영향을 끼쳤는데, 대표적인 것으로 전통적인 서사 기법인 말하기 대신 보여주기가 새로운 서사 기법으로 우뚝 서게 된 것을 들 수 있다. 이 밖에도 일부 실험적 작품들에서는 주도적인 서술자가 아예 설정되어 있지 않거나 다수의 서술자가 설정되기도 하였으며, 시간과 공간의 병치라는 기법을 수용함으로써 소설의 허구적 공간이 크게 넓어지거나 인간의 심리가 깊이 있게 묘사되기도 하였다.

영화의 수용으로 촉발된 이와 같은 여러 가지의 변화 과정을 통하여 우리의 소설은 비로소 현대 소설적 면모를 갖출 수 있었다. 특히 일관되고 통일적인 서술자를 약화시킨 점은 중요한 성과이며,

시간과 공간의 병치 기법은 현대 소설의 수준을 한 단계 높이는
데 결정적인 역할을 담당하였다고 평가할 수 있다. 그런데 여기서
한 가지 꼭 짚고 넘어가야 할 것은 이와 같은 영화적 기법의 도입
이 단지 소설의 기법을 풍부하게 하는 데에만 머무르지 않는다는
점이다. 영화가 시간과 공간에 대한 새로운 관념에 기초하는 있기
때문에, 영화의 기법을 도입하는 것은 그러한 관념을 받아들이는
것과 밀접하게 관련을 맺고 있었다. 다시 말해 소설은 영화의 기법
을 받아들임으로써 영화가 바탕으로 하고 있는 시간과 공간의 상
대성, 내면적 체험의 비고정성 등을 수용하지 않을 수 없었던 것이
다. 소설과 영화의 관련성을 연구하는 앞으로의 연구는 이 점을 더
욱 깊이 있게 규명하는 데 초점을 맞추어야 할 것으로 생각된다.*

---

* 출전 : 「1920~30년대 한국 근대 소설의 영화 수용과 변모 양상」, 『한국문학
이론과 비평』 32, 한국문학이론과 비평학회, 2006.9.

김남천의 프랑스 시적 리얼리즘 영화 수용 연구

「페페 르 모코」와 「이리」의 관련성을 중심으로

1. 우리 근대 문학 예술과 프랑스 문학 예술의 교섭

일본을 경유하여 수입된 서구의 근대 문학 예술은 한국 근대 문학 예술의 형성에 커다란 역할을 담당한 바 있다. 개화기에 투르게네프나 톨스토이가 주축이 된 러시아 문학 못지않게 우리에게 커다란 영향을 미친 문학은 프랑스 문학이다. 이미 이 시기에 19세기 프랑스 문학의 걸작인 알렉산더 뒤마의 「몽테 크리스토 백작(암굴왕)」, 「철가면(무쇠탈)」과 빅토르 위고의 「레 미제라블(장발장)」을 필두로 하여 여러 작품들이 수입되기 시작한다. 계몽적 성격을 다분히 지닌 청소년용 도서로 일본을 통해서 수입되었지만, 이들 소설들은 근대적 독서 욕구는 물론이고 이국 취미까지도 어느 정도 해소시키는 데 적지 않은 공헌을 하였던 것이다.

이후 1910년대 중반 무렵부터는 말라르메, 베를렌 등의 프랑스 상징주의 시가 황석우나 김억 등에 의해 『태서문예신보』에 소개됨으로써 근대 자유시를 확립하는 데 밑거름이 된다. 또 1920년대에는 김동인이 모파상의 작품을 사숙하면서 이 땅에 본격적인 단편소설 형식을 확립하였고, 김기진이 앙리 바르뷔스의 클라르테 운동을 수입하여 신경향파 문학이 태동할 수 있는 토대를 마련하게 된다. 우리의 근대 문학이 어느 정도 본격적인 궤도에 오른 1930년대에도 르누아르의 작품이 이효석에게, 프란시스 잠의 시가 윤동주에게, 발자크의 소설이 김남천에게 영향을 끼치는 등 프랑스 문학 예술과 우리의 문학 예술간의 교섭은 활발하게 지속된 바 있다.

이처럼 프랑스 문학 예술이 폭넓게 수입된 까닭에 대해서 1930년대의 평론가 이헌구는 '프랑스의 문학예술이 굵거나 음산하거나 강렬하거나 잔인하지 아니하면서 인생 현실에 대한 가장 명석한 통찰과 또는 인간의 자유로운 향혼(香魂)을 내포하고' 있기 때문이라고 분석한 적이 있다.[1] 그의 말대로 확실히 프랑스의 문학 예술

---

1) 이헌구, 「불문학·영화와 조선」, 『조광』, 1939. 7, 167면.

은 인간의 운명 또는 한계 상황과 같은 무거운 주제를 다루는 러시아나 북구의 문학 예술 혹은 의미를 강조하는 영미권의 문학 예술에 비해 감각과 정서를 중시하는 특징으로 인해 우리 근대 문학이 낭만적인 성격을 확립하는 데 많은 기여를 한 것으로 보인다. 더구나 프랑스의 근대 문학 예술 가운데 세기말의 퇴폐적 낭만주의는 국권을 상실한 채 식민지 상황에 처한 우리 민족의 처지에서 받아들이기에 별다른 장애 요소가 없었다고 할 수 있을 것이다.

문학 못지않게 1895년에 프랑스의 뤼미에르 형제가 발명한 영화역시 식민지 조선에 커다란 영향을 준 예술 장르이다. 기계 문명에 의해 새로운 예술로 등장한 영화는 할리우드의 제작 시스템이 자리를 잡으면서 점차 미국이 주도권을 행사하게 되지만, 적어도 1930년대 후반의 조선에서는 프랑스 영화가 할리우드 영화와 자웅을 겨루는 형국이 펼쳐진다. '시적 리얼리즘' 혹은 '사회적 판타지'라고 명명된 이 시기의 프랑스 영화는 세기말의 퇴폐주의와 마찬가지로 허무주의적이고 낭만주의적인 색채를 짙게 드리웠기에 식민지 치하의 조선인에게 동일시 효과를 불러일으켜 수월하게 수용될 수 있었던 것으로 생각된다.

이 시기에 자크 페데의 영화나 시인 자크 프레베르의 감각적인 대본에 기초한 마르셀 카르네의 영화와 더불어 식민지 조선에 수입되어 흥행에 성공한 것은 「페페 르 모코(Pépé le Moko)」[2](1937),

「무도회의 수첩(Un carnet de bal)」(1937) 등 쥘리앙 뒤비비에가 연출한 영화이다. 당시로서는 놀라울 정도로 많은 관객을 동원하여 새로운 흥행 기록을 세운 그의 작품은 일반인들뿐만 아니라 많은 문학 예술가에게 지울 수 없는 흔적을 남기게 된다.[3] 이 글에서는 그러한 뒤비비에의 영화를 보았던 문인들 가운데 특히 자신의 작품 속에 영화의 내용을 직접 끌어들인 김남천을 중심으로 1930년대 프랑스의 시적 리얼리즘 영화와 우리 근대 소설의 관계를 살펴보고자 한다.

그동안 프랑스 시적 리얼리즘 영화에 대한 해외에서의 연구는 조르주 사둘 등의 학자에 의해 프랑스 영화사의 한 부분으로 연구되거나,[4] 세계 영화사의 한 부분으로 연구되어 왔다.[5] 그리고 아

---

2) 1930년대의 몇몇 잡지에서는 처음에 「페페 르 모코」라는 원래 제목을 쓰기도 하였으나, 영화가 상영되던 무렵에 이르러서는 「망향」으로 바뀐 제목을 주로 사용하였다.

3) 임화의 경우 「신극은 어디로 갔나 영화 조선의 새 출발」(『조선일보』, 1940. 1. 4)이라는 좌담회에서 연극 관중과 영화 관중을 구별하면서 전자는 「추월색」 독자와 같은 풍이라고 하고 후자는 '페페 르 모코'를 좋아하는 세련된 관중이라고 부를 정도였다. 심지어 김기림은 "아직 '페페 르 모코'에 필적하는 한 편의 미국 영화를 본 일이 없다"고 단언하기도 하였다. 김기림, 「동양의 미덕」, 『문장』, 1939. 9, 166면.

4) 대표적인 연구 성과로는 Georges Sadoul, Histoire du cinéma français, Paris : Flammarion, 1962 ; Jean-Pierre Jeancolas, Histoire du cinéma français, Paris : Nathan, 1995 ; 뱅상 피넬 외, 김호영 역, 『프랑스 영화』, 창해, 2000 ; 김호영, 『프랑스 영화의 이해』, 연극과인간, 2003 등이 있다.

5) 국내에 소개된 잭 엘리스, 변재란 역, 『세계영화사』, 이론과 실천, 1998 ; 제라르 베통, 유지나 역, 『영화의 역사』, 한길사, 1999 ; 제프리 노웰-스미스

래에서 다루게 될 뒤비비에를 비롯하여 장 르누아르, 마르셀 카르네, 자크 페데, 장 비고 등 영화 감독에 대한 개별 작가론도 상당수 존재한다.[6] 한편 영화와 우리 근대 문학 내지 문화와의 관계에 대한 최근의 연구 성과 중에서는 김경수, 김양선, 강심호, 황호덕, 권혁웅, 조연정, 한옥희, 김외곤 등의 논문이 비교적 주목할 만하다.[7] 이들 논문에서는 영화의 수입이 우리의 근대 소설 및 근대

편, 이순호 외 역, 『옥스퍼드 세계영화사』, 열린책들, 2005 ; 크리스틴 톰슨 · 데이비드 보드웰, 주진숙 외 역, 『세계영화사 : 음향의 도입에서 새로운 물결들까지 1926~1960s』, 시각과 언어, 2000 등 대부분의 책들이 프랑스 시적 사실주의를 1930년대 세계 영화의 대표적 경향으로 자리 매김한다.

6) 뒤비비에에 관한 대표적인 작가론으로는 Eric Bonnefille, Julien duvivier : le mal aimant du cinema français vol.1 1896-1940, L'Harmattan, 2002 ; Yves Desrichard, Julien Duvivier : Cinquante ans de noirs destins, BiFi, 2001 ; Pierre Leprohon, Julien Duvivier, Paris : Anthologie du cinéma, 1968과 Raymond Chirat, Julien Duvivier, Premier Plan, 1968을 들 수 있다. 다른 감독들에 대한 연구 목록은 김호영, 『프랑스 영화의 이해』, 앞의 책, 2003의 참고문헌에 정리되어 있다.

7) 김경수, 「한국 근대 소설과 영화의 교섭 양상 연구」, 『서강어문』 15집, 서강어문학회, 1999 ; 김양선, 「1930년대 모더니즘 소설의 영화기법」, 『한국문학이론과 비평』 9집, 한국문학이론과 비평학회, 2000 ; 강심호, 「유행, 대중적 감수성, 문학의 변모」, 『한국현대문학연구』 12집, 한국현대문학회, 2002 ; 황호덕, 「한국 모더니즘과 영화 - 이상(李箱), 메트로폴리탄, 활동사진」, 『한국사상과 문화』 15집, 한국사상문화학회, 2002 ; 권혁웅, 「영화의 문법과 시의 문법」, 『한국문학이론과 비평』 16집, 한국문학이론과 비평학회, 2002 ; 조연정, 「1920-30년대 대중들의 영화 체험과 문인들의 영화체험」, 『한국현대문학연구』 14집, 한국현대문학회, 2003 ; 한옥희, 「문학과 영화의 만남 - 문학과 영화의 서사성 등을 통한 접근과 경계 허물기」, 『돈암어문학』 17집, 2004 ; 김외곤, 「1920~30년대 한국 근대 소설의 영화 수용과 변모 양상」, 『한국문학이론과 비평』 32집, 한국문학이론과 비평학회, 2006 ; 김외곤, 「1930년대

문화에 끼친 영향, 예컨대 시각적 감수성의 혁신이나 몽타주 등의 기법 수용 등이 자세하게 분석되어 있다. 하지만 1930년대 프랑스의 시적 리얼리즘이라는 특정한 영화 조류가 우리의 문학 및 문화에 끼친 영향은 거의 연구되어 있지 않다. 이러한 분야는 영화와 문학의 관계에 대한 학제 간 연구가 좀 더 진행되어야 활발하게 다루어질 수 있을 것이다. 따라서 프랑스 시적 리얼리즘 영화를 관람한 후의 감상이 소설 창작에 개입되는 양상을 밝히려 하는 이 글은 그러한 학제 간 연구를 활성화하기 위한 하나의 시론(試論)에 지나지 않음을 미리 밝혀 둔다.

2. 시적 리얼리즘 영화의 발흥과 조선에서의 수용

뤼미에르 형제가 영화를 발명한 이래 멜리에스가 20세기 초에 허구적 이야기를 영화에 도입함으로써 영화는 예술 장르의 하나로 자리를 잡게 된다. 파테와 고몽이라는 영화사를 중심으로 제1차 세계대전 전까지 세계 영화계를 선도하던 때가 프랑스 영화의 첫 번째 전성기라고 할 수 있다. 하지만 전쟁 중인 1910년대 후반에 할리우드 시스템이 자리를 잡으면서 세계 영화의 주도권은 미국으로

프랑스 영화 「무도회의 수첩」의 수입과 그 영향」, 『우리 춤 연구』 4집, 우리 춤연구소, 2007.

넘어가고 영화를 발명한 프랑스 영화계는 고전을 면하지 못한다. 이러한 프랑스 영화계가 다시 한 번 전성기를 맞게 되는 것은 1930년대인데, 이 시대를 풍미한 영화가 바로 시적 리얼리즘 영화이다. 1927에 토키가 발명되어 유성영화가 등장하면서 유럽 각국의 사람들은 자기 나라의 언어로 된 영화를 원하게 되거니와, 프랑스의 경우 발자크, 위고, 졸라 등의 사실주의 문학의 전통이 영화에 적지 않은 영향을 주어 각색을 통한 문학 작품의 영화화가 활발하게 이루어진다.[8] 말하자면 시적 리얼리즘은 문학과의 결합을 통해 전성기를 맞이하게 되는 것이다.

프랑스의 영화학자 조르주 사둘에 의해 '시적 리얼리즘'으로 명명된 1930년대 프랑스 영화의 주류는 1920년대에 독일에서 일어난 '슈트라센슈필(Straβenspiel)' 영화 운동의 계승자라고 할 수 있다. 파브스트(Pabst) 감독에 의해 비롯된 이 '거리의 영화'는 러시아의 몽파주 학파와 어깨를 나란히 한 표현주의 영화가 기술적 요소를 중심으로 이미지의 조작과 화면의 구성을 중시하는 데 불만을 품고 스튜디오로부터 뛰쳐나가 자연스러운 일상생활의 장면들을 화면에 담고자 하였다.[9] 즉, 미국 고전주의 영화에 대한 전복이라는 목적을 달성하기 위해 과도한 형식적 실험을 행한 표현주의 영화

---

8) 정태수, 「현실과 감성을 넘어 : 1930년대 프랑스 시적 리얼리즘 영화」, 『영화연구』 26호, 한국영화학회, 2005, 357~359면.
9) 김호영, 『프랑스 영화의 이해』, 앞의 책, 25면.

운동에 대하여 염증을 표현한 것이 슈트라센슈필 영화였던 것이다. 1930년대 프랑스의 시적 리얼리즘 영화는 이러한 슈트라센슈필 영화를 모방했기 때문에 작품의 배경으로 '거리'를 선택하고 거기에서 벌어지는 서민들의 삶을 주된 내용으로 삼게 된다.[10]

그런데 독일과 군비 경쟁을 하며 얼마 후에 전쟁까지 치르게 되는 프랑스의 영화감독들이 그처럼 독일의 영화에서 직접적인 영향을 받게 된 원인은 무엇일까. 그 해답의 실마리는 1930년대 프랑스 영화의 제작 환경에서 찾을 수 있다. 주지하다시피 시적 리얼리즘 영화들은 프랑스적 분위기와 정취를 짙게 드리우고 있지만, 놀랍게도 영화 제작을 위한 비용은 독일과 영국 등 외국에서 온 경우가 많았다. 이 시기에 활동한 유명 배우 가운데 베를린에서 활동하지 않은 배우가 드물 정도로 영화 부문에서 프랑스와 독일의 유대는 끈끈했으며, 이런 상황은 히틀러가 정권을 잡은 이후에도 계속된다. 그리하여 프랑스인 감독에 의해 만들어진 영화 가운데 몇몇은 프랑스어와 독일어로 된 두 개의 버전이 독일에서 제작되기도 하고, 독일 우파(UFA)의 자회사인 ACE(Alliance Cinématographique

---

10) 슈트라센슈필에 못지않게 나치 정권의 등장 이후 프랑스로 이주한 영화 전문인들도 시적 리얼리즘 영화에 많은 영향을 미쳤다. 이들 중에는 세트 디자이너 트로네, 감독 빌리 와일더와 프리츠 랑, 촬영 감독 쿠르트 쿠란트 등도 포함되어 있었다. 또한 영화 산업에서 대기업이 도산하고 소규모 영화사가 난립한 것도 상업성의 굴레에서 벗어나게 해주었고 영화 창작의 민첩성과 다양화의 계기를 제공하였다. 정태수, 「현실과 감성을 넘어 : 1930년대 프랑스 시적 리얼리즘 영화」, 앞의 글, 356면.

Européenne)가 프랑스에서 다수의 작품을 제작하는 일이 벌어지기도 한다.11) 이와 같이 독일의 자본으로 베를린의 스튜디오에서 영화를 찍는 일이 적지 않게 벌어지기도 하던 시대적 상황을 감안한다면, 프랑스 영화인들이 독일의 영화에서 직접적으로 영향을 받은 사실 자체는 그다지 이상할 것도 없는 일이라고 할 수 있다.

이제까지 살펴본 것처럼 독일 영화계와의 강한 유대 관계를 바탕으로 하여 탄생한 시적 리얼리즘 영화는 '시적'과 '리얼리즘'이라는 어울리지 않는 두 단어의 결합이 암시하듯이, 이중적인 성격을 지닌 영화로 평가되고 있다. 구체적으로 살펴보면, 일상적인 삶을 그려낸다는 점에서 리얼리즘에 접근하였지만 그것을 시적인 감성으로 그려내기 위해 인위적인 미장센을 강조하였던 일면이 드러난다.12) 말하자면 시적 리얼리즘 작가들은 거리를 카메라에 담기는 하되, 그 거리를 사람들이 살아가고 있는 현장에서 구하지 않고 희미한 조명과 인공적인 안개 효과 등을 동원하여 스튜디오에서 재창조하였던 것이다. 그래서 "고난으로 점철된 일상적 삶을 다루면서도, 그것 자체를 정면으로 응시하기보다 영화적 언어의 시적 감수성을 통해 일상적 삶을 변형시키는 특성"을 지니고 있다고 평

---

11) Roy Armes, French Cinema, New York, NY : Oxford University Press, 1985, p.87.
12) 시적 리얼리즘 영화가 사용한 기술적 요소는 정확한 구성, 인상주의적 조명, 정적인 쇼트 등이다. 김광철 · 장병원 편, 『영화사전』, media2.0, 2004, 227면.

가되기도 하였다.[13] 인공적인 무대 위에서 길거리의 궁핍한 삶을 아름답게만 형상화하려 한 이와 같은 '사회적 판타지'의 모순적 상황은 제2차 세계대전 이후의 영화인들로부터 호된 비판을 받게 된다. 특히 시적 리얼리즘의 계승자로 평가받는 1940년대 후반의 이탈리아 네오리얼리즘 영화인들은 '거리'라는 소재는 수용하면서도 인공적 분위기는 정면으로 거부한다. 그리하여 그들은 아마추어 배우들을 거리로 데리고 나가 어두운 현실 상황을 현장감 있게 그려내는 데 관심을 집중하였던 것이다.

그럼에도 불구하고 시적 리얼리즘 영화는 미래에 대한 희망을 갖지 못한 채 막연한 불안감에 싸여 있던 프랑스 사회의 분위기를 적절하게 반영했다는 평가를 받고 있다.[14] 카르네의 많은 영화들이 보여주고 있는 것처럼 시적 리얼리즘 영화의 등장인물들은 대부분 숙명적으로 패배주의에 물들어 있다. 이들은 위험한 상황에 놓여 있으면서도 그 위험을 극복하려는 노력을 하지 않을 뿐만 아니라, 오히려 그와 같은 위험한 상황에 체념하는 자세를 보여주는 경우가 많다. 이 글에서 다루고자 하는 뒤비비에의 영화 「페페 르 모코」의 주인공 역시 자신의 목숨을 담보로 이룰 수 없는 사랑을 추구하는데, 이러한 비관주의는 불안한 현실을 외면하고 싶은 당

---

13) 제라르 베통, 유지나 역, 『영화의 역사』, 앞의 책, 105면.
14) 제프리 노웰-스미스 편, 이순호 외 역, 『옥스포드 세계영화사』, 앞의 책, 416면.

시 프랑스 대중들의 내면을 상징적으로 보여주는 것이다. 다시 말해 시적 리얼리즘 영화들은 당시 시민들이 가졌던 제2차 세계대전 직전의 우울하고 어두운 분위기를 잠깐만이라도 망각하게 함으로써 현실 도피의 욕망을 대리 충족시키는 데 어느 정도 성공하였던 것이다. 물론 식민지 조선에 수입되어 대단한 호응을 얻은 것도 같은 맥락에서 이해할 수 있을 것이다. 한편 밤이라는 시간대를 통해 그려진 시적 리얼리즘의 비관주의는 미국의 필름 누아르에도 많은 영향을 끼친 바 있다.

프랑스의 시적 리얼리즘 영화감독 가운데 프랑스는 물론이고 식민지 조선에서도 흥행에 성공한 감독으로는 단연 뒤비비에를 꼽을 수 있다. 처음에 배우로 출발하여 무성영화로 연출을 시작한 뒤비비에는 동 시대에 활약한 르네 클레르, 장 르누아르, 자크 페데, 마르셀 카르네, 장 비고 등과는 달리 일관된 양식을 보여준 것으로 기억되고 있다. 그는 1935년부터 1940년까지 무려 열한 편에 이르는 영화를 정열적으로 만들었는데, 이 가운데 그의 대표작이라고 할 수 있는 「페페 르 모코」, 「뛰어난 패거리(La belle équipe)」, 「무도회의 수첩」은 대체로 '도피'라는 주제를 다루고 있다.15) 현실적 삶의 고통을 이루어질 수 없는 사랑으로 보상하고자 하는 도피주의적이고 허무주의적인 세계관을 드러내었던 것이다. 하지만 상업적

15) 잭 엘리스, 변재란 역, 『세계 영화사』, 앞의 책, 191면.

성공에도 불구하고, 그는 영화를 잘 만드는 장인이었을 뿐 진정한
의미에서의 위대한 작가가 되지는 못한 것으로 평가된다. 고도로
숙련된 연출 솜씨를 선보였지만, 카르네나 르누아르의 걸작에 버
금갈 정도로 높은 수준의 '감정의 깊이'를 보여주는 데는 실패하고
말았기 때문이다.[16] 다른 감독에게서 찾아보기 힘든 그만의 탁월
한 능력, 즉 패배의 서사를 형상화하는 뛰어난 연출 감각은 한편으
로 감독으로서 그의 명성을 높여주고 상업적 성공을 보장해 주었
지만 다른 한편으로는 그로 하여금 명장의 반열에 오르는 것을 가
로막기도 했던 것이다.

비록 예술적 성취의 면에서는 높은 수준에 오르지는 못했지만,
뒤비비에 특유의 연출 감각은 조선 관객들의 마음을 사로잡기에
충분하였다. 무엇보다도 그의 대표작들은 문학가이자 시나리오 작
가인 스파크와의 공동 작업에서 나온 것이기에 감성적 대사가 많
이 사용된다. 또한 극도의 비관주의를 드러내었기 때문에 불안 사
조가 유행하던 프랑스에서와 마찬가지로 중일전쟁(1937)의 발발 이
후 국가 총동원법이 실시되던 식민지 조선에서도 쉽게 받아들여진
다. 적극적으로 현실과 대결하지 못하는 주인공의 도피 정서가 프
랑스와 조선의 관객들에게 공통적으로 동일시 효과를 불러일으켰
던 것이다. 그리고 주인공의 우수에 젖은 연기를 통해 드러나는

---

16) Roy Armes, op. cit., p.100.

'인생무상' 또는 '비극적 사랑'이라는 주제 역시 신파극에서 쉽게 찾아볼 수 있는 숙명론적 인생관[17]과 유사한 것이어서 조선 관객들에게는 그리 낯설지 않았던 것으로 보인다. 이를 통해서 보면, 프랑스 시적 리얼리즘 영화는 스타를 내세운 오락 위주의 할리우드 영화와는 전혀 다른 측면에서 수용되었음을 알 수 있다.

한편 뒤비비에의 대표작으로 평가받는 「페페 르 모코」는 1937년 초에 프랑스에서 개봉되었지만, 조선에서는 1938년에 이르러 소개된다. 당시의 서구 영화가 일본을 거쳐 수입되었던 점을 감안하면, 그렇게 늦게 소개되었다고 볼 수 없을 것이다. 영화의 개봉에 앞서 『여성』 1938년 8월호에 소설의 형식을 빌려 내용이 소개되었고, 이듬해 2월에 접어들어 비로소 스카라 극장의 전신인 약초(若草) 극장에서 「망향」이라는 제목으로 상영된다.[18] 이 영화는 한국전쟁이 끝난 후인 1955년에 다시 개봉되는 바, 그 비극적 내용은 전후의 허무주의 정서와 결합하여 관객들의 심금을 다시 한 번 울리게 된다. 뿐만 아니라 「카스바의 여인」이라는 노래까지 유행시키기에 이른다.

---

17) 신파극 양식의 기본 구조는 '자극-고통-패배'로 이루어져 있으며, 이러한 구조는 절망과 눈물의 정치학이라는 효과를 낳게 된다. 김익두, 「신파극의 '시학'과 '정치학' : 신파극의 한 양식적 특징과 그 정치·사회적 의미」, 『공연문화연구』 11, 한국공연문화학회, 2005, 148면.
18) 「완성에 급한 조선 영화 연극만은 아직도 다난(多難) 양화 진영은 이채를 띠였다」, 『조선일보』, 1939. 2. 1.

「페페 르 모코」가 이처럼 커다란 흥행 기록을 남기게 된 것은 사랑을 위해 자신의 목숨까지 바치는 주인공의 비극적 운명에 힘입은 바 크다. 뒤비비에의 연기 지도를 통해 선 굵은 연기자로 거듭난 장 가뱅이 주인공 역을 맡았는데, 그는 이 영화로 일약 스타가 된다. 우수 어린 얼굴의 장 가뱅이 연기하는 페페 르 모코는 프랑스의 수도인 파리 출신이다. 그는 범죄를 저지른 뒤 경찰의 체포망을 피해 당시 프랑스의 식민지였던 알제리의 카스바 지역으로 숨어들게 된다. 경찰은 카스바 지역에서 활개 치고 다니는 페페를 체포하려고 백방으로 노력하지만, 번번이 카스바의 미로를 요리조리 잘도 빠져나가는 그를 체포하는 데 실패한다. 때때로 자신을 쫓는 경찰을 조롱하기도 하지만, 그는 카스바를 한 발자국도 벗어날 수 없는 자신의 운명에 괴로워한다. 카스바를 벗어나는 즉시 기다리고 있는 경찰에 체포되기 때문이다. 이러한 페페의 처지는 시적 리얼리즘 영화의 주인공들이 전형적으로 보여주는 패배할 수밖에 없는 운명을 암시하는 것으로 볼 수 있다.

이러한 운명을 더욱 재촉하는 것은 파리 출신의 아름다운 여인 가비와의 만남이다. 페페는 이미 정부(情婦)인 이네스가 있음에도 불구하고, 어느 날 카스바를 방문한 가비를 만나면서 사랑에 빠지는데, 그녀가 풍기는 고향 파리의 분위기는 그로 하여금 이성을 잃게 만든다. 고향에 대한 그리움으로 몸부림치는 그의 모습은 다시는 빠져나갈 수 없는 덫에 걸린 짐승을 연상케 한다. 남은 것은 비극적 결말뿐인데, 이것이 완결되는 것은 고전적인 삼각관계를 통해서이다. 페페와 가비의 관계를 알게 된 정부 이네스가 질투심에 사로잡혀 페페가 숨은 곳을 밀고하자, 알제리 출신의 형사 슬리만은 페페가 죽었다고 거짓말을 하여 가비로 하여금 파리로 돌아가게 만든다. 페페의 사망 소식에 실망한 가비가 프랑스로 가는 여객선을 타러 가는 사이, 그녀를 잊지 못한 페페는 위험천만하게도 카스바를 벗어나 부두의 여객선에 오른다. 하지만 그를 기다리는 것은 가비가 아니라 경찰이었다. 체포되어 배에서 끌어내려오는 동안에 페페 가비의 이름을 애타게 부르지만, 가비는 비탄에 젖은 채 고동 소리를 듣지 않으려 귀를 막을 뿐이다. 사랑하는 여인과 이별하게 된 페페는 자살로써 자신의 삶을 마감하는데, 이는 비극의 주인공들이 택하는 전형적인 결말이다.

다분히 신파조의 내용을 지닌 「페페 르 모코」에서 주목해야 할 것은 주인공 페페의 비관주의적 인생관이다. 이와 관련하여 이 영화가 페시미즘이 상당히 침투되어 있는 프랑스 문학과 궤를 같이 한다는 지적[19]도 있다. 죽음이라는 커다란 위협 앞에서도 잃어버린 연인과 고향을 그리워하는 마음을 끝내 떨치지 못하는 그의 마음은 애초부터 비극을 잉태한 것이라고 할 수 있다. 앞에서 언급한

---

19) 이헌구, 「영화의 불란서적 성격」, 『인문평론』, 1939. 11, 70면.

적이 있듯이, 이와 같이 이루어질 수 없는 사랑에 대하여 집착하는 그의 태도는 개화기부터 신파극에 익숙해진 식민지 조선의 관객들에게는 낯선 것이 아니었다. 신파극을 보면서 그랬던 것처럼 이 영화 속의 슬프고 안타까운 사랑을 보면서도 조선의 관객의 눈물을 흘릴 수 있었던 것이다.

공교롭게도 「페페 르 모코」가 흥행면에서 성공을 거둔 직후인 1940년 1월에 조선총독부는 사상 통제를 강화하기 위해 조선영화령을 공포한다. 이 법령으로 인해 각본의 사전 검열과 영화의 사후 검열이 행해짐으로써 식민지 조선에서의 영화 제작은 크게 위축된다. 뿐만 아니라 외국 영화의 수입과 상영 획수에 제한을 두었기 때문에 할리우드 영화나 프랑스 영화의 수입은 대폭 줄어들 수밖에 없는 처지에 놓인다. 또 전쟁 선전을 위한 국책 영화를 만들 수 있는 법적 근거가 마련됨으로써 몇 편의 선전 영화가 제작되었는데, 징병 대상이 되는 적령기의 학생들은 이 영화들을 보기 위해 강제로 동원되기도 한다. 이러한 전후 사정을 고려할 때 1930년대 말에 수많은 대중의 발길을 극장으로 이끈 뒤비비에의 「페페 르 모코」는 영화의 암흑기가 도래하기 직전에 타오른 마지막 불꽃과도 같은 것이었다고 할 수 있다.

3. 김남천에 의한 뒤비비에 영화의 수용 양상

식민지 시대 말기의 최대 흥행작 「페페 르 모코」를 관람하면서 콧등이 시큰해지는 것을 느꼈던 관객 중에는 소설가이자 평론가인 김남천도 끼어 있었다. 주지하다시피 박태원과 이상으로 대표되는 구인회 작가들 중 일부는 영화에 지대한 관심을 가지고 있어서 그들의 작품 속에 영화에 대한 언급이 자주 등장한다. 그들에 못지않게 평소 영화에 관심이 많았던 김남천 역시 이타미 만사쿠(伊丹萬作)나 도요다 시로(豊田四郎), 우치다 도무(內田吐夢) 등이 제작한 일본 영화뿐만 아니라 뒤비비에 페데 등의 시적 리얼리즘 영화까지 관람한 일종의 준영화광이었던 것으로 알려져 있다. 그런 그였기에 아래와 같이 소설을 창작하면서 문학과 영화의 교섭에 대해 관심을 기울이기도 한다.

영국서는 헉슬리 같은 분이 곧잘 영화적 수법을 문학 속에 도입하였다고 합니다. 나 자신으로 말하면, 신여성과의 접촉이 없는 신세인지라 가끔 여성의 기질이나 풍속이나 심리를 배워 올 뿐, 「안티클라이막스」의 방법과 「몽타쥬」론과 「무도회의 수첩」의 수법 등을 잠시 고려해 보았을 정도입니다.[20]

---

20) 김남천, 「영화인에게 보내는 글」, 『문장』, 1940. 6, 226면.

1930년대 후반에 김남천은 소시민적 관조주의에 머무르거나 작가의 사상을 공식주의적으로 표출함으로써 난국에 빠진 소설의 위기를 타개하기 위해서 '로만 개조론'을 주장하였다. 이 시기에 그는 '성격과 환경의 분리'라는 창작의 위기를 극복하기 위해 "작자의 사상이나 주관 여하에 불구하고 나타날 수 있는 단 하나의 길, 리알리즘"21)을 배우자고 하면서 전환기가 가진 모든 감정, 생활, 성격을 그려나가야 한다고 주장한 바 있다. 김남천은 이러한 리얼리즘을 배우기 위해서는 사상가를 주인공으로 하여야만 한다는 원시적 사상주의를 버리고 악당이나 편집광 등 비속한 인간들을 적극적으로 그려야 할 필요가 있다고 보았다.22) 이와 같은 성격 묘사에 대한 주장은 발자크에 대한 연구 결과에 힘입은 바 크다고 할 수 있다. 하지만 그가 즐겨본 영화, 즉 비관주의적 운명과 밤의 어두운 세계를 특징으로 하는 프랑스 시적 리얼리즘 영화가 끼친 영향도 무시할 수 없을 것이다. 위의 인용문에서 드러나듯이, 그는 침체의 늪에 빠진 소설을 구할 새로운 방안으로서 영화적 수법의 도입을 고려하고 있기 때문이다.

영화적 수법의 도입에 대한 김남천의 적극적인 대응을 보여주는 작품으로 단편 「이리」를 들 수 있다. 이 작품은 뒤비비에의 영화 「페페 르 모코」를 보고 난 뒤의 감흥을 토대로 창작한 것이어서

---

21) 김남천, 「소설의 운명」, 『인문평론』, 1940. 11, 14면.
22) 김남천, 「관찰문학소론」, 『인문평론』, 1940. 4, 17면.

주목된다. 소설의 내용은 시골서 상경한 처녀들을 유괴하여 술집이나 유곽으로 팔아넘기는 인신 매매단 사건의 전모를 소설가의 분신으로 보이는 '나'가 친구한테서 전해 듣는 것으로 채워져 있는데, 아래의 인용문에서 볼 수 있는 것처럼 맨 앞부분에는 '나'가 영화의 주인공 흉내를 내는 장면이 들어 있다. 식민지 시대의 소설 중에는 때때로 영화의 제목이 거론되거나 영화배우의 이름이 거론되기도 하였지만 영화의 내용이 소설 속에 그대로 녹아든 것은 보기 드문 경우라고 할 수 있다.

어떤 날 오후, 봄이라지만, 아직도 치위가 완전히 대기 속에서 가시어 버리지 않은 날, 나는 영화 상설관에서 「페페 르 모코」를 구경하고 일곱 시경에 거리에 나섰다. 저녁을 먹어야 할 끼니때가 이미 지났으나, 곧 뻐스에 시달리면서 집으로 향할 생각을 먹지 않고, 어데 그늘진 거리나 거닐면서 지금 보고 나오는 토키가 주는 아름다운 흥분을, 고지낙하니 향락하고 싶어서, 나는 발을 뒷골목으로 돌려놓았다.

서울의 빈약한 거리를 걸으면서도, 나의 상념의 촉수는 「카즈바」의 소란하고 수상스러운 세계를 헤매고 있었다. 「페페 르 모코」가 소프트의 뒷전을 추켜서 머리에 올려놓고, 줄이 반뜻한 양복에 색 구두를 신고, 목에는 흰 명주 수건을 얌전히 둘러 감고서, 「카즈바」의 소굴을 탈출하야 계집을 찾어 부두로 향하던 그림이, 나의 머리를 떠나지 않는 것이다.[23]

주인공은 영화가 준 감동과 흥분 때문에 집으로 곧장 향하지 않고 서울의 뒷골목을 어슬렁거리며 자신이 걷고 있는 길과 자기 자신을 카스바와 페페 르모코인 양 여기고 있다. 그런데 영화의 어떤 힘이 주인공으로 하여금 그동안 전혀 관심을 두지 않던 서울의 뒷골목으로 향하게 하였을까. 단순히 감정이입과 동일시라는 말로 그 이유를 설명하기에는 뭔가 모자라는 부분이 있다는 것을 느끼지 않을 수 없다. 일반적으로 영화는 인간 지각의 심화를 가져다준 것으로 이야기된다. 카메라 렌즈를 통해 촬영된 영화의 이미지는 회화나 무대에서 촬영되는 것보다 훨씬 더 정확하고 다양한데, 이와 같은 카메라의 뛰어난 사물 파악 능력은 때때로 진부한 주위 환경을 천착함으로써 익숙한 사물의 숨은 면까지 볼 수 있게 해준다. 카메라에 찍힌 것은 육안으로 보는 것과는 다르기 때문에 평소에 우리가 생각하지도 못했던 엄청난 공간을 확보하도록 해주는 것이다.24) 그러므로 「이리」의 '나'가 평소 눈여겨보지 않던 경성의 빈민촌을 특별한 공간으로 재발견하고 거닐게 된 것은 영화 주인공 및 공간에 대한 동일시 효과 이외에 영화를 관람하면서 발견한 이러한 영화의 특징이 더해졌기 때문이라고 할 수 있다.

공간의 재발견이라는 측면과 더불어 「페페 르 모코」와 「이리」의

---

23) 김남천, 「이리」, 『삼일운동』, 아문각, 1947, 62~63면.
24) 발터 벤야민, 반성완 편역, 『발터 벤야민의 문예이론』, 민음사, 1990, 222~223면.

영향 관계를 보여주는 것은 서울 빈민촌과 페페가 숨어 사는 '카스바'의 공간적 유사성이다. 「이리」에서는 인왕산 아래로부터 독립문을 굽어보는 곳에 이르는 현저동과 향촌동 일대의 슬럼 지대를 '대경성의 특수 구역'으로 규정하고 있다. 그 곳은 수레 하나 굴러다닐 길이 없고 하수도 시설도 엉망이며, 우물과 공설 수통을 에워싸고 동네 사람들이 추악한 싸움을 벌이는 범죄 구역이다. 작가는 이처럼 열악한 조건을 가진 슬럼 지대가 법의 손길이 미치지 않는 범죄 지대일 뿐만 아니라 익숙하지 않은 사람은 길을 잃기 십상인 미로로 구성되어 있다는 공통점에 근거하여 영화 속 카스바와 유사한 지역으로 묘사하고 있다.

「페페 르 모코」와 소설 「이리」의 유사성은 등장인물이 처한 상황의 설정에서도 찾아볼 수 있다. 이 소설의 제재는 어두운 현실이다. 카스바라는 창살 없는 감옥에 갇힌 페페처럼 이 소설에 등장하는 유괴된 여섯 명의 처녀들 역시 경성의 특수 구역에 갇힌 채 살아가고 있다. 물론 그들은 페페와는 달리 시간이 지나면 다른 곳을 팔려가겠지만, 그 곳에서의 삶 역시 자유로운 삶과는 거리가 먼 삶이 될 것이다. 김남천은 영화 속의 암울한 분위기를 자신의 작품 속으로 이식하여 작중의 인물들 역시 어두운 세계에서 살아가는 인물들로 묘사하고 있다. 이는 이 소설을 창작하던 시기에 더 이상 이념적 주제를 취급하지 않고 생활의 현상에 대한 풍부한 묘사를 중심적 문제로 다루었던 작가의 창작 방법론, 즉 관찰문학론의 핵심적 내용과도 일맥상통하는 것이라고 하겠다.

하지만 위에서 언급한 공간이나 등장인물이 처한 상황이라는 측면보다 더욱 뚜렷하게 「페페 르 모코」가 「이리」에 끼친 영향은 등장인물의 성격 면에서 찾아볼 수 있을 것이다. 김남천은 소설의 인물이란 성격의 전형성을 드러내어야 한다고 하면서 악당과 편집광에 대한 연구를 깊이 있게 진행한 바 있다. 그의 주장에 따르면, 인물이 충분한 형상을 갖추기 위해서는 계급적 특징, 습관, 취미 등을 한 몸에 갖춤과 동시에 성격적 특이성을 가져야 한다. 이는 각종 악당과 모노매니아를 묘출한 셰익스피어나 발자크 등도 관심을 기울였던 점이다. 김남천이 대표적인 악당으로 꼽은 것은 교제 사회의 악당, 부랑자배의 악당, 도형장의 악당, 스파이 직업의 악당, 은행계와 정치계의 악당 등이다.[25] 이 가운데 부랑자패의 악당에 가까운 인물로 그가 뒤비비에의 영화에서 발견한 인물이 바로 페페였다고 할 수 있다. 영화를 관람한 직후 김남천은 페페와 비슷한 인물을 창조하기 위하여 '카스바'와 여러 가지 면에서 유사성을 지닌 서울의 슬럼 지대를 작품의 공간으로 재발견하였으며, 그 곳을 무대로 나쁜 짓을 일삼는 전형적인 악당으로 「이리」의 중심인물인 인신 매매범 서상호와 권명보를 창조해 내었던 것이다. 김남

---

25) 김남천, 「성격과 편집광의 문제-발자크 연구 노트2」, 정호웅·손정수 편, 『김남천 전집』 1, 박이정, 2000, 549면.

천이 작품의 말미에 덧붙여 놓은 "카즈바, 페페 르 모코, 악에의 매력, 강렬한 성격……"[26]라는 등장인물의 독백은 이러한 점을 뒷받침하고도 남음이 있다고 할 것이다.

한편 「페페 르 모코」 이외에 작가 김남천이 주목한 또 하나의 프랑스 시적 리얼리즘 영화는 「무도회의 수첩」이다. 무도회의 수첩은 쥘리앙 뒤비비에의 또 다른 대표작으로 1937년에 프랑스에서 제작되었으며, 우리나라에서는 1939년에 개봉되고 1956년에 재개봉되었다. 이 영화는 첫 번째 인용문 속에 드러난 김남천의 고백에서 알 수 있듯이 특이한 내러티브 구조로 인해 이목을 끌었던 작품이다. 영화의 주제는 우리에게 익숙한 '인생무상'인데, 뒤비비에는 이를 중년의 미망인을 통해 형상화한다. 그녀는 20년 전의 첫 무도회에서 같이 춤을 췄던 남자들을 차례차례 방문하지만, 그녀를 맞는 것은 오직 환멸뿐이다. 짙은 우수와 허무주의적 색채와 낭만주의적 분위기가 물씬 풍기는 이 영화는 남자들의 이름이 적힌 수첩을 매개로 주인공이 옛 남자들을 만나러 다니는 에피소드 구조를 취하고 있다. 플래시백과 로드무비적 성격까지 적절하게 더해진 이 영화의 독특한 내러티브 구조는 이후 미국뿐만 아니라 우리나라의 몇몇 영화에도 영향을 끼치게 된다.[27] 김남천의 경우에

---

26) 김남천, 「이리」, 『삼일운동』, 앞의 책, 89면.
27) 이 영화의 내러티브 구조 및 후대 영화에 끼친 영향에 대해서는 김외곤, 「1930
   년대 프랑스 영화 「무도회의 수첩」의 수입과 그 영향」, 앞의 글에서 자세하

는「장날」같은 작품에 약간의 편린이 보일 뿐이고 그 구조를 전폭적으로 수용한 작품은 발견되지 않지만, 그 구조를 잠시 고려해 보았다는 언급을 통해 간접적인 영향을 받았음을 짐작할 수 있다.

4. 남는 문제들

1930년대 말의 신문이나 잡지에 실린 글 가운데는 소설가이자 평론가인 김남천뿐만 아니라 동 시대에 문학과 예술 분야에 종사하던 많은 사람들이 프랑스 시적 리얼리즘 영화의 관람객이었음을 말해 주는 글이 적지 않다. 워낙 전염성이 강한 주제와 분위기를 담고 있는 영화였기에 아마도 그러한 관객들 가운데 그 경향의 영화에서 아무런 영향을 받지 않은 사람을 찾기란 힘들 것이다. 특히 한국의 영화인들을 비롯하여 영화와 공통점을 많이 가지고 있는 연극, 소설, 시 분야의 문학 예술인들이 더욱 큰 영향을 받았으리라는 것은 쉽게 짐작이 가능하다. 그럼에도 불구하고 이들 분야에서 이루어진 영향 관계는 그다지 자세하게 규명되어 있지 않은 실정이다. 이러한 연구는 외국 영화의 수용이 우리 근대 문학 예술의 시각적 근대성 확립에 어떤 역할을 했는지를 밝혀내는 데 매우 중요한 기여를 할 것이므로 앞으로 더욱 활성화되기를 기대한다. 물

게 다루고 있다.

론 이때 학제 간 공동 연구가 이루어진다면 더욱 풍성한 결과를 거둘 수 있을 것이다.

한편 지금도 나이가 지긋한 사람들 가운데는 가난했던 자신의 청춘을 회고할 때마다 뒤비비에의 영화를 떠올리는 사람들이 있다. 「페페 르 모코」와 「무도회의 수첩」이 한국전쟁 직후에 재개봉되어 인기를 끌었기 때문인데, 그만큼 뒤비비에의 작품들은 어려움에 처한 사람들에게 적지 않은 위안을 주었다. 모두가 아는 바와 같이 일본 제국주의의 식민지 지배로부터 해방 이후의 좌우 대립을 거쳐 한국전쟁과 그 이후의 독재 정치에 이르는 우리의 근현대사는 정의로운 세력이 오히려 패배하고 부도덕한 세력이 지배하는 역사이다. 이 어려운 시기를 살아가던 일반 대중들로서는 자신들이 살아가는 현실과 비슷하게 패배하는 주인공이 등장하는 시적 리얼리즘 영화를 통해서나마 동병상련의 연민과 함께 일말의 안도감을 느낄 수밖에 없었던 것이다. 이처럼 1930년대 프랑스 시적 리얼리즘 영화는 수용자의 내면과 관련하여 좀 더 천착할 필요가 있다. 1930년대에 이루어진 시적 리얼리즘의 수용 양상을 설명하면서 잠깐 언급한 것처럼, 그 과정에서 관객의 위안을 주요한 특징의 하나로 삼았던 신파극 장르도 연구 대상에 포함되어야 할 것으로 판단된다.*

* **출전** :「김남천의 프랑스 시적 리얼리즘 영화 수용 연구」,『한국문학이론과 비평』36, 한국문학이론과 비평학회, 2007.9.

심훈 문학과 영화의 상호텍스트성

1. 대중문화 시대의 만능 예술가

문학 분야에서 시 「그날이 오면」과 소설 「상록수」를 발표함으로
써 널리 이름을 알린 심훈은 같은 시대에 활동했던 임화나 이상에
못지않게 문학뿐만 아니라 다른 예술 분야에도 많은 관심을 가졌
던 인물이다. 이는 그의 집안이 근대적 저널리즘과 깊은 관련을 맺
고 있었던 사실과 무관하지 않다. 언론인이란 뉴스를 다루기 때문
에 세상이 돌아가는 사정에 누구보다도 민감하고 새로운 문물의
수용에도 적극적인 속성을 지닌 부류이다. 심훈의 맏형인 심우섭
은 이광수와 절친한 사이로 『매일신보』의 기자를 역임하고 연재소
설을 발표하기도 하였으며, 심훈 역시 신문사와 방송국에서 근무

하기도 하였다.[1] 더구나 그는 박헌영·한설야 등과 같이 경성제일
고등보통학교를 다니다가 삼일운동에 가담하여 옥고를 치른 뒤,
1920년 겨울에 중국으로 건너가 1923년까지 항주 지강(之江) 대학
을 다니면서 일찍이 외국 문물의 세례를 받은 터였다.[2] 이런 이유
로 그는 근대적 문화 예술을 받아들이는 데 별다른 저항감을 보이
지 않는다.

심훈이 중국에서 귀국하던 무렵은 삼일운동의 실패로 인한 좌절
감이 어느 정도 극복되고 식민지 조선의 문화 예술이 새로운 전환
기를 맞이하던 시기이다. 일간 신문으로 기존의 『매일신보』 외에
『동아일보』와 『조선일보』가 창간되고 잡지 『개벽』도 발행됨으로써
인쇄 매체 중심의 저널리즘이 확산되었다. 또 문학 분야에서는 신
소설과 신체시가 퇴조하고 『백조』·『영대』·『금성』 등의 근대적
문학 동인지들이 잇따라 간행되어 활기를 띠었다. 그리고 무엇보
다도 근대적 연극인 신극과 함께 영화가 등장하였다. 이 새로운 예
술은 대중들의 정서와 미의식을 바꾸어 놓음으로써 대중문화의 형
성에 결정적인 계기를 마련한다.[3] 바야흐로 봉건적인 문화 예술은

---

1) 김윤식, 「『상록수』를 위한 5개의 주석」, 『환각을 찾아서』, 세계사, 1992, 80-
   81면.
2) 중국에서 유학하던 동안 심훈은 민족주의와 사회주의 사이에서 사상적 편력
   을 함으로써 하나의 전기를 맞게 된다. 최원식, 「심훈 연구 서설」, 김학성 외,
   『한국 근대 문학사의 쟁점』, 창작과비평사, 1990, 235면.
3) 김진송, 『서울에 딴스홀을 허하라』, 현실문화연구, 1999, 160면.

자취를 감추고 대중문화의 시대가 도래 하고 있었던 것이다.

이러한 시대적 분위기 속에서 심훈도 또래의 젊은이들처럼 일본을 통해 들어온 서구의 근대적 음악·미술·무용·연극·영화 등에 마음이 끌리게 된다. 음악과 관련해서는 동경 음악학교 사범과 출신으로 색동회를 조직하고 동요 <반달>을 작곡한 고종 사촌동생 윤극영과의 친분 관계를 빼 놓을 수 없다. 윤극영은 우리나라 최초의 노래 단체인 달리아회를 조직하였는데, 심훈은 음악에 취미가 있어 이 단체의 모임 장소인 고모 집을 수시로 드나들었던 것이다. 그러면서 그는 나중에 두 번째 부인으로 맞이하게 되는 안정옥을 만나게 되는데, 당시 그녀는 윤극영에게서 동요를 배우고 있었고 무용에도 관심이 많은 소녀였다.4)

심훈이 음악 분야보다 더 활발한 활동을 펼친 분야는 연극이다. 그가 연극에 관심을 가지던 1920년대 초반은 우리 연극사에서 일대 전환이 일어나던 때라고 할 수 있다. 임성구가 1911년에 우리나라 최초의 신파극단인 혁신단을 설립하여 <육혈포 강도>, <장한몽> 등으로 인기를 끈 이후 식민지 조선에는 선미단·문수성·유일단·예성좌·취성좌·신극좌 등 수많은 신파극단이 생겨났다. 이 가운데 신극좌는 1919년에 김도산에 의해 설립되었는데, 이 극단은 연극과 영화를 결합한 최초의 연쇄극 <의리적 구토>를 1919

---

4) 심훈, 「신혼 공동 일기」, 『심훈 문학 전집』 3, 탐구당, 1966, 629면.

년 10월 27일에 단성사에서 공연하였다. 이후 혁신단과 이기세가 이끄는 문예단이 연쇄극 제작에 가세하여 1921년까지 약 10여 편의 작품이 공개되었다. 1921년에 이르러서는 최초의 영화감독 윤백남에 의해 본격적인 영화인 <월하의 맹서>가 제작되어 1923년에 상영되기에 이른다. 심훈은 연쇄극이 전성기를 구가하던 시대에는 국내에 있지 않았지만, 신파적인 내용에는 관심이 많았던 것으로 보인다. 이는 그의 초창기 영화소설이 신파적인 요소를 다분히 띠고 있는 것으로 미루어 짐작할 수 있다.

신파극이 연쇄극을 거쳐 영화로 이어지는 동안에 신극은 1920년 봄에 김우진·조명희·김영팔·유엽·진장섭·홍해성·고한승·손봉원 등이 동경에서 극예술협회를 조직한 이래로 1923년 5월에 박승희·김복진·김기진·이서구·김을한 등이 토월회를 조직하여 국내 공연을 하면서 본격적인 궤도에 오르게 된다. 심훈은 중국 항주에서 귀국한 1923년에 윤극영, 안종화 등과 어울려 다녔는데, 9월 19일부터 일주일간 개최된 토월회 제2회 공연 기간 중에는 김영팔, 최승일과 함께 <부활>(일명 <카튜샤>)을 관람하러 가서 네플류도프 역으로 출연한 배우 안석주와 인사까지 하게 된다.[5] 또한 그는 극예술협회가 조직한 형설회 순회 연극단의 일원으로 1923년 7월 6일부터 8월 1일까지 국내 순회공연을 하러 온 배우

---

5) 안종화, 『조선 영화 측면 비사』, 현대미학사, 1998, 116면.

김영팔과도 교분을 쌓는다. 이후 두 사람은 최승일과 함께 이호·이적효·김홍파 등이 1922년 9월에 창립한 염군사 극부(劇部)에 가담하였다. 이렇게 연극인들과 교분을 쌓은 심훈은 1923년에 고한승·김영보·이경손·이승만·최승일·김영팔·안석주 등과 함께 극문회(劇文會)를 조직하고 간사로 활동하게 된다.6) 이들 가운데 특히 주목해야 할 인물은 화가 이승만이다. 그는 평소 미술에 관심이 많던 심훈과 가까이 지내게 되어 후일 심훈의 유일한 영화 <먼동이 틀 때>를 제작할 때 세팅을 담당하기도 한다. 한편 평소 친분이 돈독하던 안석주는 '파스큘라'의 멤버가 되고 심훈은 최승일·김영팔과 함께 염군사 동인이 되어 둘은 서로 갈라지게 되지만, 두 단체가 합동하여 1925년 8월에 카프(KAPF)를 조직하는 과정에서 다시 만나게 된다.

이처럼 심훈은 음악이나 연극 분야에도 많은 관심을 기울였지만, 본격적인 문화 예술인으로 활동한 이후 생을 마감할 때까지 지속적으로 관심을 가진 분야는 영화이다. 이는 영화 제작을 필생의 천직으로 삼고 오랜 동안 적은 노력이나마 해 왔다는 고백7)과 죽기 직전까지 소설 「상록수」를 영화화하기 위해 직접 시나리오로 각색하는 등의 노력을 했던 사실로 미루어 알 수 있다. 주지하다시피 영화는 움직임이라는 시간적 요소와 시각성이라는 공간적 요소가

---

6) 유병석, 「심훈 연구」, 서울대학교 대학원 석사논문, 1964, 23면.
7) 심훈, 앞의 글, 628면.

결합된 예술이다. 영화를 제대로 만들기 위해서 감독은 배우의 움직임, 세팅의 미술적 요소, 다양한 종류의 사운드 등에 대해 일정한 수준의 지식과 감각이 있어야 한다.[8] 심훈의 경우 위에서 살펴본 것처럼 이미 음악·미술·연극 등의 분야에서 일정한 소양을 갖추고 있었기 때문에 영화를 제작과 관련하여 그다지 큰 어려움은 없었던 것으로 보인다.

이경손 감독이 연출한 <장한몽>의 대역 배우로 영화계에 발을 들여 놓은 심훈은 이후 영화소설 작가, 시나리오 작가, 영화감독, 영화 평론가로 활동하였다. 비록 우리 영화의 초창기이기는 했지만, 이렇게 다방면에서 활동한 것으로 보아 그의 능력과 열정이 예사롭지 않았음을 짐작할 수 있다. 그런데 한국 문학사와 영화사에서 심훈이 동시에 주목을 받는 것은 <탈춤>이라는 제목 아래 영화소설과 그것을 각색한 시나리오를 창작하고 「상록수」라는 제목 아래 소설과 각색 시나리오를 창작하였기 때문이다. 말하자면 그는 이미 오래 전부터 자신이 창작한 텍스트를 다른 장르로 재창작함으로써 상호텍스트성(intertexuality)을 실천했던 것이다. 여기에서는 이의 규명에 앞서 영화와 관련된 심훈의 도정(道程)을 먼저 살펴

---

8) 영화 연출의 중요 요소 중 하나로, 감독이 영화 화면에 나타나는 것들을 관리한다는 의미로 사용되는 미장센(mise-en-scene)만 하더라도 감독은 세팅·조명·의상·헤어스타일·분장·등장인물의 행동 등의 요소를 포함한다. Amy Villarejo, Film studies: the basics, London & New York: Routledge, 2007, pp.28-35.

보고, 상호텍스트성이 구현된 이 두 쌍의 작품들 중에서 소설 「상록수」와 각색 시나리오 「상록수」를 대상으로 삼아 상호텍스트성이 어떤 방식으로 구현되었는지를 집중적으로 고찰해 보려고 한다. 그동안 심훈의 문학과 영화에 대하여 다수의 연구 성과들[9]이 나왔지만, 영화를 전공한 조혜정의 논문 이외에는 대부분 영화소설이나 소설을 대상으로 삼아 서사 구조의 특징을 설명하거나 영화적 기법의 적용 양상을 설명한 것이 대부분이었다. 이러한 결과가 빚어진 것은 전공 영역마다 고유한 연구 관행과 관련이 있는 것으로 보인다. 문학 전공자들은 문학과 영화의 장르적 차이를 고려하면서 둘의 교섭 양상을 연구하기보다 장르 이동에 따른 내러티브의 변화 양상을 연구하는 데 주로 초점을 맞추었던 것이다. 이에 이 글에서는 문학과 영화의 장르적 특성에 기초하여 내러티브의 변화가 일어난 원인을 규명해 보고자 한다.

---

9) 대표적인 연구 성과로는 다음과 같은 것들이 있다. 김종욱, 「「상록수」의 '통속성'과 영화적 구성 원리」, 『외국문학』, 1993년 봄 ; 김경수, 「한국 근대소설과 영화의 교섭양상 연구: 근대소설의 형성과 영화체험」, 『서강어문』 제15집, 서강어문학회, 1999 ; 전흥남, 「심훈의 영화소설 <탈춤>과 문화사적 의미」, 『한국언어문학』 제52권, 한국언어문학회, 2004 ; 전우형, 「1920~30년대 영화소설 연구: 영화소설에 나타난 영상-미디어 미학의 소설적 발현 양상」, 서울대학교 대학원 박사논문, 2006 ; 박정희, 「영화감독 심훈의 소설 「상록수」 연구」, 『한국현대문학연구』 21, 한국현대문학회, 2007 ; 조혜정, 「심훈의 영화적 지향성과 현실인식 연구: <탈춤>, <먼동이 틀 때>, 「상록수」를 중심으로」, 『영화연구』 31호, 한국영화학회, 2007.

2. 영화배우에서 감독으로의 도정

심훈이 문학예술 분야의 활동을 시작하던 초창기에 새로운 장르
인 영화소설을 창작한 것은 상당히 이례적이라 할 만하다. 당시로
서는 영화와 소설을 결합한 파격적 형식의 영화소설을 신문에 연
재한 것 자체가 사람들의 주목을 끌기에 충분했다. 지금도 마찬가
지지만, 한국 영화사의 초창기인 1920년대 중반 무렵에 영화감독
으로 데뷔하는 가장 보편화된 방법의 하나는 시나리오를 직접 창
작한 뒤에 그것의 영화화를 지원해 줄 제작사를 찾아가는 것이었
다. 비록 영화소설을 본격적인 시나리오라고 평가할 수는 없지만,
심훈이 그런 형식의 작품을 썼다는 사실은 영화감독으로서 영화를
연출해 보고 싶다는 욕망을 표출한 것이라고 할 수 있다.

그가 이처럼 영화감독이 되고자 했던 것은 영화 분야에서의 첫
경험과 무관하지 않다. 앞에서 언급한 것처럼 심훈은 1925년에 영
화배우로서 영화계에 첫 발을 내디뎠다. 그 전해에『동아일보』사
회부 기자가 된 그는 당시 첫 번째 아내 이해영과 이혼한 상태였
는데, 이러한 개인적 불상사를 겪은 뒤에 출연한 <장한몽>은 계
림영화협회에서 제작을 맡은 작품이었다. 계림영화협회는 1913년
에 번안 소설 <장한몽>을 신문에 연재하여 널리 이름을 날린 조
중환이 설립한 제작사이다. 그는 우리나라 최초의 독립 제작사인

백남프로덕션이 1925년 1월에 설립된 이후 <심청전> 한 편을 겨우 제작하고 해산되자, 그 구성원들을 받아들여 새로운 회사를 꾸렸다. 조중환은 자신이 번안한 <장한몽>을 첫 작품으로 정하고, 백남프로덕션에서 <심청전>의 감독을 역임한 이경손과 자신이 직접 공동 각색을 하여 1925년 10월에 영화화에 착수하게 된다. 그런데 촬영 도중에 주인공 이수일 역을 맡았던 일본인 주삼손(朱三孫)이 행방불명이 되는 바람에 이경손 감독과 극문회 시절부터 가깝게 지내던 심훈이 대역으로 출연하게 된다.[10] 1926년 3월에 단성사에서 개봉된 이 영화는 두 명의 배우가 차례로 이수일 역할을 하여 관객을 혼란에 빠뜨렸지만, 흥행에는 실패하지 않아서 제작사가 두 번째 작품을 준비하는 데 용기를 준 것으로 평가되고 있다.[11]

한 편의 영화에서 처음부터 끝까지 온전하게 주인공 역할을 맡은 것은 아니지만, <장한몽>의 주인공으로 출연한 경험은 심훈의 인생에 하나의 전환점이 된다. 영화가 개봉된 직후 곧 철필구락부 사건이 터져 그는 기자직을 그만두게 되는데, 엎친 데 덮친 격으로 8개월 동안이나 근육염을 앓아 병원 신세를 지게 된다. 그런데 이처럼 거듭되는 불행도 한번 불붙은 영화에 대한 열정을 결코 꺼뜨릴 수는 없었던 것으로 보인다. 무엇보다도 다리 수술을 받고 병상

10) 이영일, 『평전·한국 영화인 열전』, 영화진흥공사, 1982, 137면.
11) 이영일, 『한국 영화 전사』, 소도, 2004, 87면.

에 누운 채로 아픔을 견디면서 영화소설 <탈춤>을 신문에 연재
하는 괴력을 발휘했기 때문이다.[12]

심훈이 창작한 유일한 영화소설 <탈춤>에 대해서는 그동안 기
존의 연구 논문들에서 주제적 측면과 서사적 측면 등에 대해 깊이
있게 분석한 바 있다. 그렇기 때문에 여기에서는 탐욕스런 부자 때
문에 가난한 연인이 사랑을 이루지 못한다는 비극적인 내용에 대
한 자세한 소개는 생략하기로 하고, 기존의 논의들이 연구한 내용
들을 정리해 보고자 한다. 먼저 이 작품의 주제는 '가난한 연인들
의 비극적인 사랑' 또는 '핍박 받는 사랑'으로 요약할 수 있다.[13]
주제가 보여 주는 성향으로만 판단하면 이 작품은 신파조의 통속
적인 요소를 지닌 작품이다.[14] 또한 여자 주인공의 생애에 초점을
맞추어 보면, 우리 문학사에서 전통적 요소의 하나로 전해져 오는
'여성 혼사 장애' 모티프를 잇고 있는 것으로 볼 수도 있다. 이 모
티프는 근대 이후에는 신파극에 수용되어 증폭되는 양상을 보이게
되는데, 이 작품도 그러한 부류에 속한다고 하겠다. 한편 서사적
측면에서 볼 때 후반부의 결혼식 장면에서 보이는 행동 중심의 시
나리오적 구성 요소와 다른 부분에서 발견되는 소설적 구성 요소,
예컨대 이야기의 진행에 관한 서술자의 침입이 과도하게 드러나거

---

12) 심훈, <탈춤>,『동아일보』, 1926.12.16.
13) 조혜정, 앞의 글, 168면.
14) 전흥남, 앞의 글, 459면.

나 인물들의 심리적 태도에 대한 자세하게 진술하는 등의 요소가 공존하는 특징을 보인다.[15) 이는 과도기적 형식으로서의 영화소설이 지닌 특징이라고 할 수 있을 것이다.

이처럼 신파조의 통속성을 지닌 영화소설 <탈춤>의 주제는 동시대에 김동인, 염상섭, 현진건, 나도향 등이 발표한 소설의 주제와 비교할 때 상당히 시대에 뒤떨어진 것으로 볼 수 있다. 하지만 위에서 살펴본 것처럼 시나리오적 구성 요소와 소설적 구성 요소를 혼합한 서사적 측면과 영화 배우들의 연기 장면을 찍은 스틸 사진을 적극적으로 이용한 형식적 측면은 상당히 새로운 것이었는데, 이는 시각성을 중시하는 영화로부터 대부분 차용해 온 것이라고 할 수 있다. 문화적 측면에서 볼 때 영화소설의 유행은 영화 관람을 통해 육성된 새로운 소비자들의 욕망을 전제로 한 것이었다. 그런 점에서 영화소설이 새로운 독자 대중을 창조하고 그들에게 맞는 형식을 선보였다는 평가[16)는 적절하다고 하겠다.

심훈의 영화소설이 신파극의 틀에서 크게 벗어나지 못한 것은 영화배우로 출연했던 첫 작품이 신파극의 대부라고 할 수 있는 조중환이 설립한 계림영화협회의 작품이었다는 사실과 무관하지 않은 것처럼 보인다. 심훈은 <탈춤>을 영화로 만들기 위해 시나리오로 각색하고 배우와 스텝을 선정하는 등 준비 작업을 진행하였

---

15) 김경수, 앞의 글, 173면.
16) 전우형, 앞의 글, 47면.

지만, 일이 뜻대로 진행되지 않는다. 이런 상황에서 그가 선택한 것은 영화 수업을 위한 일본행이다. <탈춤>의 연재가 끝난 후 연말연시를 전후하여 배우 강홍식과 함께 심훈은 일본 경도(京都)에 있는 니카츠 촬영소를 찾아가게 되었던 것이다.[17] 거기서 심훈은 무라타 미노루 감독 아래에서 두 편의 영화에 출연하며[18] 영화 제작을 집중적으로 배우게 된다.

당시 일본에서는 시대극이나 검객 영화가 인기를 끌고 있었는데, 무라타 감독은 이러한 대중적 취향을 따르지 않고 크로스 커팅에 이르는 다양한 기법을 구사하며 「노상의 영혼」 같은 기독교 박애주의 교훈극을 제작한 바 있다.[19] 그는 원래 쇼치쿠(松竹) 키네마를 통해 영화계에 데뷔하였다가 니카츠로 건너왔는데, 당시의 일본 영화감독들 중에서 가장 철저하게 서양 연극의 학습을 계속하던 인물로 평가받고 있다.[20] 이런 이유 때문에 그는 당대의 일본 영화계에서 항상 서양파로 분류되었다. 심훈은 이런 성향의 무라타 감독 아래서 <춘희(椿姬)>의 제작 과정에 참여하였다. 그런데 심훈이 첫 출연작이 주연 남자 배우의 행방불명으로 곤란을 겪은 것처럼, 이 영화 역시 공교롭게도 제작 도중에 남녀 주연배우가 사라

---

17) 안종화, 앞의 책, 113면.
18) 심훈, 「경도의 니카츠 촬영소」, 『신동아』, 1933.5, 135면.
19) 요모타 이누히코, 박전열 역, 『일본 영화의 이해』, 현암사, 2001, 71면.
20) 사토오 다다오, 유현목 역, 『일본 영화 이야기』, 다보문화, 1993, 71면.

지는 일을 겪게 된다. 두 편의 영화 제작에 배우로 참여하면서 무라타 감독의 연출력을 배운 심훈은 1927년 5월 8일에 귀국하였는데, 국내의 한 일간신문에서는 그가 영화 연구 및 실습을 하고 돌아왔다는 동정을 알렸다.[21]

귀국 후에 심훈은 다시 계림영화협회로 돌아와 <탈춤>의 영화 제작을 포기하고 새로 쓴 시나리오를 영화화하기 위해 힘쓰게 되는데, 그 작품이 바로 그의 유일한 영화 연출작인 <먼동이 틀 때>이다. 이 영화는 <탈춤>처럼 남녀 간의 전형적인 삼각관계를 다룬 작품이 아니라 두 쌍의 남녀를 대비시키면서 과거와 미래, 희생과 희망을 이야기하는 이중 플롯을 지닌 작품이다.[22] 이 영화는 1930년대 말에 개최된 영화제에서 무성영화 부문 7위에 오를 정도로 인기를 끌기도 하였는데, 그 이유는 신파조의 내용에서 어느 정도 벗어남으로써 작품의 수준이 높아졌기 때문이다.[23] 한편 배우의 연기와 촬영 기법 면에서도 이 영화는 주목을 받았다. 주인공은 심훈과 함께 니카츠에서 배우 훈련을 받은 강홍식이 맡았고 촬영은 일본인 촬영 기사인 하마다 쇼자부로(濱田秀三郎)가 맡았는데, 이동 촬영이나 과거 장면 삽입 같은 테크닉을 사용함으로써 조선

---

21) 『조선일보』, 1927.5.12.
22) 조혜정, 앞의 글, 175면.
23) 임화는 이 작품에 대해 서구의 문예영화를 접하는 듯한 느낌을 갖는다고 하면서 <아리랑>과 더불어 기억해 둘 우수작이라고 평가하였다. 임화, 「조선 영화 발달 소사」, 『삼천리』, 1941.6, 202면.

영화의 신기원을 개척하였던 것이다.[24] 이처럼 <먼동이 틀 때>가 성공을 거둘 수 있었던 중요한 이유 중의 하나로 심훈이 일본의 니카츠 촬영소로 건너가 일본 현대 영화를 선도하던 무라타 감독에게서 영화 제작을 배웠던 사실을 다시 한 번 지적하지 않을 수 없다. 이는 무엇보다도 <먼동이 틀 때>가 촬영 기법은 물론이고 주제 면에서도 기독교적 희생과 재생이라는 무라타 감독의 영화 주제와 유사하다는 것을 통해 입증된다.

3. 소설 「상록수」의 영화적 속성

<먼동이 틀 때> 이후 한 동안 영화 제작을 중단했던 심훈은 「상록수」의 창작을 계기로 또다시 영화 제작을 향한 의지를 불태우게 된다. 그의 소설 「상록수」는 영화감독이 쓴 소설이라는 점만으로도 사람들의 이목을 끄는 작품인데, 다시 저자의 손에 의해 시나리오로 각색되는 과정을 거쳤기 때문에 더욱 문제적인 작품이 되었다. 물론 영화소설 <탈춤>도 시나리오로 각색되는 과정을 거쳤지만, 그 작업은 심훈 혼자 힘이 아니라 윤석중의 도움을 받아 이루어진 것이기 때문에 동일한 저자에 의한 다시 쓰기 차원의 상호텍스트성을 논의하는 대상으로 삼기에는 다소 무리가 있다. 그리고

24) 한국예술연구소 편, 『이영일의 한국 영화사 강의록』, 소도, 2002, 136면.

영화소설 자체가 원래부터 영화적 요소를 많이 가지고 있기 때문에 소설에서 시나리오로 각색한 작품에 비해 장르 이동의 효과도 상대적으로 적을 수밖에 없다고 하겠다.

위에서 살펴본 것처럼 「상록수」는 저자가 직접 자기 소설을 시나리오로 각색한 드문 예에 속한다. 물론 「상록수」는 장르 이동의 여러 가지 경우 가운데 소설을 시나리오로 각색한 것이기 때문에 가장 일반적인 경우라고 할 수 있다. 이와 반대로 오늘날에는 영화가 극장가에서 흥행에 성공하면 그 시나리오를 다시 소설로 펴내어 베스트셀러로 만들기도 하지만, 심훈이 활동하던 시대에는 이런 일이 거의 일어나지 않았다. 그래서 일제 강점기의 작품을 대상으로 하여, 영화에서 소설로의 장르 이동과 관련된 상호텍스트성을 논의하기는 매우 힘들다. 하지만 심훈은 「상록수」 이전에 두 편의 시나리오를 써 본 경험이 있기 때문에, 그 작품들과 「상록수」의 관련성은 고찰해봄으로써 제한적으로나마 영화에서 소설로 이동하는 과정의 상호텍스트성을 논의해 볼 수 있다.

심훈은 과거에 <탈춤>과 <먼동이 틀 때>의 시나리오를 쓸 때 사용하던 수법을 소설 「상록수」를 창작하는 과정에 상당히 많이 적용시켰다. 그리하여 결과적으로 소설 「상록수」는 영화처럼 시각을 중심으로 다른 감각까지 활용하는 복합 감각적, 종합 예술적 장면을 많이 갖게 되었다. 영화와 소설의 상호텍스트성은 둘 다 내러티브를 갖고 있다는 데서 출발하는데, 영화가 소설처럼 내러티브를 중심 요소로 갖게 되는 이유는 움직임이라는 특성 때문이라고 할 수 있다. 그런데 극장에서 영화를 관람할 때는 한 번 지나간 장면을 다시 되돌릴 수 없기 때문에 이 움직임은 계속적으로 이어져야만 하는 운명에 처한다. 만약 영화가 소설처럼 과거 회상 장면을 통해 시간의 역전을 여러 번 반복해서 보여주게 되면, 관객들은 영화의 내용을 일목요연하게 파악하지 못한 채 혼란을 겪게 된다. 이런 이유 때문에 영화에서의 시간은 가능하면 선조적(線條的)으로 흘러갈 수밖에 없는 것이다. 물론 실험 영화 같은 일부 영화는 일부러 관객이 영화의 내용을 지각하는 것을 지연시키거나 방해하기 위해 포스트모더니즘 소설처럼 시간을 자유자재로 배치하기도 하지만, 이는 어디까지나 특수한 경우일 뿐이다.

선조적 구성과 관련하여 영화는 심리보다는 행동 중심으로 진행된다. 심훈이 「상록수」 이전에 창작한 영화소설 및 시나리오 <탈춤>과 시나리오 <먼동이 틀 때>는 마치 액션 영화를 연상시키듯이 등장인물들의 격렬한 행동이 많은 비중을 차지하고 있다. 속도가 빠른 격투 장면도 들어 있고 걷거나 달리는 등의 육체적 행동이 중심이 된 장면들도 곳곳에 들어 있다. 소설 「상록수」 역시 영화가 아니라 소설임에도 불구하고, 앞서 창작한 작품들과 마찬가지로 독자들로 하여금 시간의 경과를 의식하기 힘들도록 만드는 장면은 거의 포함하고 있지 않다. 그 대신 사건을 순차적으로 배치한 대부분의 극영화처럼 행동 중심의 사건이 꼬리에 꼬리를 물고 연쇄적으로 일어나도록 하고 있음을 발견할 수 있다. 이 작품의 등장인물들은 동혁이 불을 지르는 동생을 제지하는 장면 등에서처럼 액션 영화 같은 격렬한 행동도 보여 준다. 특히 주인공 동혁은 누구보다도 많이 걷는다.

공간적 배경의 측면에서도 영신이 잠시 유학을 가는 일본이나 그녀의 고향, 두 주인공이 학교를 다니던 서울 등을 제외하면 거의 청석골과 한곡리가 중심 무대가 되어 교대로 등장한다. 그렇기 때문에 독자들은 이 소설을 읽는 동안에 과도한 장소 이동으로 인한 혼란은 전혀 겪지 않는다. 처음에 청석골과 한곡리에서 따로따로 활동하던 영신과 동혁이 사건의 진행에 따라 서로 관계를 맺고 나중에 가서는 비록 죽은 뒤에라도 한 자리에 모이게 되는 것은 20세기 초의 그리피스 이래 영화의 중요한 편집 기법의 하나로 자리 잡은 교차 편집의 방법을 그대로 적용한 것이다. 물론 그리피스 역시 이 방법을 디킨스 등의 소설에서 배워 왔지만, 심훈의 경우 서양 소설보다는 평소 그가 관심을 기울이던 영화로부터 이 방법을 배웠을 가능성이 훨씬 크다고 할 수 있다. 그는 이미 <먼동이 틀 때>에서 전과자인 주인공과 그의 아내가 각자 헤어져 살다가 마지막에 극적으로 만나는 장면을 제작할 때 이 방법을 효과적으로 사용한 바 있다.

한편 영화에서 대사는 소설과 달리 무작정 길어질 수 없고 오로지 관객이 기억할 수 있을 만큼의 길이를 가져야 한다. 너무 긴 대사는 배우가 처리하기에도 힘든 측면이 있다. 특히 무성 영화의 대사는 프레임 안에 넣을 수 있을 만큼 적은 분량이어야 한다. 심훈 시대에는 무성 영화가 대부분이었기 때문에 대사는 프레임 안에 넣을 수 있을 만큼 적은 분량이어야만 했다. 그런데 프레임 안에 들어가는 영화의 요소 중에서 대사보다 더 중요한 것은 바로 장면화=미장센의 대상들이다. 소설보다 영화는 프레임이라는 틀 때문에 묘사의 제한을 훨씬 강하게 받는다. 그래서 등장인물의 대사와 행동에만 신경을 써야 하는 것이 아니라 다른 요소들의 배치에도 관심을 기울여야 하는 것이다.

"멀구두 가까운 게 뭘까요?"

끝도 밑도 없는 수수께끼와 같은 말에 영신의 눈은 둥그레졌다. 무어라고 대답을 하면 좋을지 몰라서 눈을 깜박깜박하더니,

"글쎄요…… 사람과 사람의 사일까요?"

하고 동혁의 표정을 살핀다.

"알 듯허구두 모르는 건요?"

"아마…… 남자의 맘일 걸요."

그 말 한마디는 서슴지 않았다.

"아니, 난 여자의 맘인 줄 아는데요."

동혁의 커다란 눈동자는 영신의 가슴속을 뚫고 들여다보는 듯하다.

달은 등 뒤의 산마루를 타고 넘으려 하고 바람은 영신의 옷 깃을 가벼이 날리는데, 어느덧 밀물은 두 사람의 눈앞까지 밀려 들어와 날름날름 모랫바닥을 핥는다.[25]

위의 인용문에서 대사는 마치 무성 영화의 그것처럼 최대한 절제되어 있다. 그래서 읽는 사람으로 하여금 혼란을 일으키게 하거나 기억을 할 수 없게 하지 않는다. 작가는 감정을 최대한 잘 전달하기 위해 말줄임표를 적절하게 이용하여 등장인물의 대사 처리까지 신경을 쓰고 있다. 또 마치 카메라를 작동시키듯이 '눈이 둥그레졌다.'처럼 때로는 클로즈업을 연상시키는 장면을 넣기도 하고, 팬(pan.) 기법을 쓴 것처럼 산마루에 걸린 달에서 영신의 옷깃으로 시선이 옮겨 오는 장면을 넣기도 했다. 이러한 배려는 영화 텍스트가 여러 개의 표현 요소를 동시에 나열하는 복합 구성을 해야 하기 때문에 문학 텍스트에 존재하지 않는 창조적 연출 작업이 필연적으로 요구된다는 것[26]을 이해하고, 이것을 일부러 문학 텍스트에 적용한 듯한 느낌을 가지게 한다. 그만큼 이미 두 편의 영화 시

---

25) 심훈, 「상록수」, 『한국소설문학대계』 21, 동아출판사, 1995, 104면.
26) 유지나, 「문학 텍스트에서 영화 텍스트로의 이동: 마르그리뜨 뒤라스를 중심으로」, 『문학정신』, 1992.3, 48면.

나리오를 쓴 경험이 있는 심훈의 소설 「상록수」는 그 작품들의 영
향을 받아 영화적 요소를 대폭적으로 담고 있는 문학 텍스트라고
할 수 있다.

4. 각색 시나리오 「상록수」의 특징

소설을 시나리오로 각색을 할 때 내용과 형식면에서 변화가 일
어나는 가장 궁극적인 이유는 두 장르의 속성이 다르기 때문이다.
소설이 속한 서사 양식과 시나리오가 속한 극 양식은 공통적으로
이야기를 전달한다. 그래서 이야기를 담고 있는 사건이 있고, 사건
을 일으키는 등장인물이 존재한다. 일반적으로 작품의 핵심적 내
용을 담고 있는 플롯 라인은 사건과 사건의 끊임없는 연쇄로 이루
어져 있다. 그래서 플롯 라인만 따라가면 어떤 일이 벌어지고 있는
지를 쉽게 파악할 수 있다. 그런데 이야기를 전달할 때는 사건만
보여줄 수 없고 등장인물에 대한 설명도 덧붙여야 한다. 다시 말해
인물 간의 관계라든가, 인물의 성격에 대한 서술이 있어야 하는 것
이다. 소설과 시나리오에서는 이러한 역할을 담당하는 부분을 서
브플롯이라고 하는데, 서브플롯이 많아지면 전달되는 이야기의 내
용이 헷갈릴 가능성도 있다. 곁가지가 많기 때문에 몸통이 잘 보이
지 않을 수 있다는 것이다.

흔히 어떤 작품에서 위에서 설명한 플롯 라인이 뚜렷하면 '방향'(direction)을 가졌다고 하고, 서브플롯이 많으면 '폭'(dimensionality)을 가졌다고 한다. 방향은 클라이맥스를 향해 곧장 나아간다. 이때 추동력이 되는 것은 사건과 행동이다. 다음에 무엇이 일어날지 기대감을 갖게 하면서 사건과 사건이 이어지는 것이다. 이에 비해 폭은 등장인물의 성격을 드러내주고, 테마를 발전시켜 준다.[27] 소설은 종이에 적힌 문자로 이루어져 있기 때문에 얼마든지 방향이 헷갈리면 되돌아가서 읽을 수가 있다. 그러나 극장에서 보는 영화는 한번 보고 나면 다시 되돌려서 보기가 힘들다. 그렇기 때문에 소설은 방향이 뚜렷하지 않아도 되고 폭이 넓어도 된다. 하지만 영화는 폭이 넓으면 방향을 상실하여 관객들을 혼란에 빠뜨릴 가능성이 많다. 그래서 가능하면 폭을 좁히고 방향만 뚜렷하게 보이도록 조정을 해야 한다. 소설을 시나리오로 각색할 때도 이 원칙은 그대로 유효하다.

각색 과정에서 작품의 폭을 줄이는 방법은 여러 가지가 있다. 가장 흔한 방법은 소설 「상록수」를 각색한 시나리오 「상록수」처럼 우선 등장인물의 수를 대폭 줄이는 것이다. 소설에서 영신이 한곡리를 처음 방문했을 때 공동경작회원 가운데 거머리에 물리면서 논을 갈던 칠룡이는 역할이 미미해서 영화에서는 등장하지 않는다.

---

27) Linda Seger, The art of adaptation: turning fact and fiction into film, New York, NY: Henry Holt & Co., 1992, p.77.

영화에서는 인물이 지나치게 많이 등장하면 인물 간의 관계도 헷갈리고 방향도 헷갈리기 때문에 수를 줄인 것이다. 소설에서 제법 많은 분량을 차지하면서 한곡리 사람들과 관계를 맺는 지주집의 기만이가 빠진 것도 비슷한 경우라고 할 수 있다.

등장인물의 수를 줄이는 방법 다음으로 흔히 쓰는 방법은 장소 이동을 최소화하는 것이다. 영신은 청석학원 낙성식을 눈앞에 두고도 느닷없이 청석골을 떠나 고향을 방문하고 낙성식이 끝난 뒤에는 일본 유학을 가기도 하는데, 이는 원래 소설이 겨냥한 '농촌 계몽'이라는 주제와 밀접한 관련이 있는 부분이 아니다. 그래서 시나리오에서는 삭제되지 않을 수 없는 운명에 처한다. 동혁과 영신이 기독교에 대해 논쟁을 벌이는 것도 자칫 '농촌 계몽'이라는 방향을 잃게 할 수도 있기 때문에 역시 시나리오에서 삭제되었다. 이외에도 영신의 맹장염과 같은 크게 중요하지 않은 여러 서브플롯이 작품의 방향을 보다 뚜렷하게 보이도록 하기 위해 각색 과정에서 자취를 감추었다.

전해달라는 편지는 받아 두고도 영신에게 전할 필요를 느끼지 않았다. 영신이가 그런 편지를 직접 받았더라도 몸이 불편하다고 핑계를 하든지 해서 이른바 초대회에 까닭 없는 주빈 노릇 하기를 거절하였으리라. 동리의 가난한 사람들을 위하는 일이나 무슨 집회 같은 데는 자발적으로 출석을 하였지만, 기만의 심심풀이를 해 주거나 그런 사람이 자랑하는 생활을 보기 위해서, 더구나 홀로 지낸다는 남자를 찾아가고 싶지가 않았던 것이다. 사업을 위해서는 소 갈 데 말 갈 데 없이 다니나, 이러한 경우에는 처녀로서의 처신을 가지고 조심하지 않을 수 없는 것을 잘 알고 있었기 때문이다.[28]

위의 인용문은 동혁이의 머릿속에서 벌어지고 있는 일을 적은 것이다. 이를 통해서 보면 동혁이가 영신을 얼마나 배려하고 신뢰하는지가 분명하게 드러난다. 하지만 이 장면은 시나리오로 각색되는 과정에서 삭제될 수밖에 없다. 이것은 서브플롯에 해당하는 것이라서 삭제된 것이 아니라 장면화가 어렵기 때문에 삭제된 것이다. 영화 속의 영상은 트리스티앙 메츠의 말처럼 다른 무엇이 아닌 영상일 뿐이고 일단 시니피앙으로서 기능한다.[29] 그렇기 때문에 일단 영상화가 되지 않는 것은 시니피앙으로 기능을 다할 수 없기 때문에 시나리오에서는 부득이하게 뺄 수밖에 없는 것이다. 반면에 아래 장면처럼 '감옥을 나왔다'는 서술 하나로 표현하기에는 부족할 경우에는 구체적인 장면으로 확대시켜 재창조할 수도 있다.

---

28) 심훈, 앞의 책, 92면.
29) 유지나, 앞의 글, 48면.

(나) S 감옥 문전(門前)

(F.I) 감옥 담 옆을 걸어오는 동혁

(조그마한 보자기를 들었다)

사방을 몇 번 둘러본다. (각구[角口])

(눈이 부신 듯이)

기다리고 섰는 건배

(차입소 배경)

멀리 걸어오는 동혁

달려가는 건배

달려드는 건배와 동혁

서로 감격해 쳐다본다.

건배

T『모든 것이 내 탓일세.』

동혁, 머리를 흔든다.

T『아―니』[30]

　이 인용문을 보면, 그가 감옥에서 어떤 행색으로 나오는지, 또 기다리는 건배와 동혁이 어떤 심정으로 서로 만나는지 길게 설명하지 않아도, 즉 폭이 별로 없어도 사건만으로 분명하게 알 수 있다. 이것이 바로 영화가 가진 장점으로서 시각 중심의 장면화의 힘이다. 다른 말로 하면 시니피앙이 가진 힘이기도 하다. 이 장면이

---

30) 심훈, 「상록수」, 『심훈 전집』 3, 앞의 책, 507면.

특정한 시니피에로만 해석되어야 하는 것은 아니다. 일반적으로 대부분의 관객들이 공유하는 문화적 코드에 따라 이 장면은 일정한 시니피에로 환원되겠지만, 모든 장면이 항상 그런 것은 아니다. 딥 포커스처럼 프레임의 앞부터 뒤쪽까지 모두 선명하게 보인다면 화면 속의 어떤 요소를 볼 것인가는 관객의 몫이 될 수도 있다. 또 어떤 위치에서 보는가에 따라 같은 사물이라도 시니피에가 달라질 수도 있다. 이는 영화 제작 과정에서 발생하는 문제로 영화의 시점 및 쇼트와 관련된 것이다. 이처럼 소설을 시나리오로 각색하는 것은 단지 소설 언어를 시나리오 언어로 바꾸는 데 그치지 않고 시나리오 언어를 다시 영상 언어로 바꾸는 차원까지 고려해야 하는 것이다.

5. 경계를 넘나드는 상호텍스트성

원작 소설의 작가에 의한 직접적 다시 쓰기로서 소설의 시나리오로의 각색 작업은 각색의 종류만큼이나 다양한 층위를 지니고 있다. 심훈의 소설 「상록수」와 시나리오 「상록수」는 비교적 충실한 각색에 해당한다고 볼 수 있다. 그런데 심훈의 소설은 그 이전에 영화를 제작해 본 경험 때문인지는 몰라도 영화적인 요소를 상당히 강하게 지니고 있음이 특징적이다. 이러한 점은 복잡하지 않은 시간 구성, 짧은 대사 등을 통해 쉽게 찾아볼 수 있다. 특히 작가는 달빛이 비치는 해변에서의 연애 장면에서 볼 수 있는 것처럼, 프레임 안에 들어오는 여러 요소에 대한 배치를 의미하는 미장센과 관련해서도 세팅, 조명, 등장인물의 행동을 면밀하게 통제하는 솜씨를 보인다.

유성영화 시대로 넘어오면 소설에서 영화로의 각색은 훨씬 복잡해진다. 한 편의 영화가 영상으로서의 영화 텍스트 외에 소리로서의 영화 텍스트를 하나 더 가지고 있기 때문이다. 그래서 두 개의 텍스트를 어떻게 결합하느냐에 따라 소설을 시나리오로 각색하는 작업은 훨씬 많은 상호텍스트성을 구현할 수 있게 된다. 심훈의 경우 유성영화 제작을 경험해 보지 못한 채 요절했기 때문에 현대의 영화감독들에 비해 상대적으로 소극적이고 보수적인 상호텍스트성을 보여주었다고 할 수 있다. 이것은 그가 각 장르의 속성에 맞지 않는 부분만 새로 쓰고, 나머지 부분은 장르 이동만 했을 뿐 거의 변화를 주지 않았다는 점을 통해 증명된다.

그럼에도 불구하고 심훈은 소설에서 시나리오로의 장르 이동을 통한 텍스트 다시 쓰기를 거의 선구적으로 수행하였으며, 거기에서 끝나지 않고 직접 영화 제작까지 감행하기도 하였기 때문에 오늘날까지도 많은 주목을 받고 있다. 즉, 그는 소설에서 시나리오로의 각색에 끝나지 않고 시나리오에서 영화로 변환하는 장르 이동까지 수행하였다. 말하자면 그의 작품들은 '문자에서 문자로' 그리고 '문자에서 영상으로' 구현되는 이중적 상호텍스트성의 양상을 찾아 볼 수 있는 좋은 예인 것이다.*

* **출전** :「심훈 문학과 영화의 상호텍스트성」,『한국현대문학연구』31, 한국현대문학회, 2010.08.

1930년대 프랑스 영화
「무도회의 수첩」의 수입과 그 영향

1. 식민지 시대 말기의 한국과 프랑스 영화

프랑스와 우리가 역사상에서 최초로 대면한 것은 천주교를 통해서라고 할 수 있다. 조선 중기 중종 때 명나라를 다녀왔던 이석(李碩)이 최초로 프랑스를 언급한 이래 선조 때 학자 이수광의 『지봉유설』에 이르면 드디어 천주교가 등장한다. 이후 사신들이 이 새로운 종교를 세상에 점차 알렸고, 정조 18년(1793)에는 이승훈이 세례를 받아 최초의 신자가 된다. 순조 이후 두 번씩이나 프랑스 정부의 공식적 통상 요구를 거절하고 세 차례의 박해를 단행했음에도 불구하고, 국내에 들어온 프랑스 선교사들의 활발한 활동 덕분

103

에 천주교 신자는 대원군 집권 초에 2만여 명에 달하였다. 대원군은 처음에 프랑스를 이용하여 러시아의 남하를 저지하려 했으나, 프랑스가 독일을 견제하려고 러시아에 접근하는 바람에 뜻을 이루지 못하였다. 이에 그는 천주교 옹호자라는 혐의를 벗고 정치적 위기를 타개하기 위해 프랑스 신부 9명과 8천여 명의 신도를 처형하는 병인박해(1866)를 일으킨다. 마침내 두 나라는 선교사 처형을 빌미로 하여 정식으로 만나는데, 불행하게도 그 만남은 강화도를 침범한 로즈 제독 휘하의 프랑스 군대와 강화도 침범과 그에 맞선 한성근과 양헌수 부대 간의 전쟁이었다.

이처럼 첫 번째 정식 만남은 갈등의 폭발로 끝났지만, 1886년 조선은 프랑스와 공식적인 외교 관계를 수립하고 문호를 개방하게 된다. 천주교를 공식적으로 인정하는 문제 때문에 조선과 프랑스 사이의 통상 조약은 다른 나라에 비해 늦어졌지만, 이를 계기로 조선인들은 천주교를 자유롭게 믿을 수 있게 되었다. 철종 때부터 한글로 된 천주교 포교서를 번역하고 간행하였던 프랑스 사람들은 이를 통해 한글을 널리 보급함으로써 우리 근대 문화의 발전에 적지 않은 공헌을 하였다. 한글 보급과 더불어 프랑스가 우리 문화에 커다란 영향을 끼치게 되는 때는 세 차례에 걸친 우리 근대와 현대사의 암흑기였다.

서유럽의 여러 나라 가운데 '우수' 또는 '멜랑콜리'를 문화적 특징으로 가진 나라는 프랑스이다. 이러한 특징은 슬픔을 동반하기는 하되 절망에 빠지지 않는다는 점에서 러시아 문화에서 과도하게 드러나는 '암울' 내지 '허무'와 구별된다. 프랑스 문화사에서 슬픔을 동반한 우울함이 가장 잘 드러난 두 시기는 19세기 말과 양차 세계대전 사이인 1930년대 말이라고 할 수 있을 것이다. 전자는 이른바 데카당스 문화가 유행하던 시기에 해당한다. 부정적 이미지로 현실을 소리 높여 비판하던 퇴폐적인 분위기는 일본 제국주의의 식민지 통치 아래 신음하던 조선의 청년들을 매혹하기에 충분한 것이었다. 그래서 삼일운동 직후의 암울한 시기에 우리 근대 문학이 자유시를 형성하는 과정에서 소위 세기말의 프랑스 퇴폐적 낭만주의 문학이 특히 많은 영향을 끼치게 된다. 한편 후자는 시적 리얼리즘이라는 프랑스 특유의 영화적 조류와 관련되어 있다. 역시 프랑스 문화 특유의 낭만주의적 경향을 보여주는 영화들이 대거 창작되어 제2차 세계대전 직전과 전쟁 중의 고통 받는 사람들에게 일종의 위안을 주었던 것인데, 이 영화들은 식민지 조선에도 수입되어 비슷한 기능을 담당하였던 것이다.

　이처럼 섬세한 감정을 바탕으로 하는 프랑스 낭만주의 계열의 예술은 위에서 말한 것처럼 삼일운동 직후나 식민지 시대 말기처럼 공교롭게도 우리 민족이 각박한 삶으로 신음하던 암울한 시기에 수입되어 사람들의 심금을 울리곤 했다. 아무래도 이성적인 인간의 합리성이 마비되고 비이성적 폭력이 난무했기에 정서적인 측면이 과장될 수밖에 없었던 시대적 분위기를 빼고서는 이런 현상을 제대로 설명하기 어려울 것이다. 근대 이래로 사상 최대의 폭력적인 상황이 벌어졌던 한국전쟁을 전후한 시기도 예외는 아니었다. 제2차 세계대전 종전 후에 프랑스에서 등장한 '아프레게르'적인 실존주의 문학이 우리나라에 수입되어 많은 작가들에게 영향을 끼쳤던 것이다. 그리하여 까뮈, 사르트르 등의 이름이 자주 지식인들의 입에 오르내리는 현상이 벌어지게 되었다. 이 시기에는 1930년대에 소개된 프랑스 영화가 다시 상영되는 일도 빈번하였다. 당시 서울에는 약초극장의 후신으로 외국 영화를 주로 상영했던 수도극장을 비롯하여 국제, 중앙, 명보, 국도, 시공관, 씨네마 코리아, 단성사 등 극장이 있었지만 운니동의 천도교 대강당이 문화관이라는 이름을 걸고 영화관 역할을 하기도 하였다. 이들 극장에서 재상영된 영화 가운데는 '망향'이라는 제목으로 상영된 「페페 르 모코」(1955년 재상영)와 「무도회의 수첩」(1956년 재상영)이라는 줄리앙 뒤비비에 감독의 작품도 들어 있었다.

두 작품 가운데 「무도회의 수첩」은 여러 가지 점에서 문제적인 작품이라고 할 수 있다. 무엇보다도 허무주의에 짙게 물든 통속적 내용으로 되어 있는 점에서 그러하고 내러티브 구조가 매우 개성적인 형태를 띠고 있다는 점에서 그러하다. 이런 이유로 세대를 뛰어넘어 오늘날에 제작되는 영화에까지도 적지 않은 영향을 미치고 있으며, 아직도 많은 사람들이 화제로 삼고 있다. 그동안 국내에서는 이 영화에 대한 연구가 거의 진행되지 않았다. 프랑스 시적 리얼리즘에 대한 연구 자체가 별로 되지 않았기에 이 영화 역시 학계의 주목을 받지 못한 것 같다. 이에 이 글에서는 「무도회의 수첩」의 특징을 살펴보고 한국에 수입된 이후에 끼친 영향을 집중적으로 고찰하고자 한다.

2. 시적 리얼리즘 그리고 줄리앙 뒤비비에

「무도회의 수첩」은 1930년대를 풍미한 프랑스 시적 리얼리즘 계열의 영화이다. 뤼미에르 형제가 등장한 초창기 이래로 프랑스 영화의 두 번째 전성기를 열었던 시적 리얼리즘은 "일상적인 삶을 다루되 이를 시적으로 그려내고, 정확한 구성과 인상주의적인 조명, 정적인 쇼트 등 미장센을 강하게 활용함으로써 밀도 있는 분위기와 사색적인 감성을 보여주는 영화"[1]이다. 명칭 자체만 보면 현실을 제대로 그려내는 리얼리즘 앞에 시적이라는 수식어가 붙어 있기에 다소 모순된 용어라고 할 수 있다. 그럼에도 불구하고 시적 리얼리즘은 프랑스 영화를 전 세계에 알린 대표적인 경향이었다.

---

1) 김광철·장병원 편, 『영화사전』, media2.0, 2004, 227면.

영화사의 측면에서 살펴보면, 시적 리얼리즘은 1920년대 중반 독일에서 일어난 '슈트라센슈필(Straβenspiel)' 영화로부터 많은 영향을 받았다. '거리의 영화'로 번역되는 이 운동은 파브스트(Pabst) 감독이 시작한 것으로, 표현주의가 화면의 구성과 조명 등 기술적 요소를 중시하는 데 반대하여 일어났다.[2] 이 운동을 주도한 감독들은 스튜디오에서 형식적 실험을 거쳐 만들어진 인위적인 장면 대신에 거리로 나아가 그 곳에서 벌어지는 일상적 삶을 사실적으로 찍으려 노력했던 것이다.

이에 영향을 받은 프랑스의 시적 사실주의 감독들도 '거리'를 작품의 배경으로 삼아 일반인들의 삶을 카메라에 담아냈다. 하지만 그들은 독일 영화인들과 달리 그 거리를 현장이 아닌 스튜디오에서 재창조하였다. 서정적 분위기를 만들어내기 위해서는 흐릿한 조명이나 안개와 같은 요소가 필요했기 때문이다. 말하자면 거리에서 벌어지는 가난한 사람들의 고난에 찬 인생 역정을 다루면서도, 인공적인 무대를 통해 그것을 아름답게 만들어내는 기이한 현상이 나타났던 것이다. 이와 같은 인공적 조작이라는 요소는 후대의 영화인들이 시적 리얼리즘을 비판할 때 주요 대상이 된다. 대표적인 예로 제2차 세계대전이 끝난 직후 이탈리아에서 일어난 네오리얼리즘 영화가 프랑스의 시적 리얼리즘에서 '서민과 거리'라는

2) 김호영, 『프랑스 영화의 이해』, 연극과인간, 2003, 25면.

요소는 이어받지만, 인공적 분위기는 거부한 것을 들 수 있다.

한편 시적 리얼리즘의 비관적 세계는 밤 장면을 통해 주로 형상화되었는데, 이는 미국의 필름 누아르에도 적지 않은 영향을 미치게 된다. 사회적 분위기와 관련시켜 볼 때, 이러한 암울함은 전쟁에 대한 막연한 불안감이 만연해 있던 제2차 세계대전 직전의 프랑스 사회 상황을 반영했다는 평가를 받는다.[3] 카르네의 영화에서 전형적으로 형상화된 인물들의 숙명론적 패배주의는 이러한 평가를 뒷받침해 주는 좋은 예이다. 그의 영화에서는 위험에 처한 주인공이 그 위험을 벗어나려 하기는커녕 도리어 그 위험에 순응하는 태도를 보이곤 했던 것이다. 「망향(Pepe le Moko)」(1937)의 주인공처럼 힘든 현실 상황을 이루어질 수 없는 사랑으로 넘어서 보려는 이러한 허무주의적 태도는 당대를 살아가던 사람들이 가졌던 현실도피에 대한 욕구이자 시대적 무기력의 표현이라고 할 수 있을 것이다.

프랑스의 배우 가운데 이런 운명적 인간형을 매우 일관적으로 보여준 배우는 장 가뱅이다. 그는 "낭만적이고 무정부주의적이며 예정된 운명을 지닌"[4] 얼굴로 시적 리얼리즘의 대표적 배우로 자리 잡게 된다. 이 장 가뱅에게 연기를 지도한 감독 중의 하나가 바

---

3) 제프리 노웰-스미스 편, 이순호 외 역, 『옥스퍼드 세계 영화사』, 열린책들, 2005, 416면.
4) 잭 엘리스, 변재란 역, 『세계 영화사』, 이론과 실천, 1998, 196~197면.

로 「무도회의 수첩」을 연출한 줄리앙 뒤비비에다. 그는 르네 클레르, 장 르누아르, 자크 페데, 마르셀 카르네, 장 비고 등과 함께 프랑스 시적 리얼리즘을 대표하는 감독이다. 그는 무성 영화 시대에 연출을 시작했지만, 1930년대 접어들어 두각을 나타내기 시작한다. 1935년부터 1940년까지 무려 열한 편에 이르는 영화를 정열적으로 만들었던 뒤비비에는 이 시기에 상업적으로도 성공을 거둔 감독이 된다.[5]

1930년대의 시적 리얼리즘 시기에 만들어진 그의 대표작으로는 「무도회의 수첩」 이외에도 「뛰어난 패거리(La belle équipe)」(1936), 「망향」 등이 있다. 이 두 영화에는 앞서 살펴본 장 가뱅이라는 걸출한 배우가 등장하여 패배하는 주인공으로서 우수 어린 연기를 펼쳐 많은 인기를 끌었다. 이 가운데 「무도회의 수첩」은 주인공 역할을 맡은 마리 벨을 비롯하여 레뮈, 페르낭델, 해리 바우어, 루이 주베, 피에르 블랑샤르, 프랑수아즈 로제 등의 배우들과 시나리오 작가 앙리 장송, 음악을 작곡한 모리스 조베르 등 당대 최고의 예술가들을 총집결시켜 만든 영화로도 유명하다.[6] 뒤에서 살펴보겠지만, 이 영화 역시 이 시기에 만들어진 뒤비비에의 다른 영화들과 마찬가지로 시적 정서를 짙게 드러내면서 현실로부터 떠나고 싶은 도피

---

5) Roy Armes, French Cinema, New York, NY : Oxford University Press, 1985, p.98.
6) 제라르 베통, 유지나 역, 『영화의 역사』, 한길사, 1999, 87면.

주의적이고 허무주의적 욕구를 대리 만족시켜 주는 내용으로 되어 있다.

위에서 살펴본 「무도회의 수첩」을 비롯하여 「망향」 등의 영화를 통해 영화를 통해 상업적으로 성공했음에도 불구하고 뒤비비에의 작품은 치밀하고 능란한 연출 솜씨만 돋보일 뿐 카르네나 르누아르의 걸작이 지닌 감정의 깊이가 결여되었다는 평가를 받고 있다.[7] 사회에서 도태된 사람들이나 고통 받는 인물들을 특유의 우수 어린 분위기로 잘 형상화했지만, 또 사물과 공간에 대한 묘사와 내면적 감정을 탁월한 장인적 기술로 훌륭하게 결합해 내었지만 시적 리얼리즘에 속한 다른 감독들에게서 발견할 수 있는 기품과 열정 같은 것이 결여되어 있었던 것이다.[8] 다시 말해 그는 영화를 정형화된 장인적 기술과 정신으로 고독과 애가 타는 듯한 감정들을 탁월하게 묘사해낸 기능공에 가까운 감독이었다고 할 수 있다.

3. 영화 「무도회의 수첩」의 구조와 특징

뒤비비에의 작품 가운데 「망향」과 더불어 식민지 시대 말과 한국전쟁 직후에 걸쳐 두 번이나 국내에 소개되었던 「무도회의 수첩」

---

7) Roy Armes, op. cit, p.100.
8) 김호영, 『프랑스 영화의 이해』, 앞의 책, 106면.

은 중년에 접어든 사람들로 하여금 청춘의 아련한 추억을 떠올리게 하는 멜로드라마다. 최근까지도 많은 사람들이 젊은 시절의 경험을 이야기할 때 자주 인용할 정도로 그 인기는 여전하다. 그 이유는 낯선 이탈리아를 배경으로 하고 있음에도 불구하고 '인생무상'이라는 동양인에게 익숙한 도교적 주제를 다루고 있기 때문일 것이다. 이 주제는 수천 년 동안 동양 사람들의 뇌리에 박힌 것이어서 영화를 보는 사람들로 하여금 자동적으로 극중 상황과의 정서적 일체감을 형성하도록 하는 힘을 지닌 것이라고 할 수 있다.

이 영화는 주인공은 이탈리아 북부에 위치한 코모 호반의 대저택에 살고 있는 미망인 크리스틴(마리 벨이 연기)이다. 중년에 접어든 그녀가 자신의 삶을 되돌아보면서 다른 사람과 결혼했더라면 더 행복했을지도 모른다는 생각을 하는 것으로 영화는 시작된다. 그녀는 20년 전인 10대 후반의 첫 무도회에서 자신에게 춤을 청했던 남자들의 이름이 적힌 낡은 수첩 하나를 발견하고 그 남자들을 한 사람 한 사람씩 찾아 나서게 된다. 그 수첩의 첫 페이지에는 조르주, 모리악, 피에르, 알랭, 브릭, 프랑수아, 티에리, 제라르, 미셸, 페비안이라는 10명의 남자 이름이 적혀 있었는데, 그들은 잠시나마 그녀에게 애정을 표시했던 사람들이었다. 그러니까 크리스틴은 자신을 사랑해 준 남편을 잃고 난 뒤에 닥쳐온 울적함과 공허감을 채우기 위해 젊은 과거에 자신을 사랑했던 사람들을 찾아가게 되었던 것이다.

하지만 과거의 행복했던 기억을 안고 찾아간 사람들은 그녀의 기대와는 전혀 다른 삶을 살고 있었다. 먼저 그녀를 사랑했다가 약혼 소식을 듣고 자살을 감행했던 순수한 청년 조르주의 옛집에는 그의 어머니가 정신 이상이 되어 늙은 하녀와 살고 있었다. 두 번째로 찾아간 피에르는 표면적 지위는 카바레의 사장이지만 실제로는 깡패 두목이다. 오랜만에 만난 두 사람은 서로를 알아보고 모처럼의 대화를 나누지만, 그녀가 보는 앞에서 경찰에 체포되고 만다. 세 번째로 찾아간 알랭은 청춘의 꿈은 온데간데없고 알프스 스키장의 산장에서 가이드로 일하고 있다. 크게 낙망한 크리스틴은 다시 프랑수아를 찾아가는데, 그는 조그마한 시골 동네의 면장으로 지내고 있다. 공교롭게도 그녀가 찾아간 날은 아내를 잃은 그의 두 번째 결혼식 날이었다. 그런데 놀랍게도 그와 재혼하는 사람은 다름 아닌 식모였다. 결혼식이 끝나고 프랑수아는 다른 사람과 말다툼을 벌이다 마구간에서 채찍으로 마구 때리기도 하는 등 난장판을 벌인다. 다섯 번째로 찾아간 사람은 티에리였다. 그는 한쪽 눈이 보이지 않는 상태로 낙태 수술을 하는 돌팔이 의사였다. 인간성이 황폐해진 티에리는 폐인이 되어 가까운 사람에게 총을 겨누기도 하는 등 거의 미친 상태에 놓여 있었다. 여섯 번째로 만난 페비안은 네 명의 자녀를 두고 미용실을 경영하며 그나마 행복하게 살고 있었다. 페비안은 크리스틴의 머리를 만져준 뒤에 옛 추억을 살려 무도회장에 그녀를 데리고 간다. 크리스틴은 페비안과 춤을 추면서 10대 때의 추억에 잠시 젖기도 하지만, 그 시절로 돌아갈 수는 없는 노릇이었다. 결국 여러 사람을 만난 뒤에 실망만 잔뜩 안고 돌아온 크리스틴은 호수 건너편에 산다는 제라르의 집을 찾아간다. 그녀는 배를 타고 가면서 잘 생겼던 제라르의 얼굴을 떠올리며 도착하지만, 이미 제라르는 1주일 전에 세상을 떠나고 그와 똑같이 생긴 아들 잭만 남아 있을 뿐이다. 크리스틴이 이 친구의 아들과 무도회에서 함께 춤을 추는 장면으로 영화는 막을 내린다.

다소 장황하게 설명한 줄거리에서 볼 수 있듯이, 이 영화는 청춘의 기대와 달리 별 볼 일 없는 삶을 살아가는 중년들을 보여줌으로써 인생의 허무를 잘 표현하고 있다. 앞에서 우리는 시적 사실주의가 현실 순응적인 세계관을 유포한 측면이 있음을 살펴보았거니와, 이 영화에서도 낭만적 성향의 현실 체념이 드러나고 있다. 이 점에서 이 영화는 우리나라에 처음 소개되던 1930년대의 대표적 공연 장르 신파극과 일맥상통하는 면이 있다고 할 것이다. 불행한 결말과 성취되지 않은 꿈 때문에 괴로워하는 주인공의 모습을 통해 자기 연민에 빠지기 때문이다. 다만 우리의 신파극이 악의 세력에 대한 공포를 강조함으로써 선의 세력에 대한 연민을 불러일으키는 데 비해,[9] 이 영화는 서양 고전의 전통을 이어받아 주인공에 대한 연민이 중심이 되고 있다는 점에서 차이를 보인다.

한편 「무도회의 수첩」은 통속적 성향의 내용만큼이나 형식상으로도 특이하여 사람들의 뇌리에 깊이 박히는 영화이다. 이 영화는 에피소드 구조를 따르면서도 또 다른 독특한 면을 지니고 있기 때문이다. 일반적으로 한 편의 영화에서 사건이 전개되는 내러티브 구조는 크게 극적(dramatic) 구조와 에피소드(episode) 구조로 나누어진다. 극적 구조는 우리가 영화나 소설, 방송 드라마에서 익숙하게 보아 온 구조이다. 여기서는 일정한 성격을 가진 주인공(protagonist)이 자신의 목적 달성을 방해하는 반대자(antagonist)의 방해를 극복한다. 흔히 영화에서는 시작 - 중간 - 끝의 3장 구조를 취하는 경우가 대부분이다.

이와 같은 극적 구조와 달리 에피소드 구조에서는 사건의 긴장감을 고조시키는 행동의 발전보다는 일련의 장면이나 일화의 연속을 보여 준다. 그 장면이나 일화는 다양한 사건들로 구성되어 있는데, 이 여러 가지 사건들은 동일한 주인공에 의해 연결되어 있다. 물론 주인공이 한 사람인 경우가 일반적이지만, 버디(buddy) 영화처럼 두 사람 또는 그 이상의 짝패가 주인공이 될 수도 있을 것이다. 또 사건들 자체도 동일한 길이와 스케일을 가질 필요도 없다. 주인공이 한 사건을 겪고 나면 다음 사건을 겪는 식으로 진행하기만

---

9) 홍재범, 『한국 대중비극과 근대성의 체험』, 박이정, 2002, 238면.

하면 되는 것이다. 다만, 마지막 사건은 가장 분명하고 충격이 큰 사건일수록 좋다. 작품의 클라이맥스에 해당하는 사건이 시시하면 작품 전체가 시시한 것으로 비쳐질 수도 있을 것이기 때문이다.

한편 이러한 에피소드 구조는 옴니버스 구조와 대체로 유사하지만 몇 가지 점에서 차이를 보인다. 옴니버스 구조에서는 서로 다른 주제와 주인공을 가진 각각의 사건들이 그 자체로 완결적 형식을 취하면서, 다만 한데 묶여져 있을 뿐이다. 설령 동일한 등장인물이 다른 사건에 등장한다 하더라도 그 인물은 왕가위의 「중경삼림」에서와 같이 한 사건에서는 주인공이지만, 다른 사건에서는 단지 얼굴만 내미는 미미한 존재이다. 이에 비해 에피소드 구조에서는 각각의 사건들이 개별적인 플롯, 목적, 서브텍스트(subtext)에 의해 따로 따로 형상화되지만, 대부분 동일한 주인공이나 장소나 주제로 묶여져 있다는 특징을 지닌다.[10]

앞서 말한 바와 같이, 「무도회의 수첩」은 이와 같은 에피소드 구조의 일반적인 성격을 따르면서도 조금 다른 면도 동시에 가지고 있다. 무엇보다도 에피소드 구조에서는 동일한 주인공이 계속해서 이 사건에서 저 사건으로 건너다닌다. 하지만 이 영화는 '수첩'이라는 매개체가 사건을 연결시키는 역할을 한다. 그리고 중간 중간에 과거를 회상하는 플래시 백 기법을 사용하고 있으며, 주인공이

---

10) Victoria Schmidt, Story structure architect, Cincineti, OH : Writer's digest books, 2005, p.55.

여행을 하기 때문에 로드 무비적 요소까지 포함하고 있다. 물론 주인공의 정신적 성숙이나 새로운 각성을 본격적으로 다루고 있지 않기 때문에 완전한 로드 무비로 볼 수는 없지만, 여로의 형식을 취하고 있다는 것은 분명한 사실이다. 다른 한편으로 주인공이 여러 사람을 차례차례 인터뷰하듯 만난다는 점에서 비록 논픽션은 아니지만 마치 기자들이 수첩을 들고 다니며 현지 보고를 하는 것과 같은 일종의 르포르타주 또는 다큐멘터리의 형식도 차용하고 있다고 할 수 있을 것이다. 요컨대 「무도회의 수첩」은 에피소드 구조를 기본으로 하면서도 주인공 대신 수첩이라는 매개체가 사건과 사건을 이어주고 있으며, 부분적인 과거 회상 구조와 로드 무비적 요소에다 르포르타주 구조의 편린까지를 갖춘 독특한 내러티브 구조를 갖추고 있는 영화이다.

4. 한국에서의 개봉과 재상영이 끼친 영향

1937년도 베니스 영화제에서 베스트 외국 영화로 무솔리니 컵을 수상한 「무도회의 수첩」은 미국과 여러 유럽 국가들에서 1938년에 개봉되었다. 비슷한 시기에 일본에도 수입되어 개봉된 뒤 한동안 신주쿠(新宿)의 이세탄에 있는 3류 극장에서 계속 상영되었다. 일본 제국주의의 식민지였던 한국에서는 개봉에 앞서 대중 잡지 『삼천

117

리』를 통해 먼저 소개되었다. 1938년 11월호에 「무답회(舞踏會)의 수첩」이라는 제목의 글이 실렸는데, 오식인지는 몰라도 무도회는 계속 무답회로 표기되어 있다. 이 글이 실린 다음 해에 이 영화는 개봉이 되었는데, 같은 감독이 만든 「망향」이 먼저 개봉되어 상당한 인기를 끈 뒤였다.

이 영화가 한국에 소개되면서 영향을 미친 분야로 우선 소설을 들 수 있다. 앞에서 살펴본 것처럼 이 영화의 내러티브 구조는 에 피소드 구조를 기본으로 하면서 플래시 백, 로드 무비, 르포르타주 구조가 혼합된 독특한 형태로 되어 있다. 이러한 독특함은 당대의 우리 소설가들에게 신선한 충격을 주었다. 그리하여 김남천과 같은 작가들은 「무도회의 수첩」의 수법을 고려했다는 고백을 한 바 있다.[11]

「무도회의 수첩」이 소설보다 더 커다란 영향을 끼친 쪽은 여성 분야이다. 소위 신여성으로 불리던 당시의 여성들에게 영화는 다른 어떤 예술보다도 환영받는 장르였다. 신흥 예술이었던 영화가 각광을 받은 이유는 무엇보다도 값이 저렴하면서도 화려하고 재미 있는 오락이었기 때문이다. "오십 전 혹은 삼사십 전으로 세 시간 동안 어여쁜 여배우의 교태와 소름끼치는 자극과 노래와 음악과 춤을 실토록 맛보고 게다가 서양 원판 예술을 충성하게 감상할 수

---

11) 김남천, 「영화인에게 보내는 글」, 『문장』, 1940. 6, 226면.

있으니까 예서 더 바랄 것이 없다"[12]는 언급이 이 점을 뒷받침한다. 이처럼 손쉽게 접할 수 있는 영화를 어릴 때부터 보고 자란 모던 보이와 모던 걸들은 구세대와 구별되는 유행에 민감한 세대로 자라나게 된다. 영화 속에서 화려한 옷차림을 하고 등장하는 배우들을 보아 버린 그들은 더 이상 하얀 색과 검정 색으로만 된 한복을 입지 않았다. 그들은 미국에서 유행하던 니커보커스와 같은 첨단 패션으로 무장하였던 것이다. 그런 신세대들이 구세대의 사고방식에 순종하지 않았음은 두 말할 나위도 없다. 말하자면 그들이 유행하는 정보를 얻는 원천으로 기능했던 영화는 일종의 진보와 반봉건을 전파하는 역할까지도 담당하였던 것이다.

최신의 유행에 민감한 반응을 보였던 반항적 성향의 모던 걸, 즉 신여성들이 가장 신봉한 덕목은 여성 해방과 남녀 평등이다.[13] 근대 도시 경성의 발전과 함께 한 도시 문화의 성장은 전통적인 성 (sexuality) 개념을 뒤엎는 역할을 하였다. 도시의 여성은 농촌 여성에 비해 사회생활에 참여할 수 있는 기회를 많이 가질 수 있게 된다. 그리하여 경제적 능력을 가지게 된 여성들은 가장의 권위에 더 이상 굴복하지 않는 경향을 보인다. 이런 점에서 도시 문화 자체가 성 개념을 전복시키는 저항적 성격을 지닌다는 주장[14]은 설득력을

---

12) 하소(夏蘇), 「영화가 백면상(百面相)」, 『조광』, 1937. 12, 231면.
13) 김진송, 『서울에 딴스홀을 許하라』, 현실문화연구, 1999, 204면.
14) 마이크 새비지·알랜 와드, 김왕배·박세훈 공역, 『자본주의 도시와 근대

가진다. 일단 가부장제의 속박에서 풀려난 신여성들은 이제 도시의 문화를 적극적으로 즐기는 근대적 주체로 거듭나게 된다. 재즈가 유행하고 댄스가 들판의 불처럼 기세등등하게 젊은이들을 사로잡게 되었던 것이다. 이러한 현상이 생겨나는 데는 유성기의 보급도 일정한 역할을 담당하였다. 그리하여 마침내 댄스홀을 허가해 달라는 탄원서 형식의 글까지 나오게 된다. 이처럼 외국 영화로 인한 댄스 열풍이 몰아치던 시기에 개봉된 「무도회의 수첩」은 무엇보다도 이러한 유행을 가속하는 역할을 한다. 그리고 중년의 여성이 옛날 함께 춤을 추었던 남자들을 찾아간다는 내용은 여전히 봉건적 가부장제의 편린이 남아 있던 1930년대 식민지 한국 사회에 적지 않은 충격을 주었다. 기생이 아닌 평범한 여성이 여러 남자를 만난다는 것은 가부장제 사회에서는 상상도 할 수 없는 일이다. 아무리 개화가 되었다 해도 영화 속 서구 여성의 개방적 태도는 여전히 받아들이기 힘든 상황이었다. 결과적으로 이런 내용을 담은 영화가 상영되었다는 사실 자체가 가부장제에 균열을 내는 일이었던 것이다.

비슷한 현상은 「무도회의 수첩」이 재상영된 한국전쟁 직후에도 나타난다. 이 영화가 재상영된 1956년은 한국 영화사에서 특기할 만한 사건이 일어난 해이다. 사회적으로 여러 가지 논란을 불러일

성』, 한울, 1996, 152면.

으킨 한형모 감독의 「자유부인」이 개봉되었기 때문이다. 댄스홀에 빠진 유부녀는 당대 사회의 유행을 말해주는 일종의 아이콘이라고 할 수 있다. "개방적인 사회 분위기와 보수적이 관습 사이의 첨예한 갈등"[15]이 빚어지던 때에 「자유부인」은 현모양처라는 전통적 가치관에서 벗어난 아이콘으로서의 바람난 여성을 그려내어 성공을 거두었던 것이다. 때맞춰 재개봉된 「무도회의 수첩」은 이러한 사회 상황에 부합하는 내용으로 주목을 끌 수 있었던 것으로 보인다. 개인의 사적인 공간이 주요 관심사가 되던 시기에 재개봉되어 서구 여성의 사적 생활을 보여주는 영화로 받아들여졌던 것이다. 그리하여 1950년대 한국 여성의 사회적 해방에 일정한 공헌을 하게 된다.

「무도회의 수첩」은 격세유전으로 2000년대의 한국 영화에도 영향을 미친 바 있다. 2004년에 개봉된 권종관 감독의 「S다이어리」도 「무도회의 수첩」에서 내러티브 구조를 빌려 왔다. 「S다이어리」의 주인공 나지니(김선아가 연기)는 사귄 지 1주년 기념일에 네 번째 남자 찬에게서 이별 통보를 받는다. 스물 아홉의 노처녀인 그녀가 이별의 순간에 그에게서 들은 말은 옛날 남자들에게 가서 널 사랑했는지를 물어보라는 것이었다. 가슴을 아프게 만드는 이 한마디를 되새기면서 그녀는 다이어리 속에 간직된 지난 사랑을 떠

---

15) 김미현 편, 『한국영화사』, 커뮤니케이션북스, 2006, 143면.

올려본다. 그리고는 한 사람 한 사람에게 다이어리를 증거로 작성한 청구서를 날린다. 이처럼 한 주인공이 다른 사람들을 차례로 상대하는 방식은 바로 「무도회의 수첩」이 확립한 독특한 내러티브 구조 그대로이다. 이 내러티브 구조는 2005년에 칸 영화제에서 호평을 받고 개봉된 짐 자무시 감독의 「브로큰 플라워(Broken flower)」에서도 차용할 만큼 이제 하나의 내러티브 유형으로 자리를 잡았다고 할 것이다.

5. 맺음말

줄리앙 뒤비비에의 「무도회의 수첩」이 한국에 소개된 지도 이제 70년이 되었다. 그동안 이 영화는 제2차 세계대전이라는 커다란 불행을 앞둔 프랑스 사람들의 불안감을 대변하는 허무적 내용으로 프랑스뿐만 아니라 전 세계적인 인기를 끌었다. 프랑스와 마찬가지로 만주사변에 이어 이미 중일전쟁이 진행 중이어서 전시 체제에 돌입했던 식민지 조선에서도 특유의 우수 어린 화면은 대단한 인기를 끌 수 있었다. 사정은 한국전쟁으로 모든 것이 폐허로 변한 1956년도에 크게 변하지 않았다. 희망을 가지기 어려웠던 암울한 시절에 잿더미 속에서 살아가던 한국인들에게 인생의 무상감을 흑백 필름에 담아 전달했던, 재상영된 「무도회의 수첩」은 그 시절에 청춘을 구가했던 많은 사람들에게 추억의 영화로 자리 잡게 되었던 것이다.

한편 중년 여성이 자신의 인생이 조락기(凋落期)에 접어들었음을 쓸쓸히 받아들이는 영화의 내용만큼이나 변형된 에피소드 구조로 되어 있는 이 영화의 내러티브 형식 역시 문제적이다. 「S다이어리」나 「브로큰 플라워」의 예에서 볼 수 있듯이 동서양을 막론하고 이제 이 영화의 내러티브 구조는 후대의 감독들에게 하나의 전범이 되고 있는 것이다.

물론 「무도회의 수첩」에 대한 비판적 시각이 없는 것은 아니다. 동 시대에 만들어진 다른 영화들에서 쉽게 찾아볼 수 있는 전형적 인물 유형, 멜로드라마에 충실한 플롯 등이 주된 비판의 대상이다. 그럼에도 불구하고 이 영화는 뒤비비에가 제2차 세계대전 중에 미국으로 건너간 뒤 멀 오베론을 주인공으로 삼아 「리디아」(1941)이라는 이름으로 리메이크할 정도로 대단한 인기를 끌었던 영화이다. 그래서 싸구려 멜로드라마로 치부하여 무시할 수만은 없다. 특히 우리나라 사람들이 어려울 때마다 감정의 카타르시스를 경험할 수 있도록 해주었기 때문에 더욱 그러하다. 앞으로 이 영화를 비롯한 1930년대 프랑스 시적 리얼리즘 영화가 우리에게 끼친 영향에 대하여 좀 더 깊이 있는 연구가 진행되기를 기대한다.*

---

* 출전 : 「1930년대 프랑스 영화 <무도회의 수첩>의 수입과 그 영향」, 『우리춤과 과학기술』 4, 우리춤연구소, 2007.06.

2부

역사의 영상화와 역사가로서의 영상

1. 중국의 동북공정과 세 편의 고구려 역사 드라마

얼마 전에 종영된 <주몽>과 <연개소문>을 비롯하여, 최초의 남북한 합작 드라마인 <사육신>과 주인공 역할을 맡은 남자 탤런트가 대통령 선거 후보 진영의 영입 대상으로 거론되기도 했던 <대조영>에 이르기까지 최근 우리 드라마에서는 팩션(faction) 열기가 매우 뜨겁다. 이 열기는 비단 드라마에만 머무는 것이 아니라 <역사 스페셜>의 후속 프로그램인 역사 다큐멘터리 <한국사 전(傳)>에도 파급되고 있을 정도이다, 물론 방송 이외의 문학 같은 분야의 경우 팩션에 대한 관심은 이미 김훈, 이인호, 김탁환 등의 소설을 통해 오래 전부터 고조된 바 있다.

그렇다면 어떤 이유 때문에 오늘날과 같은 포스트모더니즘의 시대에 이토록 과거의 역사에 대한 관심이 높아져 가고 있는 것일까?

역사 드라마에만 논의의 범위를 한정한다면 중국의 '동북변강역사여현상계열 연구공정(東北邊疆歷史與現狀系列 硏究工程)', 줄여서 '동북공정'이라고 부르는 프로젝트가 끼친 영향을 배제할 수 없을 것이다. 주지하다시피 동북공정은 20세기 초에 만주라고 부르던 동북 3성(길림성, 요녕성, 흑룡강성) 지역의 과거 역사를 중국 역사로 편입하기 위해 2002년부터 중국 최고의 학술 연구 기관인 사회과학원과 동북 3성 위원회가 공동으로 진행하는 연구 프로젝트이다.

동북공정의 궁극적 목적은 동북 3성의 옛 역사, 즉 고구려사의 발해사 등을 중국 역사로 만들어 한반도 통일 이후의 영토 분쟁을 미리 방지하는 데 있기 때문에 동북지방사 연구, 동북민족사 연구, 고조선사·고구려사·발해사 연구, 중국과 한반도 관계사 연구, 한반도 정세 및 변화와 그에 따른 중국 동북 지역의 안정에 관한 영향 연구 등이 주요 연구 과제로 포함되어 있다. 최근의 동북공정의 산물인『중국 고구려역사 속론』이『동북공정 고구려사』라는 제목을 달고 우리말로 번역되었다. 역사편 상·하와 연구편으로 구성된 이 책의 주요 내용은 고구려가 중국 중원 문화의 지대한 영향을 받았다는 것, 주몽 신화도 치밀하게 개조된 중화 전설의 일종이라는 것, 중국 입장에서 한국을 포함한 외국 학자의 잘못된 관점을 바로잡아야 한다는 것 등이다.

이 가운데 단연 우리의 눈길을 끄는 것은 주몽 신화의 관한 부분이다. 정식 역사가 아니라 입에서 입으로 전해진 신화는 정신적 유산의 일종이기에 해당 민족의 집단적 무의식과 깊이 관련되어있다. 특히 주몽 신화는 고대 동이족 지배 하에 놓여 있던 산동, 요서, 요동, 한반도 북부에 널리 퍼진 신화로서 우리 고대 소설의 전형적 서사 구조인 '영웅의 일대기(고귀한 혈통-버림받음-시련의 극복-입신양명)'의 원형에 해당한다.

이러한 주몽 신화를 왜곡하나는 것은 우리 민족의 정신적 기반 자체를 흔드는 일이기에 심각한 일이라고 하지 않을 수 없다. 정부 차원에서 애초에 동북공정을 전담할 연구 기관의 이름을 고구려연구재단이라 붙이고(나중에 동북아역사재단으로 개편) 방송계에서 <주몽>, <연개소문>, <대조영> 등 무려 세 편에 이르는 고구려 관련 역사 드라마를 기획한 것은 이와 같은 사태의 심각성과 깊은 관련이 있는 것으로 보인다.

2. 역사 드라마의 역사 호출 양상과 문제점

고구려 역사를 다루고 있는 드라마에서 공통적으로 발견되는 것은 우리 민족의 주제적이고 자주적인 사관이다. 민족의 무의식마

저 흔들고 있는 중국 측에 대응하는 가장 손쉬운 방식 중의 하나
는 우리 민족 중심으로 역사를 해석하는 것이다. 이러한 필요성이
제기될 때마다 근대와 현대 역사서 가운데 자주 인용되는 문헌이
있다. 바로 단재 신채호의 『조선 상고사』가 그것이다. 이 책은 다
른 어떤 책과 비교해도 뒤떨어지지 않을 강렬한 민족정신에 기반
하고 있다. 단재는 우리 고대사의 범위를 한반도 중신에서 탈피하
여 중국 동북 지역까지 확장한 주역이다.

그는 『삼국사기』의 저자 김부식 등이 정립한 '단군 - 기자 - 마한
신라'로 이어지는 소극적 역사 인식 체계를 비판하고 '단군 - 부여
- 고구려'라는 새로운 인식 체계를 확립한 바 있다. 그런데 알려진
바와는 달리 단재는 한국 근대 역사학을 확립한 사람이라고 해도
과언이 아닐 정도로 근대 실증주의적 방법론을 의식하고 그것에
근거하여 역사를 서술한 학자이다.

하지만 앞에서 말한 강렬한 민족정신으로 말미암아 단재의 역사
서는 때때로 기초 자료가 실증성을 상실한 경우도 있고, 역사적 사
실의 평가 자체가 국수주의적으로 기울어진 경우도 있다. 이러한
현상은 우리 민족의 주체성을 내세운 다른 학자의 역사서는 물론
이고 최근의 드라마에서도 공통적으로 발견되는 특징적 현상이기
도 하다. 예컨대 <연개소문> 같은 드라마를 보면, 단재가 우리 민
족 중심으로 역사를 서술하기 위해 끌어온 중국의 『갓쉰동전』같은

소설의 관련 내용을 단재와 마찬가지로 역사적 사실로 인정한 채 그 부분을 확대한 측면이 없지 않다.

그러나 그것은 어디까지나 허구적 성격의 소설 내용일 뿐이지 객관적 사실은 아니다. <대조영> 역시 주인공의 리더십과 민족주의가 지나치게 강조되어 있음을 볼 수 있다, 사정이 이러하다 보니, 서역을 정벌하여 우리 민족의 기개를 드높인 고구려 유민 고선지 같은 인물을 다룬 역사 드라마가 장차 나오지 말란 법도 없다. 말하자면 최근의 고구려 역사 드라마는 동북공정이라는 적을 핑계 삼아 자칫 국수주의로 흐를 수도 있는 자민족 중심주의에 깊이 빠져 있는 것이 문제인 것이다.

동북공정만으로 최근의 역사 드라마나 다큐멘터리가 인기를 끄는 이유를 모두 설명할 수는 없을 것이다.

사실 역사를 영상화한다는 것은 참으로 어려운 일이다. 역사와 달리 소설 같은 서사 장르는 묘사 등의 형상화 방법의 의지하고 있으므로 상대적으로 영상화가 수월하다. 하지만 역사는 설명과 주장으로 되어 있기 때문에 영상화 작업이 어렵다, 요즘 역사 드라마들이 소설이나 영화 등이 주로 사용하는 내러티브 양식을 차용하고 있는 것은 이러한 이유 때문이다. 즉, 역사 드라마들은 멜로드라마처럼 남녀 간의 애정을, 그것도 삼각관계라는 낯익은 틀을 차용하여 영상화 과정의 어려움을 극복하고 있는 것이다. 여기에

다가 생활사, 풍속사, 등의 미시사(微視史) 분야에서 상당한 성과가 축적되고 의상이나 컴퓨터 그래픽 등의 분야에서 기술이 발전한 결과 영상이 화려해지면서 이제 역사 드라마는 젊은 시청자들의 눈길도 사로잡고 있다.

물론 이런 경향은 <황진이> 등의 예에서 보듯이 영화 방면에서도 동시에 나타나고 있다, 역사의 영상화를 위해서 이런 요소가 필요하다는 것을 부정할 사람은 많지 않을 것이다. 하지만 문제는 역사의 영상화 과정에서 필수적으로 동반되는 내러티브 구조의 다양성이다.

흥행을 보증한다고 해서 멜로드라마의 내러티브 구조가 되풀이해서 차용된다면, 그리하여 드라마들이 비슷한 내러티브 구조를 가지게 된다면 그것은 결코 작은 문제가 아니다.

상투성은 드라마로부터 시청자들이 눈길을 돌리게 되는 가장 큰 요인이 될 수도 있다. 역사적 사실을 바탕으로 하되, 상상력을 바탕으로 다양하고 탕탕한 내러티브 구조를 가진 역사 드라마가 나오기를 희망하는 것은 필자 혼자만의 생각은 아닐 것이다.

3. 역사 관련 방송 프로그램이 갖는 역사가로서의 위상

푸코로부터 영향을 받은 신역사주의자들은 역사란 인과율에 의해 발생하는 사건들의 연속이나 발전이 아니라 일종의 이야기(narrative)이기에 해석하는 일만이 가능하다고 본다. 그래서 어떤 시대의 보편적으로 통일적인 정신 따위는 존재하지 않고 단지 담론들 사이에서 역동적인 상호 작용이 있을 뿐이라고 하면서, 과거 사건의 해석과 그것을 통한 해석자의 의도를 파악하는 것이 중요하다고 하였다. 굳이 신역사주의자들의 의견을 받아들이지 않더라도, 역사 드라마나 다큐멘터리를 그것 자체가 나름의 시각을 가진 역사가로서의 역할을 담당한다는 점을 부인하기는 어려울 것이다. 시청자들은 방송 프로그램을 보면서 과거 역사에 대한 해석 방식을 나름대로 받아들이고 또 적지 않은 영향을 받기 때문이다.

최근 역사 드라마가 고구려를 집중적으로 다루면서 시청자들은 알게 모르게 고구려 중심 사관을 접하게 되었다. 하지만 중국 동북 지방에서 전개된 우리 역사에는 고구려 역사만 있는 것은 아니다. 동북공정이 고구려만을 다루고 있지 않듯이, 동북공정에 대항하기 위해서는 원·명 교체기의 요동 정벌론, 두만강을 건너가 농사짓기 시작한 조선 후기의 개척 간민(墾民) 문제, 식민지 시대 독립군 문제 등도 다룰 필요가 있다. 그러면서 고구려 중신 사관이 아닌 다른 사관들도 보여줄 필요가 있다. 만약 이 소재들이 고구려만큼 우리 민족의 웅혼함을 드날리지 못했다고 외면한다면, 장차 역사 드라마는 유치한 쇼비니즘으로 귀결될 가능성마저 가지게 될 것이다.

역사를 해석하는 사람의 의도가 중요하다고 했거니와, 일종의 역사가로서 역사 드라마는 다큐멘터리가 보여주는 역사 해석의 깊이도 제고될 필요가 있다. 움베르코 에코의 책을 바탕으로 한『장미의 이름』이나 그것의 한국판이라고 할 만한 이인화의『영원한 제국』은 모두 팩션의 일종으로 영화로 만들어진 작품이다. 전자의 경우 추리 소설의 내러티브 구조를 취해 재미를 추구하면서도, 이성 중심의 헬레니즘과 신앙 중심의 헤브라이즘이라는 서양 철학의 양대 조류 간의 갈등에 대한 작가의 생각을 담고 있는 작품이다.

영상으로 만들어진 경우는 아니지만, 최근 베스트셀러가 된『살인의 해석』이라는 팩션에서도 세계적 정신분석학자 프로이드와 칼 융이 등장하여 그들의 학설을 바탕으로 허구적 사건이 전개되는 등 재미와 깊이가 동시에 추구되고 있다. 이러한 예들을 전범으로 삼으면서 우리의 역사 드라마나 다큐멘터리도 재미와 깊이를 동시에 갖춘 프로그램으로 거듭날 필요가 있을 것이다.*

* **출전** : 「역사의 영상화와 역사가로서의 영상」, 『방송문예』 18, 한국방송작가 협회, 2007.09.

대중문화에 의해 호명된 주체의 의미 투쟁

- SK텔레콤의 '영상통화 완전정복' 텔레비전 광고 시리즈를 중심으로

1. 영상통화 텔레비전 광고와 정체성 형성

현대 대중문화 가운데 우리의 생활과 가장 밀접한 관련을 맺고 있는 것 중의 하나가 광고이다. 특히 우리나라에서는 세계 어느 곳에서도 유례를 찾아볼 수 없을 정도로 수많은 종류의 텔레비전 드라마와 쇼가 인기리에 상영되고 있기 때문에 그 프로그램들 사이에 방송되는 텔레비전 광고는 막강한 힘을 가진 하나의 거대한 문화산업이 되었다. 그래서 이제는 어느 누구도 텔레비전이라는 미디어의 막강한 힘을 무시하지 못하게 되었으며, 한국 사회를 주도하는 지배 계급으로서의 자본가 계급은 자신들의 이해를 지키기

위해 텔레비전과 광고료라는 돈을 매개로 공공연하게 또 때로는 은밀하게 공조 관계를 형성하고 있다.

한국의 미디어 산업 가운데 최근 10여 년 동안 가장 괄목한 만한 성장을 이룩한 것은 인터넷과 이동통신이다. 이 가운데 이동통신의 역사를 살펴보면, 처음에는 음성 통화만 가능하던 것이 얼마 지나지 않아 음성과 텍스트를 동시에 이용할 수 있게 되었다. 뒤이어 사진과 동영상까지 이용하는 멀티미디어 시대로 진화하였고, 최근에는 영상통화가 가능한 차세대 이동통신이 상업화되어 적지 않은 사람들이 그 서비스를 이용하고 있다. 이와 같은 급격한 변화 속에 거의 모든 청소년과 성인들이 이동통신을 이용하게 됨으로써 이동통신 회사들은 거대 기업으로 성장하였고, 자신이 속한 기업 집단(재벌)의 중심 기업으로 자리 잡은 바 있다. 그렇기 때문에 이동통신 회사들이 재벌의 이익을 대변할 수밖에 없다는 것은 한국이 자본주의를 고수하는 한 불가피한 일이라고 할 것이다. 이 재벌 자본이 가장 적극적으로 활용하는 대중문화는 위에서 설명한 텔레비전 광고이다. 상상을 초월하는 엄청난 광고료를 쏟아 부으면서 방송하는 광고는 대중들로 하여금 그들이 이끄는 대로 따라오는 종속적인 존재가 되게 하고, 그 종속성을 당연한 것으로 받아들이도록 만드는 힘을 가지고 있다. 말하자면 광고는 재벌이라는 지배 그룹의 이익을 위해 봉사하는 대중문화의 일종인 것이다.

이러한 현상을 다른 각도에서 보면, 최근 우리나라 이동통신 회사들이 텔레비전을 통해 방송하는 영상통화 광고들은 자본의 힘이 개인의 정체성 형성에 미치는 영향을 극명하게 보여준다고 할 수 있다. 과거의 근대적 주체와 달리 오늘날 개인의 정체성은 더 이상 합리적이고 통합된 무엇이 아니라 타자에 의해 끊임없이 간섭받는 불안전한 위치에 놓여 있다. 라클라우와 무페가 말한 바와 같이 현대 사회에서는 과거의 생산관계와 같이 여러 개의 권력 가운데 어느 하나가 지배적인 위치를 점하는 권력이 존재하지 않는다. 더 이상 사회구성체의 통일성이 경제적 하부 구조에 의해 이데올로기적으로 생산된 효과가 아닌 것이다.[1] 그렇기 때문에 이러한 사회에서 개인은 사회적 생산 관계뿐만 아니라 타자, 성별, 인종, 민족 등 다양한 사회적 관계 속에서 정체성을 확립하게 된다. 이처럼 갈등 구조가 다양해진 만큼이나 다양한 주체적 위치가 생산되기 때문에 주체는 필연적으로 파편화될 수밖에 없는 것이다.

이 글에서는 이처럼 불안정한 개인의 정체성 형성과 관련하여 대중문화의 일종으로서 텔레비전에 방송되는 영상통화 광고가 어떤 식으로 대중들을 주체로 호명하는지, 또 대중들은 어떤 식으로 그 호명에 반응하는지를 살펴보고자 한다. 이 과정에서 대중들이 한편으로 지배 그룹이 제시하는 의미를 나름대로 수용하면서도 다

---

1) 라클라우 · 무페, 김성기 외 공역, 『사회변혁과 헤게모니』, 도서출판 터, 1990, 241면.

른 한편으로는 그 의미에 저항하는 방식이 어느 정도 드러나게 될
것이다. 사실 지금까지 이루어진 대중문화 연구 분야에서 영상통
화와 정체성의 관계에 대한 연구는 거의 이루어지지 않았다. 무엇
보다도 영상통화 서비스 자체가 시작된 지 얼마 되지 않았다는 사
실이 가장 커다란 이유일 것이다. 하지만 광고의 문화적 함의라든
지, 소비자의 정체성 형성에 미치는 광고의 영향 등에 대해서는 어
느 정도 연구가 진척된 바 있다.2) 특히 최근에는 프로슈머(pro-
sumer) 개념이 확산되면서 UCC 제작과 관련된 연구가 활발하게 이
루어지고 있다.3) 이 글은 이와 같은 최근의 연구 경향을 바탕으로
하지 않았다면 여러 가지 방면에서 적지 않은 곤란을 겪었을 것이
다.

2007년 한 해 동안 이동통신 3개 회사의 영상통화 관련 광고 가

---

2) 대표적인 연구로는 이수범, 「텔레비전 광고에 나타난 신세대 소비문화의 특
성에 관한 연구」, 『프로그램/텍스트』 2, 2000 ; 오장근, 「텍스트 이해와 수용
자의 전략」, 『텍스트언어학』 7, 1999 ; 김병희, 『광고와 대중 문화』, 한나래,
2000 등을 들 수 있다.
3) UCC 열풍에 대해서는 유경한·김지하, 「UCC 서비스의 수의 전략과 문화적
함의 : 국내 동영상 UCC 사례를 중심으로」, 『디지털디자인학연구』 7권 3호,
한국디지털디자인학회, 2007 ; 고동락, 「누리꾼들의 대반란 : 정보 소비자에
서 콘텐츠 프로슈머로」, 『기업&미디어』 58호, 2007 ; 강진숙, 「UCC 영상문
화의 함의와 문제점 연구 : 심층 인터뷰를 이용한 대학생의 인식 사례를 중
심으로」, 『한국방송학보』, 한국방송학회, 2007 참조.

운데 가장 인기를 끌었던 것은 KTF의 'SHOW 서비스'이다. 그러나 이 글에서는 KTF의 광고 대신 우리나라 최대의 이동통신 회사인 SK텔레콤의 '영상통화 T서비스' 텔레비전 광고인 '영상통화 완전정복' 시리즈를 주요 분석 대상으로 삼을 것이다. KTF의 광고에 비해 SK텔레콤의 광고가 지닌 가장 두드러진 특징은 애초에 광고주인 SK텔레콤에서 발주한 광고뿐만 아니라 UCC 공모전 결과를 적극적으로 활용한 광고까지 광범위하게 활용한 데 있다. 그렇기 때문에 SK텔레콤의 광고에 대한 분석을 통하여 지배 그룹의 담론이라고 할 수 있는 텔레비전 광고에 대한 소비자로서의 대중들의 태도까지도 함께 분석할 수 있을 것이다.

2. 영상통화 텔레비전 광고의 주체 호명 방식

초기의 영상통화 텔레비전 광고는 이전의 통화 방식과 다르게 상대방의 얼굴을 보면서 통화할 수 있다는, 영상통화의 가장 두드러진 특징을 널리 알려 서비스 이용자를 많이 확보하는 데 주안점이 맞춰졌다. 이 과정에서 대중문화로서 텔레비전 광고는 자연스럽게 소비자로 하여금 기존의 귀에 대고 통화하는 이동전화 이용자와 차별되는 새로운 주체로 거듭날 것을 주문한다. 무엇보다도 청각적 기능에 못지않게 시각적 기능이 강화되었으므로 전화기의 액정 화면에 멋있게 보이는 주체를 요구하였던 것이다. 이러한 요구는 결국 좁게는 전화 매너에서부터 넓게는 얼굴을 포함하여 육체를 가꾸는 소위 '몸 만들기 프로젝트'에 이르기까지 일상생활 전반으로 확장될 수밖에 없는데, SK텔레콤의 영상통화 완전정복 시리즈는 이러한 사정을 웅변하는 좋은 예라고 할 수 있다.

아래의 사진 (가)~(라)는 SK텔레콤의 영상통화 완전정복 시리즈 가운데 비교적 초기 작품으로, 회사가 직접 발주하여 광고회사에서 전문가들이 아이디어부터 편집에 이르기까지를 담당한 광고이다. 위에서 초기의 영상통화 완전정복 시리즈는 몸 만들기 문화를 주된 콘텐츠로 한다고 언급했거니와, 이는 현대 대중문화에서 아주 중요한 의미를 지닌다. 애초에 포스트모더니즘에서 몸에 대한 관심은 이성 중심주의를 비판하기 위해서 나온 것이라고 할 수 있다. 근대 이후 세계의 중심이라고 자부해 온 서구 문명은 육체를 타자화하고 야만시함으로써 이성 중심의 합리주의를 세계관적 기반으로 삼아 왔다. 이를 단적으로 표현하는 것이 바로 데카르트(Descartes)의 "나는 생각한다, 고로 나는 존재한다"는 명제이다. 하지만 두 차례의 세계 대전을 경험하고 핵무기의 공포와 환경오염의 위기 등이 대두되면서 20세기 후반에는 이와 같은 위기에 대한 반성이 일기 시작한다. 특히 '억압된 것의 복귀'[4]를 이론적 모토의

---

4) 김욱동 편저, 『포스트모더니즘의 이해』, 문학과지성사, 1990, 448면.

하나로 내세웠던 포스트모더니즘에서는 정신에 의 해 식민화된 육체의 복귀를 적극적으로 주장하게 된다. 이후 육체 담론은 '여성성'과 결합함으로써 '이성-남성 중심주의'에 맞서는 중요한 담론 체계로 자리 잡기에 이른다.

(가) 영상통화 완전정복 유형학습편

(나) 영상통화 완전정복 위기대처편

(다) 영상통화 완전정복 화면조정편

(라) 영상통화 완전정복 대략난감편

그런데 문제는 영상통화 완전정복 시리즈에서 볼 수 있는 몸 만들기 프로젝트가 포스트모더니즘 혹은 페미니즘에서 말하는 육체 담론과 거리가 멀다는 데 있다. 이것은 우선 이 시리즈의 여성 모델만 봐도 알 수 있다. 영상통화에서 시각적 요소를 강조하기 위해 이 시리즈에서는 미스코리아 출신 이하늬뿐만 아니라 배그린이라는 신인 모델을 캐스팅하였는데, 후자는 인터넷을 통해 이미 얼짱으로 소문이 나 있다가 광고에까지 등장하게 된 경우이다. 캐스팅 과정에서도 짐작할 수 있듯이, 이하늬나 그녀가 담당한 역할은 가부장제 비판이나 여성성의 예찬과는 거리가 멀고 오직 상품화된 미모의 제공에 머물렀다. 위의 그림 가운데 (가)~(다)는 이 점을 잘 설명해 주는 예이다.

그림 (가) '유형학습편'에서 내레이터는 광고 모델에게 자신의 얼굴이 가늘고 작게 보이도록 팔을 억지로 잡아 늘이라는 지시를 내린다. 그렇게 했을 때 모델의 얼굴이 전화기의 액정 화면 속에 여유롭게 들어갈 수 있을 것이기 때문이다. 그리고 그림 (나) '위기대처편'에서는 침대에 자고 있다가 느닷없이 전화를 받게 될 때에는 입술을 촉촉하게 하고 머리를 양손으로 쓰다듬은 뒤, 눈 아래에 있는 자다 일어난 자국(일명 다크 서클)을 지우라고 주문한다. 같은 맥락에서 그림 (다) '화면조정편'에 이르면 가능하면 얼굴을 매력적으로 보이기 위해 안개 효과를 내라는 명령까지 내린다. 그림을 자세히 들여다보면 내레이터의 명령에 따라 액정 화면에 입김을 열심히 불고 있는 모델의 입에서 하얀 김이 나오고 있음을 목격할 수 있을 것이다. 이 밖에 전화를 받을 때 선풍기 바람에 머리카락을 날리게 하여 섹시함을 강조하도록 지시하는 광고도 있는데, 이 역시 오로지 상대방에게 자신의 미모를 알려야만 한다고 강조한다는 점에서 같은 계열에 속하는 것으로 볼 수 있다. 한편 전화를 받는 이와 같은 습관이 되풀이되다 보면 영상통화가 아닌 그냥 전화도 얼굴에서 거리를 두고 받을 때가 있을 것이라고 가정한 광고가 그림 (라) '대략난감편'이다. 이 광고는 영상통화를 많이 해본 경험을 한 사람일수록 공감의 정도가 커지는 것이다. 그래서 이 광고를 보고도 크게 웃지 못하면 여전히 영상통화를 경험해 보지 못한 구식 인간으로 취급받을 수밖에 없다.

위에서 살펴본 그림 (가)~(라)를 통해서 본 SK텔레콤의 영상통화 완전정복 텔레비전 광고 시리즈는 확실히 알튀세가 말한 주체 호명의 형식에 해당한다고 말할 수 있을 것이다. 일반적으로 한 사회의 지배 그룹이 구사하는 중요한 전략 중의 하나는 대중문화를 통해 대중들로 하여금 주체로 거듭날 것을 호명(interpellation)[5]하는 것이다. 이때 만약 대중들이 이러한 호명에 응하게 된다면 그들은 지배 그룹의 이데올로기에 종속되는 결과를 낳게 될 것이고, 거부

---

5) 알튀세는 이데올로기가 이데올로기적 국가 기구는 구체적인 개인을 구체적인 주체로 부르거나 구체적인 주체로서의 구체적인 개인에게 질문을 하는 행위를 통해 개인을 제 관계의 재생산에 복종하도록 한다고 보았다. 알튀세, 이진수 역, 『레닌과 철학』, 백의, 1997, 168~177면.

한다면 이데올로기에 저항하는 결과를 가져오게 된다. SK텔레콤의 영상통화 완전정복 텔레비전 광고 시리즈의 경우 광고를 통해 전 달되는 영상통화 매너야말로 날씬하고 예쁜 여성들을 포함하여 현 대 한국인이라면 필수적으로 갖추어야 할 교양이며, 영상통화 서 비스는 반드시 가입해야만 하는 일종의 신분증과도 같은 것이라고 강조하면서 주체를 호명하고 있다. 이 시리즈를 통해 드러나는 주 체의 호명과 관련하여 우리가 주목해야 할 것은 독특한 방식의 내 레이션이다. 시리즈가 계속되면서 모델이 바뀌더라도 내레이터의 목소리는 바뀌지 않는데, 그 목소리의 특징은 군대 교관 내지 조교 의 목소리와 비슷하다는 점이다. 대부분의 광고는 군대 훈련소에 서 흔히 들을 수 있는 것과 같은 아무런 감정이 개입되지 않은 무 미건조한 음색의 내레이션이 깔리면 모델이 군사 훈련병처럼 그 명령을 그대로 따르는 형식으로 되어 있다. 이와 같은 교육의 방법 이야말로 주체 호명의 가장 유효한 방법 중의 하나가 아니겠는가. 그런 점에서 '유형학습'과 같은 입시 용어가 광고에 사용되고 있는 것은 우연이라고 보아 넘기기에는 시사하는 바가 결코 적지 않다.

한편 SK텔레콤의 영상통화 완전정복 텔레비전 광고 시리즈의 또 다른 특징으로는 우리 사회에 널리 퍼져 있는 몸 만들기 프로 젝트와 밀접한 관련을 맺고 있다는 점을 지적할 수 있다. 오늘날 우리 사회에서 몸 만들기 프로젝트는 몸에 대한 관심과 사랑을 넘어서서 과도한 애정으로 몸 자체를 다듬는 수준에까지 나아가고 있는데, 이렇게 된 데는 텔레비전이나 인터넷, 광고 등의 영상 매체가 퍼뜨린 대중문화가 지대한 공헌을 한 바 있다. 현대 사회에서 여성 육체의 경우 그것 자체의 상품화뿐만 아니라 다이어트 산업이라는 거대한 이윤 창출의 도구의 대상이 되기 때문에 문제적이라고 할 수 있다. 그림 (가)~(라)를 통해 드러난 것처럼 영상통화 광고는 몸 만들기 프로젝트를 원만하게 수행한 사람이거나 육체가 아름다운 사람일수록 유리하다는 것을 은연중에 강조하고 있다. 이러한 담론은 이동통신 회사들이 재벌의 계열사라는 점을 굳이 부각시키지 않더라도 광고 자체가 여성 육체와 관련된 이윤 추구라는 지배 그룹의 행태와 무관하지 않다는 것을 말해주는 것이다.

지배 그룹의 담론과 관련하여 하나 더 주목해야 할 것은 재정경제부에서 제작한 UCC인 '영상통화 완전정복 혁명적 미인편'이다.[6] 이 광고는 비록 개성 공단에서도 이동통신, 나아가 영상통화가 이루어지기를 기대하면서 정부에서 주도하여 제작한 UCC임에도 불구하고 누리꾼들 사이에서 한동안 선풍적인 인기를 끌었던 것이다. 주요 내용은 북한 개성 공단에 근무 중인 남한 남자 친구에게 남한의 여자 친구가 전화를 걸어 북한 여성들에게 한 눈 팔지 말라고 부탁을 하는데, 곁에서 영상통화를 통해 남한 여자 친구의 얼굴

---

6) http://www.mofe.go.kr/korweb_upload/media/interkorea07/bella.wmv

을 본 북한 여성들이 재미있는 반응을 하는 것으로 되어 있다. 제목 속의 '혁명적 미인'이란 개성 공단에 근무하는 여성들이 남한 여자 친구의 얼굴을 보며 얼굴을 혁명적으로 뜯어고쳤다고 쑥덕거리는 데서 유래한 것인데, 광고에서는 뒤이어 '북에서는 얼굴을 성형 수술하고도 효과를 보지 못한 경우 혁명적 미인이라고 부른다'는 재미있는 농담이 뒤따른다.

(마) 혁명적 미인편

이 광고가 문제적인 것은 지배 그룹의 담론이 정부의 후원을 받아 소비자가 직접 만들었기 때문이다. 대중문화의 잠재력이 발휘되는 것은 그것이 대중에게 주어질 때가 아니라 대중이 그 문화에 대해 반응을 보일 때라는 것을 염두에 둔다면, 이 UCC 광고야말로 대중문화의 양면적 성격을 말해 주는 좋은 본보기이기 때문이다. 다시 말해, 이 광고는 한편으로는 역시 육체 담론을 부분적으로 인용하면서도, 다른 한편으로는 그 담론에 저항하기 위해 남북 화해 모드라는 전혀 다른 담론을 제시하고 있는 것으로 볼 수 있다. 비록 또 다른 지배 그룹(노무현 대통령이 이끄는 참여 정부)의 담론을 대변하고는 있지만, 이 광고를 통해 대중들이 SK텔레콤의 영상통화 완전정복 텔레비전 광고 시리즈가 호명하는 대로 응하는 것이 아니라 전혀 다른 방식으로 그 호명에 저항할 수 있는 가능성을 보여주고 있는 것이다.

3. 프로슈머의 UCC 창작이 지닌 두 가지 측면

후기구조주의 이후 오늘날의 문화연구에서는 대중문화 텍스트에 알튀세적 의미에서의 지배 이데올로기뿐만 아니라 그에 저항 내지 대항하는 이데올로기도 들어 있다는 주장을 전제로 삼고 있다. 말하자면 대중이 단순한 문화 수용자가 아니라 문화를 적극적으로 변형시키는 힘을 가지고 있다는 것인데, 이와 관련하여 최근의 문화적 현상에서 눈여겨보아야 할 것은 UCC 제작 열풍이다. 초창기의 UCC는 프로슈머가 자신의 아이디어를 담아서 비영리적 목적으로 손수 제작했지만, 최근에는 일반 기업에서 자사의 상품을 광고하기 위해 UCC 공모전을 통해 프로슈머의 아이디어를 빌려 영리적 목적으로 변형하는 사례가 증가하고 있다. 그렇기 때문에 UCC

를 순수하게 비영리적 목적을 가진 프로슈머의 손수 제작물로 보는 것은 무리가 있고, 일정한 기준에 따라 몇 가지의 유형으로 나누어서 살펴보는 일이 필요할 것이다.

SK텔레콤에서는 영상통화 완전정복 텔레비전 광고 시리즈를 보다 활성화할 목적으로 2007년 9월 17일부터 11월 11일까지 T사이트(www.24hourst.com)를 통해 '나만의 완전정복 UCC 공모전'을 개최하였다. 그 결과 총 846편의 응모 작품 중에서 총 32편의 수상작이 결정되었다. 2007년 12월까지 1등상을 받은 진순람 팀의 '시험기간 완전정복편'은 대학수학능력 시험 기관을 즈음하여 방송용으로 다시 제작되어 실제로 방송되었으며, 3등상을 받은 유홍근 팀의 '부모와 통화편'도 전파를 탔다. 그림 (사)의 전자의 한 장면이고 그림 (바)는 후자의 한 장면이다. 한편 2등상을 받은 박기홍 팀의 '영상통화 우정편'은 방송용으로 다시 제작되었으나 분량이 길어 방송되지 못하였는데, 그림 (아)는 수상작의 원본 이미지의 한

(바) 부모와 통화편   (사) 시험기간 완전정복편

장면이다.

이 가운데 (바)의 경우 부부 싸움을 하다가도 시부모님한테서 전화가 오면 전화기를 얼른 왼쪽 45도 위쪽으로 올리고 다정하게 껴안으면서 웃음을 흘리는 신세대 신혼부부의 효심을 희극적으로 다루었기 때문에 주목을 받았다. 그리고 (사)는 시험공부 하다가 친구에게 전화가 걸려오면 재빨리 이불 속으로 들어와 졸린 척하는 학생들의 라이벌 의식을 역시 희극적으로 다루고 있다. 이와 같은 두 작품을 통해서 보면, 대중들은 SK텔레콤에서 광고를 통해 호명한 방식대로 곧바로 응하지 않는다는 사실을 알 수 있다. 물론 (바)의 경우 효도라는 전통적이고 가부장제적인 담론에 침윤되어 있고 (사) 역시 입시 지옥의 지배 담론인 성적 제일주의에 깊이 빠져들어 있다고 비판할 수도 있겠지만, 단지 육체적 아름다움만 강조하던 초창기 담론으로부터 상당히 벗어나 나름대로의 의미를 생산하려고 노력했다는 것은 분명한 사실이다.

이런 맥락에서 생산자가 담론을 만들어내는 '기호화' 과정 속의 의미 구조와 소비자가 담론을 수용하는 '기호 해독' 과정 속의 의미 구조가 동일하지 않을 수 있다는 스튜어트 홀의 지적7)은 탁월한 것이라고 할 수 있다. 롤랑 바르트 역시 자신만의 텍스트론에서 생산자가 읽으라는 대로 작품을 읽어내는 방식을 거부한 바 있다.

7) 임영호 편역, 『스튜어트 홀의 문화이론』, 한나래, 1996, 192~292면.

그에 따르면 작품은 일반적으로 소비의 대상이지만, 텍스트는 유희, 노동, 생산, 실천으로 수용된다. 텍스트는 그 자체로 유희하며, 연주되고 재생산된다.[8] 이와 같이 소비자에 의해 다양하게 읽히고 의미가 덧보태지는 텍스트의 수용은 저자의 죽음을 전제로 할 때만 가능하다. 이처럼 대중문화는 근본적으로 지배 그룹이 생산하는 의미를 담고 있지만, 대중들이 적극적으로 그 의미를 넘어서는 새로운 의미를 생산할 때는 필연적으로 체제 저항적인 성격을 띠면서 거꾸로 사회 구조에 영향을 미쳐 그 구조를 바꾸는 힘을 가질 수도 있는 것이다. 이와 같이 소비자가 대중문화 텍스트가 제공하는 의미에 만족하지 못하고 스스로 의미를 생산하는 적극적인 활동을 보여주는 예로 들 수 있는 것이 바로 그림 (아)이다. 그런데 소비자로서 대중 스스로가 다양한 방식으로 주어진 대중문화 텍스트를 새롭게 쓰는 활동은 정치 경제적 거시 영역이 아니라 어디까지나 자그마한 일상생활의 영역 안에서 일어난다. 대중들은 지배 이데올로기의 변화에는 별다른 관심을 쏟지 않지만, 자신의 이익과 직접적으로 관련된 개인적 공간에서는 전문가 못지않은 지식을 갖고 있다. 그것을 바탕으로 지배 그룹의 이데올로기와 자신이 살고 있는 일상적인 현실 사이에 존재하는 간극을 메우기 위해 문화적 능력을 발휘하는 것이다.

---

8) 롤랑 바르트, 김희영 역, 『텍스트의 즐거움』, 동문선, 1997, 45면.

(아) 영상통화 우정편

　위의 그림 (아) '영상통화 우정편'은 어느 대학교의 강의 시간에 출석을 부르는데, 맨 앞줄에 앉은 학생 한 명(흰색 바탕에 검은 얼룩무늬 웃옷)이 전화기를 높이 들어 병실에 누워 있는 친구의 모습을 선생님께 보여주는 것이 주요 내용이다. 이 UCC는 일상생활 속에서 평소에 영상통화를 자주 사용하는 대학생들이 자신의 아름다운 육체를 보여주는 일보다 친구와의 우정을 보여주는 일 등에 더 관심이 많았음을 보여주는 것이다. 이 영상을 통해서 우리는 미모만을 강조한, SK텔레콤이 직접 만들었던 초기의 영상통화 텔레비전 광고 속의 담론이 얼마나 특정한 의도를 담고 있었는지를 인식할 수 있다. 또 소비자인 대중들이 적어도 일상생활의 영역에서는 나름대로 의미를 독자적으로 생산하여 지배 그룹의 담론에 지배당하지 않으려 한다는 것을, 그리하여 문화의 구조 자체를 바꿀 수 있는 힘을 가졌다는 것을 알 수 있는 것이다.

4. 대중문화의 위세 및 한계의 동시적 노출

대중의 문화적 능력을 보여준 그림 (아)의 경우에도 그 작품이 SK텔레콤이라는 거대 회사의 공모전에 출품함으로써 순수한 비영리적 목적을 계속해서 가지지 못하고 자본의 이윤 창출에 이용될 뻔했고 앞으로도 그런 가능성이 여전히 남아 있다는 점은 하나의 논란거리가 될 수도 있다. 비록 생산 당시에는 충분히 미모를 강조하는 지배 그룹의 담론에 저항하는 면을 다분히 가지고 있었지만, 그것이 거대 자본에 의해 채택되어 재가공된다면 얼마든지 이윤 창출의 도구로 변할 수 있다는 사실을 부정하기는 힘들다. 그런 점에서 지배 그룹이라는 개념이 유동적인 만큼이나 대중문화의 저항성도 유동적인 개념이라고 할 수 있을 것이다. 그림 (아)와 같은 대중문화가 그 위세를 떨치면서 사회의 거시 구조를 변화시키는 힘을 가지기 위해서는 지배 그룹의 담론에서 벗어나야만 한다. 그리하여 그 담론을 자신만의 힘으로 변형시켜야만 한다.

이와 같은 일이 일어날 수 있는 장소는 우리의 육체라고 할 수 있거니와, 왜냐하면 육체야말로 지배 그룹의 이데올로기에 의해 위치 지워진 주체가 일상생활을 통해 쾌락을 느끼는 장소이기 때문이다. 다시 말해 육체는 지배 그룹의 이데올로기와 일상생활이 충돌을 일으키는 지점이자 저항이 생성되는 곳이라고 할 수 있는 것이다. 이러한 육체를 통해 대중문화의 힘을 발휘하기 위해서는 오늘날 한국 사회에서 벌어지고 있는 바, 육체를 상품화하고 갈기갈기 찢는 몸 프로젝트에서 벗어나는 일이 필요하다. 그것은 지배 그룹의 이데올로기의 일종에 지나지 않으며, 대중 스스로 능동적인 주체가 되도록 하는 것과는 별다른 관련을 맺고 있지 않기 때문이다.*

* **출전** : 「대중문화에 의해 호명된 주체의 의미 투쟁」, 『씨네포럼』 9, 동국대학교 영상미디어센터, 2008.

신병 훈련소에서 셰익스피어 가르치기

- 페니 마셜 감독의 〈르네상스 맨〉

1. 영상 매체와 고전 문학 교육

문학은 매체를 통해 소통된다. 문자가 발명되기 이전에는 음성 언어를 통해 문학이 소통되었는데, 집단적 창작과 낭송 중심의 집단적 수용이 주된 방식이었다. 이러한 구비 문학의 전통은 가장 원초적인 것이기 때문에 인터넷이나 휴대 전화 같은 전자 매체를 통해 문학이 소통되는 오늘날에도 계승되고 있다. 문자 발명 이후에는 주로 인쇄 매체를 통해 문학이 소통되고 있음에도 불구하고, 천년 이상 계속된 이 방식은 여전히 문학 소통에서 가장 중요한 방식 중의 하나이다.

영화는 음성 언어를 통한 문학 소통의 전통을 부분적으로 수용한 매체이다. 영화가 발명된 지 30년이 지날 무렵에 무성 영화 시대가 막을 내리면서, 음성은 새롭게 주목을 받는다. 음향, 음악과 더불어 영화의 소리(사운드)를 구성하는 음성은 영화의 서사에서 동영상 못지않게 중요한 역할을 담당하게 되었던 것이다. 이후 영화는 시각에 기반을 둔 움직임과 청각에 기반을 둔 소리라는 두 요소가 결합하여 서사에서 장점을 지닐 수 있게 되고, 문학에도 영향을 끼치게 된다. 하지만 영화가 처음부터 문학에 영향을 준 것은 아니다. 오히려 초기의 영화는 서사 면에서 문학에 의지하는 바가 많았다. 러시아의 영화감독 에이젠슈테인이 밝힌 것처럼, 교차 편집 등을 시도함으로서 영화가 독자적인 예술로 자리 잡는 데 커다란 공헌을 한 미국의 영화감독 그리피스의 작업도 디킨스로부터 영향을 받은 것이다. 이러한 관계는 영화가 내면을 드러낼 수 있는 클로즈업 기법과 낯선 장면들을 동시에 보여 주는 몽타주 기법 등을 발명하면서 서서히 역전되기 시작한다. 우리나라의 경우 1930년대에 활약한 이상과 박태원 등의 모더니즘 작가나 김남천 등의 리얼리즘 작가가 창작한 작품들 중에 상당수가 영화의 기법을 원용한 것인데, 작가들도 이러한 영향 관계를 창작 노트 등의 글을 통해 직접 밝히기도 했다.

오늘날 영화와 문학의 관계는 점점 더 긴밀해지고 있다. 미국 아카데미상 시상식에서 작품상을 수상하는 대부분의 영화는 문학 작품을 각색한 것이다. 미국뿐만 아니라 우리나라에서도 많은 소설가들이 영화화되는 것을 염두에 두고 작품 활동을 하고 있다. 이른바 영화 소설의 비중이 양과 질 모두에서 주류를 형성해 가고 있다. 특히 고전 문학 작품을 현대적 감각에 맞게 다시 창작하는 팩션(faction) 장르는 최근 들어 영화뿐만 아니라 텔레비전 드라마로도 활발하게 각색되고 있는 실정이다. 사정이 이렇게 된 것은 영화를 위시한 영상 매체의 대중적 전파력 때문이다. 2010년 한 해 동안 가장 많이 팔린 팩션 소설『덕혜옹주』가 백만 권을 돌파하지 못한 데 비해, 극장가에서 흥행 1위를 한 영화 <아저씨>는 6백만 명이 넘는 관객을 동원하였다. 또한 텔레비전 드라마의 경우 시청률 1위를 하는 프로그램은 20%를 넘는 시청률을 쉽게 기록한다. 이처럼 대중성이 강한 영상 매체를 이용하여 문학을 소통하는 것은 오래전부터 이야기되어 온 '문학의 죽음'을 넘어서는 하나의 방법이 될 수도 있을 것이다.

영상 매체의 이용이 문학의 소통에만 국한되는 것은 물론 아니다. 이미 문학 교육에서도 영상 매체는 활발하게 이용되고 있다. 영상 매체를 통한 문학 교육이 과거에는 매체를 통해서 전달되는 자료를 비판적인 관점에서 수용하고 생산하는 데 초점을 맞추었던 반면, 최근에는 매체 언어 자체의 창의적인 표현 방식과 심미적 가치에 주목하고 있다. 말하자면 매체 자료에 대한 문학적 접근이 시도되고 있는 것이다.[1] 고전 문학 교육도 이러한 흐름에서 예외는 아니라고 할 수 있다. 영상 매체를 통해 전달되는 자료들이 대부분 팩션 장르처럼 고전 문학과 깊은 관련을 맺고 있기 때문이다.

이 글은 위에서 언급한 것처럼 영상 매체를 통해 고전 문학 작품이 어떻게 소통되고 있는가를 연구하는 데 목적을 두고 있지 않다. 그 작업은 상당히 방대하기 때문에 다른 기회에 진행하기로 하고, 여기에서는 고전 문학 교육을 다루고 있는 영화를 대상으로 삼아 교사와 학생이 어떠한 방식으로 교육을 진행하는지 분석해 보고자 한다. 이를 위해 이 글에서는 서사 중심으로 영화를 분석할 것인데, 이는 영화 교육학의 한 분야에 속한다. 영화 교육학은 서사뿐만 아니라 동영상과 사운드에 대한 분석을 포괄하고 있지만, 분석 대상에서 서사 이외의 요소는 고전 문학 교육과 밀접한 관련을 맺고 있지 못하고 있기 때문에 제외하기로 한다. 전 세계 영화를 통틀어도 고전 문학 교육을 다룬 영화는 매우 드문 편인데, 이 글에서 중심 대상으로 삼은 페니 마셜(Penny Marshall) 감독의 <르네상스 맨(Renaissance man)>(1994)은 셰익스피어의 고전 문학을 교육하는 군사 훈련소를 무대로 삼고 있다. 페니 마셜은 <빅(Big)>

---

1) 매체 교육의 목표가 문자 언어를 중심으로 사유해 왔던 국어 교육 또는 문학 교육의 목표와 크게 다를 바 없다는 견해도 있다. 류수열, 『문학@국어 교육』, 도서출판 역락, 2009, 225~226면.

(1988)과 <그들만의 리그(A league of their Own)>(1992)를 통해 흥행에 잇달아 성공함으로써 할리우드의 주목을 받은 영화감독이었지만, 이 영화는 상업적으로 성공할 만한 소재를 다루지 않았을 뿐더러 영상미가 뛰어난 것도 아니어서 개봉 당시부터 평론계로부터 외면을 당했다. 물론 흥행에 실패했고 개봉한 지 그리 오랜 시간이 흐른 것도 아니어서 이후 학계에서도 별다른 주목을 받지 못했다.[2] 하지만 이 작품에서 보여 주는 고전 문학 교육은 우리의 고전 문학을 교육하는 데 많은 시사점을 던져 줄 것으로 생각된다. 무엇보다도 학생들에게 생소한 고전 문학을 결국 스스로 익히도록 하는 방법을 보여 주고 있기 때문이다.

2. 교사의 설명을 통한 학습 과정

영화배우 대니 드 비토(Danny DeVito)가 맡았던 영화 <르네상스맨>의 주인공 빌 레이고(Bill Rago)는 아이비리그에 속한 명문대를 졸업하고 유수한 광고 회사에 다니고 있지만, 부인과 이혼하고 혼자 사는 홀아비다. 어느 날 그는 중요한 고객과의 시간 약속을 지키지 못해 회사로부터 해고 통보를 받고 졸지에 실업자가 된다. 직

---

2) 국내 연구로는 유일하게 허종필, 「영화 속의 문학 교육 방법 연구」, 서원대학교 교육대학원 석사학위논문, 2009가 있다.

업소개소에서 그에게 알선해 준 것은 신병들이 입소하는 군사 훈련소에서 군인들에게 생각하는 힘을 가르치는 일이다. 이렇게 느닷없이 신병 훈련소의 교사가 된 빌에게 배당된 학생들은 이른바 '고문관' 일곱 명이다. 그들은 빌을 처음 대면할 때는 신병답게 군기가 바짝 들어 있었지만, 빌이 민간인이라는 것을 아는 순간부터 문자 그대로 오합지졸로 돌변한다. 하지만 빌은 이런 신병들을 상대로 생소하기 이를 데 없는 셰익스피어의 고전 문학을 가르치게 된다.

빌이 자신의 학생인 군인들에게 처음으로 주문한 것은 군대에 오게 된 이유를 써 오도록 한 것이었다. 다음날 각자 써 온 것을 차례로 발표시키려 하자, 군인들은 모두 창피해 하며 주저한다. 그 이유는 자신의 내면에 감추어 온 비밀을 다른 사람 앞에서 고백해야만 하기 때문이었다. 빌은 군인들의 발표를 듣는 동안 그들이 뉴욕 갱단이나 가난한 대가족에서 벗어나거나 백수건달 신세를 면하기 위해, 부모로부터 버림받아서, 아버지의 뒤를 이어 국가에 충성하기 위해, 보다 나은 직업을 가지기 위해 군대에 오게 되었다는 것을 알게 된다. 이와 같은 과정은 학교 교육에서 교사가 학생을 처음으로 파악해 가는 과정과 크게 다르지 않지만, 효과 면에서는 커다란 차이를 보인다. 무엇보다도 군인들은 다른 사람의 발표를 지켜보면서 서로에 대해 금방 알게 되기 때문이다. 뿐만 아니라 스스로를 표현하는 체험을 하게 함으로써[3] 나중에 자신의 문제점을 극복할 수 있는 자신감도 얻게 된다.

두 번째 숙제는 어떤 책이든지 좋으니 일단 한 권씩 읽고 오라는 것이었다. 군인들은 기대에 어긋나지 않게 만화책이나 스포츠 잡지 같은 것을 읽고 와서 발표하였다. 이틀에 걸친 군인들의 발표를 들으면서 빌이 깊은 실망스런 표정을 지었을 때 홍일점인 여군이 "선생님이 읽는 책은 뭐예요"고 물으며 관심을 보인다. <햄릿>을 처음 들은 한 군인이 돼지 이야기일 거라고 하자, 그는 섹스·살인·근친상간·정신 이상에 관한 이야기라고 맞받아친다. 빌의 말은 들은 군인들은 <햄릿>이 자기들 책보다 재미있을 것으로 짐작한 채 읽어 달라고 보채기까지 한다. 이를 통해서 보면, 이 영화에서 교육의 대상으로 셰익스피어의 <햄릿>을 선택하게 된 것은 우연이지만, 그 내용에 대한 교사의 소개가 현대의 독자인 군인들의 관심을 충분히 불러일으킬 만한 것이었음을 알 수 있다. 다시 말해 <햄릿>은 시대를 초월하는 본질적 주제를 다루고 있는 작품이었기에 군인들도 호기심을 표시했던 것이다. 머뭇거리던 그가 작품의 줄거리를 말하던 중에 햄릿의 모친이 햄릿에게 말한

---

3) 이와 관련하여 문학 교육이 학생들의 무의식을 드러내 주고 동시에 그것을 스스로 표현할 수 있도록 도와주는 방향을 모색해야 한다는 주장에 주목할 필요가 있다. 정재찬, 「문학 교육을 통한 개인의 치유와 발달」, 『문학교육학』 29호, 한국문학교육학회, 2009, 92면.

"햄릿, 밤의 색깔을 벗고 그대여 덴마크의 벗이 되라."는 비유적인 문장을 읽게 된다. 이 문장의 뜻을 이해하지 못한 군인들이 다시 읽어 달라고 했을 때, 그는 '밤의 색깔을 벗는다.'는 것은 장례식 때 입는 검은 옷을 벗는다는 것이기에 '그만 슬퍼하라.'는 뜻이 담겨 있다고 가르친다. 또 '덴마크의 벗이 되라.'는 '내게 그만 화를 내라.'는 뜻이라고 설명해 준다. 이러한 그의 설명을 들은 한 군인이 왜 직접적으로 말하지 않고 그런 식으로 표현하느냐고 물었을 때 '시'라서 그렇다고 대답한다. 이번에는 다른 군인이 '시'지만 운율도 안 맞는다고 하자, 듣기가 더 좋다고 대답한다. 이러한 그의 대답에도 불구하고, 그의 설명을 완전히 이해하지 못한 군인들은 더 가르쳐 달라고 강력하게 요구하기에 이른다.

우연히 시작된 빌의 고전 문학 강의는 군인들의 호기심을 자극하는 그의 교수법 덕분에 점점 깊이를 더해 가게 된다. 그는 <햄릿>을 소개할 때도 군인들의 지적 수준을 고려하여 섹스와 살인 등에 대한 이야기라고 말함으로써 그들의 관심을 유도한다. 햄릿은 백과사전에도 "압도적인 슬픔부터 끓어오르는 격노에 이르는 진짜와 거짓 광기를 생생하게 그리고 있으며, 배반·복수·근친상간·도덕적 타락 등의 주제를 탐구"[4]하고 있는 비극으로 설명되어 있다. 이런 사실을 모를 리 없는 빌이지만, 호기심을 불러일으키기

---

4) http://en.wikipedia.org/wiki/Hamlet

위해 배반과 복수를 군인들이 익숙하게 들어온 섹스와 살인이라는 단어로 바꾸어 설명했던 것이다. 또한 그가 중간 중간에 학생들의 자존심을 긁기 위해 짓는 실망스런 표정도 학생들의 관심을 부추기는 역할을 한다. 여기에 부응하여 군인들은 빌이 설명하는 내용을 곧잘 자신들의 수준에 맞추어 이해한다. 빌 역시 설명을 통한 작품 읽기를 시도하고 있지만, 그는 학생들의 호기심을 무시한 채 교사의 권위적인 설명에 종속되기를 강요하는 행위는 하지 않았기 때문에 이런 현상이 벌어질 수 있었던 것이다.

셰익스피어의 고전 비극 <햄릿>에 대한 설명을 듣고 호기심을 가지게 된 군인들의 요구에 부응하여 빌은 드디어 직유법·은유법·역설법에 대해 가르치게 되는데, 물론 그가 주로 사용하는 교수법은 설명에 가깝다. 빌이 여러 가지 문학적 요소 가운데 비유법을 중점적으로 가르치게 된 것은 <햄릿>이 극시로 창작되어 시적 표현을 많이 포함하고 있기 때문인데, 셰익스피어는 소네트 등의 여러 형식에 어울리는 탁월한 비유를 잘 구사한 극작가로 이름이 높다. 빌도 처음에 직유법을 가르칠 때, 그 역시 우리나라의 교사들처럼 먼저 직유법이 서로 다른 두 가지를 비교하는 것이라고 뜻풀이를 해 준다. 그런 다음에 한 군인에게 다가가 퇴근 시간에 들른 바에서 예쁜 여자가 윙크를 하면 어떻게 그 여자에게 다가가는지 물어 본다. 다른 군인이 '가려운 수탉같이 간다.'고 말하자 모두들 웃지만, 그게 바로 직유법이라고 가르친다. 은유법을 가르칠 때는 빌이 '모든 남자는 무엇?'이라는 질문을 던지고, 이에 여군이 '늑대'라는 대답을 한다. 이런 과정을 거쳐 그는 직유법은 '무엇 같은' 것이고 은유법은 '무엇이다'라고 정리해 준다. 역설법을 가르칠 때 역시 먼저 '완전히 다른 두 단어를 한 군데에 쓰는 것'이라고 뜻을 가르쳐 준 뒤에 학생 스스로 예시를 찾지 못하자 '어두운 승리', '천둥 같은 고요함', '예쁜 남자' 등의 예시를 들어 준다. 그리고 '이별은 달콤한 슬픔'이라는 셰익스피어의 <로미오와 줄리엣>에 나오는, 역설법이 쓰인 대사로 수업을 마무리한다. 수업이 끝나고 군인들이 모두 돌아간 뒤 빌은 혼자서 형편없는 군인들에게 셰익스피어를 가르친 것에 대해 놀라워하면서도 여전히 짐승들에게 인류의 고전을 가르친 자기 신세를 한탄한다.

흔히 교사의 설명은 학생을 수동적이고 수용적인 주체로 만드는 방식이라는 비판을 받아 왔다. 하지만 빌의 방식은 전문가인 자신의 설명을 통해 작품을 수용하도록 하면서도, 학생인 군인들로 하여금 자신의 상황과 결부시켜 생각하고 받아들이도록 인도하는 것이 특징이다. 그가 <햄릿>의 내용을 가르치면서도 어려운 설명으로 일관하지 않기 때문에 군인들은 항상 자기가 겪은 바를 중심으로 작품의 내용을 이해한다.5) 일상적으로 졸고 있던 멜빈(Melvin)이

5) 군인들이 배우는 셰익스피어의 <햄릿>은 비극에 속하는데, 이 갈래는 관객으로 하여금 연민과 공포의 반복적 감정 속에서 긴장을 계속하다가 마지막

근친상간을 설명하는 대목에서 갑자기 깨어나 자기 아버지가 이모와 결혼하게 된 일을 말하면서 <햄릿>의 클라우디우스와 거트루드 간의 결혼을 쉽게 이해하게 되는 장면이 그 대표적인 예이다. 말하자면, 빌은 고전 문학을 가르치면서 그 내용을 자기화하고 현재화하는 방법을 효과적으로 사용하고 있는 것이다. 수사법을 가르치는 장면에서도 이들 방법은 그 위력을 발휘한다. 그는 일방적인 설명 대신에 군인들 스스로 직유법과 은유법의 예를 자신의 경험을 토대로 이해하도록 함으로써 학습의 효과를 높였던 것이다.6)

3. 학생의 자기 주도적 학습 과정

학생들이 자기 수준에서 자기의 처지에 맞게 생각하도록 질문하는 빌의 방식은 명령 위주로 교육을 시키는 군대의 교육 방식과 충돌을 빚게 된다. 그는 자기 방식대로 군인들을 가르치기로 작정하고 <햄릿>의 각본을 가져와 각자가 맡을 역할을 정해 주고 낭독을 하게 한다. 여자 역할을 맡게 되어 주저하는 남자 군인에게

에 감정의 정화 작용을 경험하게 하여 자기 자신을 되돌아보게 한다. 양승국, 『희곡의 이해』, 연극과인간, 2001, 374면.
6) 비유법에서 하나의 사물에 대한 의미 규정을 다른 사물을 빌어 표현할 때 두 사물 간에는 비유하는 사람의 세계관이 자리 잡고 있다. 김은전 외, 『현대시 교육론』, 시와시학사, 1996, 282면.

셰익스피어 시대에는 모든 배우가 남자였다고 설명하고, 마치 연극배우처럼 셰익스피어의 연극 대사를 읊조림으로써 군인들을 대사 읽기와 연기 연습에 가담하도록 만든다. 하지만 군인들에게 고전 문학의 요체인 인문학적 사고를 가르치려는 그의 시도는 신병들에게 전쟁터에서 살아남는 법을 단기간에 가르치기 위해서는 엄격한 규율을 통해 통제해야 한다고 믿는 하사관과 갈등을 빚게 되고, 급기야 훈련소의 책임자인 제임스(James) 대령에게 불려가서 교과서대로 하라는 지시를 받게 된다. 설상가상으로 상심한 그가 다른 직업을 알아보러 다닌 것을 알게 된 군인들이 수업을 거부하는 일이 발생하고, 재주가 출중하여 장교로 키워 달라고 추천했던 홉스(Hobbs)가 예전의 마약 거래 혐의로 경찰에 체포되어 신병 훈련소에서 쫓겨나는 사태까지 벌어진다.

이런 사건을 겪으면서도 빌이 자신의 학생인 군인들에게 역설하는 것은 "자신에게 진실해라."는 말인데, 이는 교육 현장에서 학생 스스로 진리를 깨닫는 것을 통해 구현된다. 한때 미식축구 선수로서 최우수 선수상까지 받은 르로이(Leroy)는 무릎 부상으로 은퇴한 뒤에 좌절감에 빠져 있었다. 그런 그에게 빌은 15세기에 작가·화가·시인·성직자·건축가·언어학자·철학자·암호 전문가로 활동하여 이 영화의 제목처럼 '르네상스 맨'으로 불린 레온 알베르티(Leon Alberti) 이야기를 들려주면서, 자신이 알베르티를 기억하는 것은 그가 선 채로 점프하여 다른 사람의 머리 위로 뛰어넘을 수 있는 재주를 가졌기 때문이라고 말한다. 이 말 속에는 남보다 월등한 수준으로 타고난 능력을 스스로 키워 나가야 한다는 의미가 담겨 있었다. 군인들의 자기 주도적 학습을 북돋기 위한 빌의 행동은 평소 월남전에서 사망한 부친을 흠모하는 데이비스 주니어(Davis, Junior)가 더욱 자부심을 느낄 수 있도록 그이 부친이 전장에서 세운 공훈을 밝혀내어 훈장을 받게 해주며, 나아가 국경을 넘어 캐나다까지 가서 군인들에게 셰익스피어의 역사극 <헨리 5세>를 보여 주는 것으로 이어진다. 이미 셰익스피어의 <햄릿>을 공부하면서 감동을 받은 군인들 중 베니테즈(Benitez)는 스스로 그 연극의 대본을 구입하여 돌아오는 차 안에서 읽기도 한다. 그리고 마침내 가장 감명 깊은 부분이라고 할 수 있는 '성 크리스핀 축일의 연설(St. Crispin's Day Speech)'을 억수 같은 빗속에서 벌어지는 모의 전투 중에 암송함으로써 동료는 물론 자신을 괴롭히던 하사관마저 감동시킨다. 한편 신병 훈련소에 쫓겨난 홉스 역시 교도소 속에서도 셰익스피어의 4대 비극 중 하나로 흑인 병사가 등장하는 <오셀로>를 읽으며, 변화된 자기 자신에 대해 자부심을 느끼고 대학 진학을 고민하기도 한다. 그는 교도소의 도서관에서 16년 만에 셰익스피어의 책을 대출한 수감자였다.

이러한 자기 주도적 학습이 중요한 이유는 학생이 수동적으로만 반응하도록 길들여지는 데서 벗어나 독립된 존재로 설 수 있는 기반을 마련할 수 있기 때문이다. 우리의 문학 교육이 학생들로 하여금 전문가의 권위에 종속해야만 하는 수동적인 소비자로 만들고 있다는 비판[7]이 제기되고 있음을 염두에 둘 때, 자기 주도적 학습의 중요성은 더욱 커진다. 문학에서 창조 능력은 개인의 독자성과 삶의 조건이 변화하는 데서 시작[8]되기 때문이고, 남과 다른 생각을 할 수 있는 힘을 갖지 못한다면 새로운 창조의 기쁨도 느낄 수 없기 때문이다. 다시 말해, 자기 주도적 학습은 학생으로 하여금 자율성을 배양하여 전인적 존재로 성장하도록 하는 밑바탕이 되는 것이다.

이처럼 중요한 의의를 지닌 학생들의 자기 주도적 학습 과정은 최종 시험을 치르는 장면에서 한 매듭을 짓게 된다. 군인들이 시험을 통과함으로써 자신감을 갖도록 하기 위해 최종 시험을 치르기로 했다는 빌의 제안에 신병 훈련을 담당하는 머독(Murdoch) 대위는 시험 성적으로 신병들을 탈락시킬 수 없다면서 최종 시험을 무산시키려 한다. 이에 빌은 군인들에게 시험을 치지 않아도 신병 훈련을 통과할 수 있지만, 만약 시험에 응시할 경우에는 반드시 합격해야 통과할 수 있다고 고백한다. 시험을 통과하면 어떤 상을 받게 되냐는 한 군인의 질문에 그는 눈에 보이지 않지만 느낄 수 있는

---

7) 정재찬, 『문학 교육의 사회학을 위하여』, 도서출판 역락, 2003, 193면.
8) 김대행 외, 『문학교육원론』, 서울대학교출판부, 2000, 60면.

상이라고 언급할 뿐이다. 모두들 반드시 신병 훈련을 통과해야 하는 절박한 사정을 안고 있는 터라 고민에 빠지지만, 결국 그들은 여섯 명 전원이 시험에 응시하여 보기 좋게 통과함으로써 더 이상 빌의 도움을 받지 않고서도 혼자 설 수 있는 자신감을 갖게 된다.

문학 교육이 소기의 목적을 달성하기 위해 아마추어인 학생들을 창조적 과정의 즐거움으로 이끌어야 하는 것9)이라면, 학생들의 자기 주도적 학습의 마지막 단계는 더 많은 창조성을 필요로 하는 창작 교육이라고 볼 수 있다. 물론 기존의 연구들이 밝힌 것처럼 읽기와 쓰기는 교육 과정상 구분되어 있을 뿐이지 사실은 통합적 과정이다. 그렇기 때문에 문학 작품의 수용은 자기화 과정을 거쳐 창작으로 이어질 수밖에 없다. 물론 이 영화에서도 창작의 과정은 셰익스피어의 고전 비극을 배운 군인들이 교사인 빌의 도움 없이 그들 스스로 그 작품을 재창조하는 것으로 채워진다. 그리고 그 과정은 매우 즐겁고도 재미있게 진행된다.

<햄릿>의 각본을 낭송하는 과정에서 멜빈이 어려움을 겪자, 빌은 이 작품이 원래 극시였던 것을 생각해 내고는 드럼을 칠 줄 아는 몽고메리(Montgomery)와 헤이우드(Haywood)에게 박자에 맞게 책상을 두드리라고 한다. 이를 통해 시적인 운율을 체득하게 된 군인들은 팝 음악의 일종인 랩(rap)을 잘하는 흑인 병사 네 명을 중심으

---

9) 정재찬, 앞의 책, 192면.

로 간단한 뮤지컬 한 편을 준비하게 된다. 그들은 상징과 비유 때문에 난해한 대사를 자신들이 쉽게 이해할 수 있도록 고치고, 거기에 어울리는 율동까지 덧붙여서 공연을 한다. 다시 말해, 읽기 과정에서 교사인 빌의 설명을 듣고 이해하게 된 내용을 나름대로 소화하여 쓰기 과정에서 독창적인 내용으로 재창조했던 것이다. 이처럼 읽기와 쓰기가 통합된 창작 활동은 교사가 제시하는 예를 그대로 흉내 내는 차원이 아니라, 자기화를 거친 창의적인 것이기에 성취감도 훨씬 커질 수밖에 없다. 그래서 이 공연 이후 군인들은 스스로 셰익스피어의 문학 작품을 찾아서 읽기도 하고 고전극의 말투를 모방하여 수사법을 활용한 문장을 만들어 보기도 하는 등 자기 주도적 학습을 더욱 강화하는 모습을 보이게 된다. 이는 문학 교육이 지향하는 목표 중의 하나인 주체의 형성이라는 문제와 연결된다.

4. 주체 형성과 이데올로기의 문제

문학 교육을 통해 형성되는 주체는 흔히 자유롭고 비판적인 존재로 규정된다. 하지만 문학은 그것을 생산한 사회의 지배적인 이데올로기에서 자유롭지 못하기 때문에, 즉 완전히 초역사적인 것은 아니기 때문에 그것을 학습함으로써 주체를 형성하게 되는 학생들 역시 이데올로기 문제에서 자유로울 수는 없다. 널리 알려진 대로 이데올로기란 우리와 멀리 떨어져 있는 것이 아니라, 매우 가까운 곳에 항상 존재한다. 그래서 이데올로기가 존재하지 않는 인간 사회는 없다고 해도 과언이 아니다. 예를 들어, 학교는 이데올로기의 자장이 미치지 않는 중립적 공간이라는 주장 자체도 하나의 이데올로기라고 할 수 있는 것이다. 이러한 이데올로기는 오늘날 문학까지 그 연구 대상으로 삼고 있는 문화 연구(cultural studies)에서 가장 중요한 개념적 범주이다.10) 문화 연구에서는 이데올로기를 정치학이나 사회학처럼 현실을 왜곡하고 정치적 갈등과 투쟁을 은폐하는 수단으로 보지 않고 투쟁의 공간으로 간주하는데, 이러한 관점은 문학 교육에도 적지 않은 시사점을 던져 줄 것으로 생각된다.

문화 연구의 이데올로기 개념은 프랑스의 철학자 알튀세르의 논의에 기반을 두고 있다. 알튀세르에 의하면 이데올로기는 "한 인간이나 사회 동아리의 정신을 지배하는 관념 및 표현 체계"11)이다. 그는 모든 국가에 정부·행정 기관·군대·경찰·법정·감옥 등의 억압적 국가 기구뿐만 아니라 종교·교육·법·가족·정치·노동조합·언론·문화 분야의 이데올로기적 국가 기구가 존재하며, 이들은 이데올로기로서 기능한다고 보았다. 이러한 이데올로기는 호

---

10) 그래엄 터너, 김연종 역, 『문화 연구 입문』, 한나래, 1995, 225면.
11) 루이 알튀세르, 이진수 역, 『레닌과 철학』, 도서출판 백의, 1997, 152면.

명(interpellation)을 통해 개인을 주체로 구성하는 중요한 역할을 담당한다. 개인은 어떻게 불리는가에 따라서 사회적 관계가 규정되고 사회 구조 내로 편입되며, 이데올로기를 통해 생각하고 행동하는 방식을 내면화함으로써 사회의 지배 가치나 행위 양식 등에 무의식적으로 편입되는 것이다.[12] 이는 한 회사 안에서 어떤 사람이 과장으로 불리면, 그가 그 명칭에 걸맞은 사회적 주체로 규정되는 것을 통해서 충분히 알 수 있다.

알튀세의 개념 구분에 따르면 억압적 국가 기구는 한 국가에 하나만 존재하고 전적으로 공적 영역에 속하며, 주로 억압과 폭력으로서 기능한다. 이에 비해 이데올로기 국가 기구는 복수가 존재하고 사적 영역의 일부이며, 주로 이데올로기로서 기능한다.[13] 이를 바탕으로 <르네상스 맨>에 등장하는 신병 훈련소를 살펴보면, 그것은 미국 내에 하나만 존재하는 육군이고 전적으로 공적 영역에 속하면서도 주된 기능이 억압과 폭력에 있지 않다. 오히려 학교처럼 군인들을 대상으로 하여 일정한 이데올로기적 역할을 수행한다. 이런 점에서 신병 훈련소는 부분적으로 이데올로기적 국가 기구의 성격을 지닌 억압적 국가 기구라고 할 수 있다. 물론 이 글에서는 이데올로기적 국가 기구의 성격에 주목하게 될 것이다.

군대는 속성상 국가에 대한 충성심을 강조할 수밖에 없는 기구

---

12) 정재철 편저, 『문화 연구 이론』, 한나래, 1998, 35면.
13) 루이 알튀세르, 이진수 역, 앞의 책, 139~142면.

이다. 이 점에서 <르네상스 맨>에 등장하는 신병 훈련소도 예외는 아니다. 하지만 그것은 교육 기관의 일종이기 때문에 일반 학교에서 사회가 요구하는 지배 이데올로기로 학생들을 주입시키듯이 군인들을 군대가 요구하는 지배적 이데올로기에 젖어들도록 훈육한다. 이러한 훈육은 일반 병사로서 상관의 명령에 무조건 복종하도록 하는 데 목적을 두고 있으며, 주로 사격이나 제식 훈련 등 육체적 훈련을 담당하는 하사관들에 의해 수행된다. 그 과정은 학생들이 교사를 통해 사회에서 유용하게 써 먹을 기술을 실습하는 과정과 방불하다. 즉, 억압적인 분위기 속에서 진행할 뿐만 아니라 교관과 신병 모두 별다른 의심을 가지지 않고 진행하는 특징을 지니고 있다. 문학 교육에 적용시키면, 교사의 설명에 의한 일방적인 주입식 교육에 해당된다고 하겠다. 육체적 훈련 과정을 통해 빌의 학생인 군인들은 '똥개'로 불리고, 실제로 그들 역시 자신을 군대 내에서 최하층에 속하는 것으로 생각해 버린다. 이는 이데올로기에 의해 호명됨으로써 주체가 규정되는 전형적인 예에 해당한다고 할 수 있다.

이와 같은 육체적 훈련 과정에 비해 빌이 담당하는 수업은 훨씬 자유로운 분위기 속에서 진행되며, 국가가 요구하는 이데올로기가 직접적으로 주입되지도 않는다. 그는 교관들과 달리 군인들을 똥개라고 호명하지 않는다. 언제나 그들의 이름을 불러 주고, 그들로 하여금 자신을 빌이라고 부르도록 한다. 그래서 군인들은 그를 군인처럼 대접하지 않고 민간인 교사처럼 스스럼없이 대한다. 그리고 앞에서 살펴본 바와 같이, 교사의 해설을 통한 학습 과정과 군인들 스스로 학습한 내용을 자기화하고 창의적으로 창작해 보는 자기 주도적 학습 과정을 통해 셰익스피어의 고전 문학 작품을 배움으로써 비록 미미한 정도이지만 '문화 자본'을 획득하게 된다. 문화 자본이란 프랑스의 사회학자 부르디외가 정립한 개념으로, 한 개인으로 하여금 정보의 획득, 심미적 즐거움, 일상의 쾌락을 가능케 하는 모든 능력과 기술을 말한다. 문화 자본의 소유와 그에 따른 취향의 차이는 지배 계급과 피지배 계급의 경계를 특징짓고 구별하는 기능을 수행한다.[14] 군인들은 이러한 문화 자본을 어느 정도 소유함으로써 사회적으로 최하층에 머물렀던 자신의 계급에서 벗어나 어엿한 육군 사병으로 거듭나는 데 성공하게 되었던 것이다.

그럼에도 불구하고 빌의 학생인 군인들을 사회의 지배적 이데올로기로부터 완전히 자유로운 비판적 주체로 볼 수 있는지에 관해서는 여전히 더 논의할 여지가 있다. 이데올로기가 어떻게 재생산되며, 호명을 통해 주체가 구체적으로 어떻게 형성되는지를 설명하는 데 알튀세르의 이론은 일정한 한계를 지닌다. 이에 비해 그람

---

14) 정재철 편저, 앞의 책, 46면.

시의 헤게모니 이론은 지배 계급과 피지배 계급 사이에서 벌어지는 조절 과정을 밝혀내는 데 유용하다. 그람시는 알튀세르처럼 이데올로기가 끊임없이 변화한다는 것을 인정하면서, 지배 계급과 피지배 계급 간의 헤게모니 투쟁을 '접합(articulation)' 개념을 중심으로 설명한다. 주로 언어를 통해 이루어지는 접합은 피지배 계급으로 하여금 지배 계급의 이해관계에 동의하도록 협상하고 조정하며 포섭하는 과정을 통해 이루어지는 주체 형성을 뜻한다.[15] 그렇기 때문에 접합은 언제나 새로운 의미로 변화하거나 반대의 의미로 뒤집어질 수 있는 유동적인 것이다. 이와 같은 그람시의 헤게모니 이론에 기대어 <르네상스 맨>에서 빌의 학생들이 셰익스피어의 고전 문학 작품을 학습하고 신병 훈련소를 수료하는 과정을 평가해 보면, 그들은 지배 이데올로기를 통해 국가의 이익에 자기를 접합시킨 것으로 볼 수 있다. 말하자면 지배 계급의 문화적 지배에 능동적이고 자율적으로 동의하여 자신들을 접합했다는 것이다. 하지만 그들은 지배 이데올로기에 대한 헤게모니적 저항의 가능성도 동시에 내포하고 있다. 무엇보다도 접합 개념 자체가 유동적일 뿐만 아니라, 한 사회의 문화도 지배 계급의 문화와 피지배 계급의 문화가 뒤섞여 있는 타협과 조정의 산물이기 때문이다.

피지배 계급의 문화가 지닌 저항성에 대해서는 문화 연구 분야

---

15) 위의 책, 39~40면.

에서 많은 연구가 진행된 바 있다. 그 중에서 미셸 드 세르토의 연구에 따르면, 지배 계급은 각종 이데올로기 국가 기구를 통해 문화의 소비를 통제할 수 있지만, 문화의 생산은 통제할 수 없다고 보았다. 피지배 계급은 여러 문화의 양식과 생산물을 제공받아 목적에 맞게 변경하거나 재창조할 수 있다는 것이다. 세르토는 이와 같은 변경과 재창조가 전복적인 성격을 지니고 있다고 간주했다.16) 그는 변경과 재창조의 대표적인 예로 집을 빌린 임대인이 자기 방식대로 집을 개조하여 즐김으로써 집주인의 소유권에 도전하는 행위를 들고 있다. 그는 이 과정에서 만들어지는 새로운 의미와 쾌락에 주목하였다. 물론 세르토의 이론은 대중 문화에 국한된 것이어서 셰익스피어의 고전 문학 작품에 그대로 적용하기에는 다소 무리가 있지만, 빌의 학생인 군인들이 <햄릿>을 그들에게 익숙한 랩뮤직이라는 대중문화로 바꾸어 즐기고 있음에 주목할 필요가 있다. 그들의 행위는 고전 문학 작품이 가지고 있는 엄숙하고 고리타분한 성격을 전복시키는 것일 뿐만 아니라, 율동을 동반함으로써 육체적인 쾌락까지 동반하고 있기 때문이다. 한편에서는 이러한 쾌락도 헤게모니적인 이데올로기 구조의 외부에 놓여 있는 것이 아니라 헤게모니가 확보되고 유지되는 방식과 확실하게 결부되어 있다는 사실을 인정해야 한다는 비판적 견해도 존재한다.17) 하지

---

16) 그래엄 터너, 김연종 역, 『문화 연구 입문』, 한나래, 1995, 245면.
17) 위의 책, 251면.

만 분명한 것은 저항적 성격을 지닌 변경과 재창조를 통해 발생하는 쾌락이 피지배 계급인 군인들로 하여금 난해한 셰익스피어의 비극까지도 기꺼이 수용하고 향유하도록 고무하는 힘이 되었다는 사실이다.[18)]

5. 남는 문제들

지금까지 살펴본 것처럼 영화 <르네상스 맨>은 신병 훈련소라는 특이한 교육 현장을 배경으로 하여, 셰익스피어의 고전 문학 작품을 어떻게 가르치는지 보여 주는 작품이다. 좋은 직장에서 쫓겨난 명문대 출신의 교사와 고문관 병사들이 보여 주는 학습 과정은 크게 두 부분으로 정리해 볼 수 있다. 첫 번째 학습 과정은 주로 교사의 설명을 통해 이루어졌는데, 군인들에게는 자신이 군대에 들어오게 된 이유를 쓰는 작문 숙제와 아무 책이라도 읽고 오라는 읽기 숙제가 주어졌다. 그리고 <햄릿>에 대한 소개와 직유법·은유법·역설법 등의 수사법에 대한 학습이 이어졌다. 교사의 설명이 중심을 이룬 이 과정에서도 빌은 군인들이 호기심을 잃지 않도

---

18) <르네상스 맨>의 군인들은 불우한 환경으로 인해 불가피하게 입대한 문제 사병이었지만, 셰익스피어의 고전 문학 작품을 배우면서 내면의 상처까지 치유된다. 허종필, 앞의 글, 52면.

록 하고 학습 내용을 자기 경험에 비추어 수용하도록 하였다.

두 번째 학습 과정은 학생 스스로 진리를 깨닫도록 하는 자기 주도적 학습 과정이었다. 이를 위해 교사인 빌은 르네상스 맨의 이야기를 들려주기도 하고, 부친에 대한 존경심을 북돋우기도 하고, 셰익스피어의 고전극을 보여 주기 위해 국경을 넘기도 하고, 자신감을 부여하는 최종 시험을 치르기도 하였다. 이런 노력 끝에 군인들은 마침내 <햄릿>을 자신들의 방식대로 소화하여 빌의 도움 없이도 랩을 기반으로 하는 한 편의 작은 뮤지컬을 창작하여 공연하기도 한다.

이와 같은 학습 과정을 통해 군인들은 때로는 고전 문학 작품을 심미적으로 감상할 수 있는 능력, 문학을 향유하면서 기쁨을 느낄 수 있는 능력 등의 문화 자본을 획득하게 된다. 그리고 인문학적 능력을 요구하는 지배적 이데올로기에 호명됨으로써 새로운 주체로 정립되기에 이르렀다. 그들은 여전히 지배 문화에 능동적으로 자신을 접합시킴으로써 헤게모니적 이데올로기 구조에 여전히 속해 있음에도 불구하고, 엄숙한 고전 문학 작품을 랩과 같은 대중문화로 바꾸어 즐기면서 쾌락을 즐기는 저항적 성격도 여전히 지니고 있었다.

<르네상스 맨>에서 묘사된 서양의 고전 문학 교육은 철저하게 학생 중심으로 이루어지고 있다는 점에서 우리의 문학 교육 방법

에 시사하는 바가 있다. 학생의 호기심을 계속 유지하면서, 이론 수업도 학생 자신의 경험에 비추어 진행하고 결국에는 학습 내용을 자기화하고 현재화하도록 하는 교수법은 학생들의 상상력과 창의성을 계발하는 데 유용한 방법으로 생각된다. 물론 이 경우에도 남과 다르게 수용하도록 고무하는 서양의 고전 문학 교육과 모범이 되는 예를 모방하는 데서 출발하는 동양의 고전 문학 교육의 차이는 우선적으로 고려해야 할 사항이다. 한편 주체와 이데올로기 문제에 관련해서도 문학의 초월성 또는 초역사성을 인정할 것인가 하는 문제가 있고, 우리의 문학 교육이 지향하는 인문주의가 추구하는 독립적이고 자유로운 존재로서의 주체를 형성할 수 있도록 해 주는가 하는 문제가 있다. 이러한 문제는 훨씬 더 깊고 넓은 것이어서 쉽게 결론을 내릴 수 없는 상태에 놓여 있다. 앞으로의 문학 교육이 천착해야 할 과제 가운데 하나가 아닌가 한다.

끝으로, 영화를 분석 대상으로 삼았기 때문에 교육 현실과 일정한 거리가 있다는 점을 언급하지 않을 수 없다. 영화는 현실의 복잡한 상황을 단순화시켜 움직임을 통해 형상화하기 때문에 교사와 학생의 변화를 쉽게 파악할 수 있는 장점이 있다. 하지만, 한편으로는 교사와 학생의 내면적 고민을 깊이 있게 드러내는 데는 소설 같은 문학 작품에 미치지 못한다. 이 글에서 시도한 영화 분석이 다소 낭만적인 부분을 포함하고 있다는 말이다. 또한 영화 자체의 매체적 성격에 대해서는 거의 언급하지 못한 점도 밝혀야겠다. 주지하다시피 영화는 텔레비전과 더불어 문학의 영상화를 앞당긴 중심 매체이다. 그동안 문학 교육 분야에서는 문학의 영상화가 언어의 의미 작용이 축소되었다는 비판이 있어 왔다. 또 사고의 깊이를 가로막을 뿐만 아니라 서사 기능 자체도 위축시켰다는 지적도 있었다. 하지만 이제는 영화를 비롯한 영상 매체가 문학 언어와 구별되는 표현 방식과 심미적 가치를 문학 교육에 활용할 수 있는 방안을 적극적으로 모색해야 할 것 같다. 예를 들어, 문학 언어도 정서적 기능을 가지고 있지만 영상 매체는 동영상을 통해 인간의 정서에 와 닿는다. 또 영상 매체는 문학 작품이 취할 수 없는 독특한 시점을 갖고 있기도 하다. 이와 같은 영상 매체의 특징이 고전 문학 교육과 어떻게 연결될 수 있는가는 다른 지면을 빌려 논의되어야 할 주제이다.*

---

* 출전 : 「신병 훈련소에서 셰익스피어 가르치기」, 『고전문학과 교육』 21, 한국고전문학교육학회, 2011.2.

판소리의 영화화 과정에 나타난 문제점

– 임권택의 〈춘향뎐〉을 중심으로

1. 판소리 영화 〈춘향뎐〉의 장르에 대한 논란

임권택은 최근에 상영된 <달빛 길어 올리기>까지 무려 백편이 넘는 영화를 연출하고, 국내외의 각종 영화제에서 많은 상을 수상한 한국영화의 대표 감독이다. 수십 년 동안 쌓은 그의 업적 가운데 주목할 만한 것으로는 백 년이 넘는 우리나라 영화사상 최초로 관객 백만 명을 돌파한 <서편제>(1993)의 연출을 꼽을 수 있다. 판소리 소리꾼의 비극적 삶을 통해 한국적 '한(恨)'의 정서를 영상으로 형상화한 이 영화는 이청준이 창작한 원작 소설을 배우이자 극작가인 김명곤이 각색한 것이다. 임권택이 이 영화에서 판소리의 영화화를 시도하여 국내뿐만 아니라 외국에서도 성공을 거둔 뒤에 다시 판소리를 제재로 삼아 야심만만하게 만든 영화가 바로 2000년에 개봉한 <춘향뎐>이다.

<서편제>가 판소리 소리꾼의 인생을 다룬 것인 데 비해, <춘향뎐>은 판소리 자체를 영화화한 것이다. 전자의 경우 이야기 속의 몇몇 등장인물을 판소리 소리꾼으로 설정해 놓고, 그들이 실제로 부르는 판소리를 사운드의 일종으로 이용하고 있다. 이때 판소리는 영화의 스토리 공간 내에서 발생하는 일종의 내재적[diegetic] 사운드라고 할 수 있을 것이다. 물론, 몇몇 장면에서는 아무런 표시도 없이 외재적[nondiegetic] 사운드[1]인 전문 판소리꾼의 소리를 이용하였는데, 전문가들이나 소리에 민감한 관객을 제외한 대부분의 관객들은 그 판소리를 등장인물이 직접 부르는 내재적 사운드로 여겼다. 이에 비해 후자에서는 극중 인물이 직접 부르는 판소리가 아니라 전문 소리꾼인 조상현 명창이 부르는 판소리가 처음부터 끝까지 영화 속에 들어 있다. 또한 중간 중간에 다큐멘터리처럼 조상현 명창이 실제로 공연을 하는 장면이 삽입되어 있기도 하다.[2] 그러므로 같은 판소리라도 <서편제>에서는 그것을 주로 내재적

---

1) 내재적 사운드와 외재적 사운드의 특성과 기능에 대해서는 데이비드 보드웰 · 크리스틴톰슨, 주진숙 · 이용관 공역, 『영화예술』, 이론과 실천, 1993, 372~374면 참조.
2) 똑같이 조상현 명창이 공연한 것일지라도 배경에 깔리는 판소리는 외재적 사운드이지만, 그가 직접 등장하여 부르는 판소리는 내재적 사운드이다.

사운드로 사용하면서 인물들이 판소리를 하는 행위를 강조하고 있
는데 반해, <춘향뎐>에서는 외재적 사운드로 사용하면서 판소리
그 자체의 전달을 강조하고 있는데서 분명한 차이를 보여 준다. 바
로 이점이 1920년대부터 스무 번 가까이 제작된 이전의 <춘향
전> 소재 영화와 구분되는 <춘향뎐>만의 색다른 특징이라고 할
수 있다.

임권택 자신이 국제 영화제를 겨냥해서 만들었다고 밝히면서 자
신의 대표작으로 꼽은 이 영화는 그의 바람대로 한국 영화사상 최
초로 칸 국제 영화제 본선에 진출하였고, 국내외의 많은 매체로부
터 주목을 받았다. 일부 비평가들은 판소리의 사운드와 영상 이미
지가 결합된 이 영화의 형식적 독특함에 주목하였다. 그들은 이 영
화가 판소리 <춘향가>의 창조(唱調)에 따라 영상도 비슷하게 변화
를 주었기 때문에 판소리 <춘향가>의 뮤직비디오와 다름없다고
보았다. 뮤직비디오란 음악을, 특히 대중음악을 바탕으로 하여 구
성한 영상을 말한다.[3] 뮤직비디오에서는 가끔씩 내재적 사운드로
연주되기도 하지만 대부분 외재적 사운드로 삽입된 음악이 영상을
이끌어가며 작품의 중심적 역할을 담당한다. 보조적 역할을 담당
하는 영상에는 가사와 관련된 미약한 서사가 있거나 아예 없는 것
도 있다. <춘향뎐>의 경우 일부 장면에서는 외재적 사운드인 조

---

3) 김광철, 장광원 공편, 『영화사전』, media 2.0, 2004, 134면.

상현 명창의 판소리에 맞추어 등장인물들이 아무런 대사 없이 연기만 함으로써 마치 뮤직비디오를 보고 있는 듯한 느낌을 준다. 하지만 <춘향뎐>의 영상은 판소리에 전적으로 종속되지도 않았고, 각기 뚜렷한 서사를 가지고 있다. 그리고 많은 장면이 영상의 흐름을 주도하는 외재적 사운드 없이 대사와 행동만으로 구성되어있다. 그러므로 이 영화가 뮤직비디오의 기법을 차용했다고 말할 수는 있어도, 이 영화 전체가 한 편의 뮤직비디오라고 말할 수는 없을 것이다.

또 다른 비평가들은 이 영화를 가리켜 '<춘향가> 뮤지컬'이라고 규정하기도 하였다. 일반적인 의미에서 뮤지컬은 노래와 춤을 테마로 하는 영화 장르로서 안무와 음악을 가장 중요한 요소로 삼고 있기 때문에 뮤지컬 주인공은 노래를 부르거나 노래에 맞추어 춤을 추어야 한다.[4] 특히 미국 할리우드의 뮤지컬 영화는 리얼리즘 형식으로부터 근본적으로 벗어나 있으며, 뮤지컬에서 불러지는 노래인 넘버들은 스토리 세계인 디제시스(diegesis)를 넘어서는 특질을 갖고 있다.[5] 다시 말해 등장인물이 말을 하다 말고 갑자기 노래를 하고 춤을 추는 관습을 갖고 있는 것이다. 이런 행동은 스토리의 자연스런 흐름에서 벗어난 것이지만, 관객들은 뮤지컬장르에 익숙해 있기 때문에 이를 묵인하게 된다. 할리우드 뮤지컬 영화에

---

4) 위의 책, 133면.
5) 배리 랭포드, 방혜진 역, 『영화장르』, 한나래, 2010, 154~155면.

서처럼 <춘향뎐>의 몇몇 장면에서도 등장인물들은 노래와 춤을 공연한다. 예를 들어 방자가 광한루에서 그네 타는 춘향에게 이몽룡의 말을 전하러 가는 장면과 춘향 집으로 이몽룡을 부르러 가는 장면에서는 춤을 추며, 십장가 다음 장면에서는 매 맞고 나온 춘향 앞에서 기생 한 명이 노래를 부르며 춤을 춘다. 또한 방자가 춘향의 편지를 전하러 한양으로 가는 장면에서는 노래를 하고, 암행어사 출도 뒤에 월매가 동헌으로 들어오는 장면에서도 노래와 춤이 등장한다. 이들 중 어떤 장면은 디제시스를 넘어서지 않지만, 어떤 장면은 디제시스를 넘어서고 있다. 이 밖에 이 영화 속의 '사랑가', '옥중가', '갈까 부다' 등은 뮤지컬 넘버라고 해도 무방할 정도로 상대적으로 독립적인 위치를 차지하고 있기도 하다. 이를 통해서 보면, 이 영화는 서구영화의 뮤지컬 장르가 지닌 관습을 그대로 따르고 있지는 않지만, 뮤지컬로서의 특성을 다분히 지니고 있기 때문에 넓은 의미의 뮤지컬 영화에 속한다고 할 수 있을 것이다.

<춘향뎐>의 장르를 둘러싸고 여러 가지 논란이 일어난 것은 이 영화가 판소리를 영화화함으로써 전 세계에서 유례를 찾아 볼 수 없는 독특한 성격을 지녔기 때문이라고 할 수 있다. 임권택도 자신의 영화를 가리켜 소리와 영상이 서로 침범하지 않으면서 넘치는 생명력을 표현한 지극히 한국적인 영화라고 하였다. 그동안 <춘향전>의 영화화에 대한 연구는 주로 문예 영화의 분야에서

연구되거나 문화 콘텐츠 창작 소재로서 연구되어 왔으며, 문학 교육적 분야에서 연구되기도 하였다.[6] 이 글에서는 앞에서 언급한 것처럼 서구적 장르 개념으로는 명확히 규정할 수 없는 이 영화를 연구대상으로 삼아, 판소리가 영화로 각색되는 과정에서 어떤 변화가 일어났는지를 살펴보고자 한다. 이는 고전문학 작품과 영화의 상호 텍스트성에 대한 연구로, 고전 문학 작품의 현대적 수용에 대한 시사점을 던져 줄 것으로 생각된다. 이와 함께 상업 영화[7]로 만들어진 이 영화가 왜 흥행에 실패했는지도 알아 볼 것인데, 이는 영상 장르의 성격과 관련된 매체 교육적 의미를 지닐 수 있을 것이다.

---

6) 문예영화 분야의 연구를 대표하는 것으로는 김남석, 『한국문예 영화이야기』, 살림, 2003을 들 수 있고, 문화콘텐츠 분야를 대표하는 연구로는 김용범, 『문학콘텐츠 창작소재로서 고전문학의 가치』, 『한국문학콘텐츠』, 청동거울, 2005를 들 수 있다. 문학 교육 분야에서는 황혜진, 「드라마 <춘향전>과 영화 <춘향뎐>의 비교」, 『춘향전의 수용 문화』, 월인, 2007이 대표적인 연구 성과이다.

7) 상업 영화는 내용면에서 예술 영화의 대립 개념이고 예산 면에서 독립 영화의 대립 개념이다. 예술 영화는 작품성과 작가성에 의존하고 고전적 내러티브 구조에서 벗어난 영화이며, 독립 영화는 거대 자본으로부터 벗어난 저예산 영화이다. <춘향뎐>은 내용 면에서 인과적인 이야기가 전개되고 일관성을 가진 성격화된 캐릭터가 등장하는 고전적 내러티브를 바탕으로 하고 있다는 점과 예산 면에서 자본의 투자를 받았다는 점에서 상업 영화로 규정할 수 있다.

2. 각색 과정에 작용한 판소리의 장르적 특징

고전 문학 작품인 <춘향전>은 지금까지 모두 19번에 걸쳐 영화화되었다.8) 시대의 흐름에 따라 제작된 <춘향전> 계열 영화들은 고전 문학 작품에서 벗어나 자유로운 해석을 시도하였고, 최초의 유성 영화나 최초의 70㎜ 영화, 또는 애니메이션 영화로 제작되어 당대의 기술적 진보를 빠르게 반영하였다. 다시 말해 <춘향전>의 영화화는 "기존 해석과의 차별이었고, 이전 표현방식에 대한 도전이었으며, 달라진 영화적 환경을 실험하고 새로움을 모색하는 도전"9)이었던 것이다. 임권택의 <춘향뎐>은 서사를 이끌어가는 표현 방식으로 판소리를 이용하고 있다는 점에서 기존영화의 혁신적 전통을 잇고 있다. 이 영화의 첫 부분은 판소리 <춘향가> 속의 '사랑가'가 들리는 가운데 타이틀이 떴다가 사라지고 이 노래를 공연하는 명창과 고수의 공연 장면이 서서히 뚜렷하게 보이는 것으로 시작된다. 형식적으로 이 영화는 '국악의 이해'라는 과목을 수강하는 대학생들이 과제 때문에 정동 극장의 <춘향가> 공연을 보러온 것으로 설정한 외부 서사 속에 판소리 <춘향가>의 내용을 영상으로 바꾼 내부 서사가 삽입된 액자 서사, 즉 미장아빔

---

8) 총 19편 중 2010년에 개봉된 김대우 감독의 <방자전>을 제외한 18편의 목록은 김외곤, 『한국문학과 문화의 상상력』, 글누림, 2009, 113~114면 참조.
9) 김남석, 앞의 책, 39면.

(miseenabime)의 구성방식을 취하고 있다.[10]

이와 같은 독특한 형식에 비할 때, 원작의 내용 해석은 기존영화의 전통을 전혀 이어받지 못하고 있다. 이 영화는 고전 문학 작품에 대한 새로운 해석을 시도한 것이 아니라 거꾸로 판소리 <춘향가>의 내용을 그대로 영화화 하고자 한 작품이기 때문이다. 어떻게 보면 "모든 각색은 불가피하게 그 원전에 대한 하나의 해석"[11]이라는 견해와 반대로 이 영화는 원전에 대한충실성이라는 이상을 포기하지 않은 것처럼 보인다. 이런 이유로 흔히 고전 문학작품을 영화로 각색할 때 발생하는 의역이나 현대적 재해석 등이 끼어들 여지가 별로 많지 않았다.[12] <춘향뎐>이 얼마나 판소리 <춘향가>의 내용을 직역에 가깝게 영상으로 담아내려 했는지는 이 영

---

10) 액자서사에서는 하나의 서사가 '시간을 초월하여' 다른 서사 속에 삽입된다. D.Hermanetal.(eds.), Routledge encyclopedia of narrative theory, London and NewYork:Routledge, 2005, p.186. <춘향뎐>에도 '오늘날'에 벌어지는 정동 극장의 공연이라는 외부 서사 속에 내부 서사인 '조선후기'의 춘향과 이몽룡 이야기가 삽입되어 있으며, 외부 서사는 내부 서사로 관객을 이끄는 역할을 하고 있다.

11) 스튜어트 맥두걸, 윤여복역, 『문학과영화』, 형설출판사, 2002, 18면.

12) 문학작품의 영화적 각색을 평가하는 대표적인 기준으로 원전에 대한 충실성이 있다. 이를 기준으로 한 각색의 종류는 학자들마다 명칭이 조금씩 다르기는 하지만 대체로 원작을 거의 그대로 옮긴 충실한 각색, 중간 정도에 해당하는 각색으로 원작의 내용을 재해석하거나 재창조하는 다원적 각색, 원작을 단지 재료로만 느슨하게 사용하는 변형적 각색으로 나누어진다. 이 형식 외 공저, 『문학 텍스트에서 영화 텍스트로』, 동인, 2004, 22~28면. 이러한 구분에 따르면, '임권택본 <춘향전>'으로 불리기도 <춘향뎐>은 하지만 충실한 각색에 해당한다고 할 수 있다.

화가 개봉되고 몇 해 뒤에 공중파로 방송된 텔레비전 드라마 <쾌걸춘향>과 비교해 보면 더욱 뚜렷하게 드러난다.

　<춘향뎐>을 제작할 때 각색을 맡아 시나리오를 완성한 사람은 이미 <서편제>에서 임권택 감독과 작업을 한 경험이 있는 김명곤이다. 그는 임권택의 의도에 따라 판소리 <춘향가>를 거의그대로 영상으로 옮기려 하였다. 이때 그가 바탕으로 삼은 판소리 <춘향가>는 <조상현 창본 춘향가>이다. <조상현 창본 춘향가>는 동편제인 김세종제에 속한다. 철종 때 사람으로 판소리 이론에 밝았던 김세종은 고종 때 활약한 제자 김찬업에게 소리를 전수하였고, 김찬업은 다시 정응민에게 전수하였다. 정응민은 강산 박유전제의 <심청가>, <적벽가>, <수궁가>를 배웠는데, <춘향가>만은 동편제 계열을 배웠다. 조상현은 그런 정응민의 제자로서 <춘향가>를 전수받았다. 이처럼 <조상현 창본 춘향가>는 김세종, 김찬업, 정응민 등의 명창이 구성한 것이어서 "옛날 명창들의 더늠이 고루 담겨 있고, 조의 성음이 분명하며, 부침새와 시김새가 교묘할 뿐만 아니라 사설도 잘 다듬어져 있어서, 썩 잘 짜인바다"13) 라는 평가를 받고 있다. 다시 말해, <조상현 창본 춘향가>는 음악적인 면과 문학적인 면이 잘 짜여 있는 우수한 작품인 것이다.

　이와 같은 <조상현 창본 춘향가>의 장르적 특성은 이 작품을

---

13) 뿌리 깊은 나무, 『판소리 다섯마당』, 한국 브리태니커 회사, 1982, 21면.

영화로 각색하는 과정에서 적지 않은 작용을 한다. 위에서 언급한 것처럼 영화 <춘향뎐>은 이 판소리의 충실한 각색이다. 하지만, 판소리의 내용을 충실하게 영화로 옮긴다하더라도 어떤 식으로든 영화의 장르적 특징에 맞게 변형하는 일이 필수적으로 요구된다. 판소리를 영화로 각색할 때 가장 문제가 되는 것은 소리를 장면으로 옮기는 일이다. 판소리계 소설 <춘향전>이 아니라 판소리 <춘향가>는 소리를 바탕으로 하기 때문에 영화로 각색할 때 소설을 각색할 때보다 유리한 점이 있다. 우선 소설과 비교하여 영화는 수용 과정에서 커다란 한계를 지닌다. 영화의 수용과정은 일회적이고 한 방향으로만 이루어진다. 소설처럼 한 번 읽었던 것을 다시 읽기는 곤란하며, 읽는 과정에서 이해가 되지 않는 부분으로 다시 돌아가서 그것을 여러 번 읽을 수는 없는 노릇이다. 그래서 대부분의 영화에서 사건과 사건은 서로 연쇄를 이루며 순차적으로 절정을 향해 달려간다. 복잡한 심리 묘사보다는 사건의 전개를 나타내는 서사가 중심이 되는 것이다. 이런 이유 때문에 주인공의 복잡한 내면세계를 드러낼 때도 몇 개의 사건을 통해서 드러내어야 한다. 그렇지 않다면 관객들이 이해하지 못하기 때문이다. 소설과 비교할 때 영화가 상상력의 깊이가 모자란다고 하는 것도 이와 관련되어 있다. 비록 '플래시백'을 통해 시간의 역전을 표현할 수는 있지만, 이 기법을 자주 사용하면 관객들은 내용 이해에 어려움을

겪게 된다.[14)

판소리는 수용 과정이 영화와 유사한 점을 갖고 있다. 판소리는 복잡하고 긴 이야기로 이루어진 사설로 되어 있기는 하지만, 창과 몸짓을 통해 전달되기 때문에 연극적 요소를 갖고 있다. 말하자면 음악이면서 문학이지만, 이 두 요소가 공연을 통해서 하나로 결합되는 예술이다.[15) 판소리 공연을 감상하는 관객들은 영화와 마찬가지로 일회적이고 한 방향으로만 작품을 수용한다. 이미 지나간 장면을 다시 명창에게 부탁할 수도 없고 이해가 되지 않는다고 해서 그 장면으로 되돌아갈 수도 없기 때문이다. 그래서 판소리의 내용도 한 번 들으면 쉽게 이해할 수 있게 되어있고, 또 사건의 전개도 사건과 사건의 연쇄를 통해 이루어져 있다. 바로 이와 같은 수용 과정의 유사성과 그로 인한 구성의 유사성으로 인해 판소리를 영상으로 각색하는 것은 다른 장르의 각색보다 수월한 면을 가지는 것이다.

공통적으로 서사적 내용을 가진 판소리와 영화가 사건의 폭이나 깊이보다는 진행 방향을 중심으로 수용되고 있음에도 불구하고, 판소리의 문학적 성격은 영화로 각색할 때 장애 요소로 작용한다. 흔히 유명한 소설을 영화로 각색하면 대부분 실패한다고 한다. 명

---

14) Linda Seger, The art of adaptation:turning fact and fiction into film, New York, NY:Henry Holt&Co., 1992, p.26.
15) 조동일. 김흥규 편, 『판소리의 이해』, 창작과비평사, 1978, 11면.

작으로 불리는 작품은 그것이 속한 소설 장르의 특성인 언어의 묘미를 최대한 살려 창작된 것이 대부분이다. 하지만 영화는 언어 텍스트와는 달리 서사적 양상을 쉽게 변화시킬 수 없기 때문에 오히려 좋은 각색에 반드시 좋은 소설이 필요한 것은 아니라고 할 수 있다.[16] 판소리 <춘향가>의 경우도 이야기의 줄거리는 단순하지만, 표현면에서 상징이나 비유를 많이 사용한 구절이 많아서 영상으로 옮기기 힘든 측면이 있다. 더군다나 각색을 어렵게 하는 것은 주인공의 심정이 창으로 거의 다 토로된다는 점이다. 연극을 영화로 옮길 때 시간적 제약에 못지않게 커다란 문제가 되는 것은 연극에서는 중요한 장면에서 대사를 사용한다는 점이다.[17] 연극은 대사를 통해 인물의 생각을 드러내고 인간성도 드러내는 데 비해, 영화는 시각적 이미지를 통해 그것들을 드러내는 예술이다. 판소리 역시 연극과 마찬가지로 대사를 통해 인물의 생각을 드러낼 뿐만 아니라, 중간 중간에 삽입된 일종의 독립된 노래를 통해 그 마음을 표현하기 때문에 영상화하는데 어려움이 있다. <조상현 창본 춘향가>를 포함하여 판소리 <춘향가>에서 관객의 심금을 울리는 장면은 대부분 '사랑가', '갈까 부다', '옥중가', '십장가' 등의 노래로 된 부분이다. 이 부분을 영화로 각색할 때에는 노래의 압도

---

16) 시모어채트먼, 한용환. 강덕희 공역,『영화와 소설의 수사학』, 동국대학교 출판부, 2001, 247면.
17) 이형식 외 공저, 앞의 책, 226면.

적 힘에 영상이 부수적으로 덧붙여졌다는 느낌을 강하게 가지게 된다. 이처럼 판소리의 장르적 특징인 연극적 요소를 영화로 옮기는 데는 일정한 한계가 있을 수밖에 없다고 하겠다.

3. 판소리의 음악적 요소와 영상의 결합 수준

영화가 다른 예술과 구별되는 중요한 특징은 동영상을 이용하여 움직임을 묘사한다는 점이다. 영화의 동영상에는 사운드가 동반되는 경우가 많아 청각이 이용되기도 하지만, 기본적으로 동영상은 시각을 통해 관객들에게 수용된다. 물론 영화가 시각적 이미지를 통해 사물을 표현한 최초의 예술은 아니지만, 영화의 가장 크고 중요한 장점으로는 외양에 대한 감수성을 꼽을 수 있다. 즉, 영화는 관객이 화면을 보면서 깊은 사색에 빠지지 않도록 움직이는 이미지를 연속적으로 보여주는 것을 특징으로 한다.[18] 상상력을 마비시킨다는 논란이 있음에도 불구하고, 문학 작품을 각색할 때는 이러한 특징을 반드시 고려되어야 한다. 만약 원작에 이를 살리지 못하거나 방해하는 부분이 있다면 과감하게 삭제할 수밖에 없다.

이와 관련하여, 판소리를 영화로 옮길 때 관건이 되는 것은 판소리의 음악적 성격을 시각적 요소가 지배적인 영화 속에서 어떻게

---

18) 로버트리차드슨, 이형식 역, 『영화와 문학』, 동문선, 2000, 82면.

살리느냐 하는 문제라고 할 수 있다. <춘향뎐>은 판소리 자체의 여러 가지 가락과 영상의 상호조화를 시도한 작품이다. 이점에서 영화 <춘향뎐>은 1927년에 유성 영화가 발명되기 이전에 스크린 밖에서 연주되는 음악과 영상의 조화를 추구했던 무성 영화를 떠올리게 한다. 당시의 무성 영화는 영화의 장면 장면마다 그것에 어울리는 음악을 사용하여 음악과 영상의 결합을 시도하였는데, 이때의 영화 음악은 현장에서 연주하거나 축음기로 들려주는 관현악곡이 대부분이었지만 때로는 연주자들이 스크린 위의 동작에 맞춰 만들어낸 음향 효과도 있었다.[19] 이러한 무성 영화처럼 <춘향뎐> 중에 판소리만 들리고 인물들의 대사가 없는 장면에서는 외재적 사운드의 리듬과 그것에 어울리는 영상이 서로 결합하여 조화를 이루었다. 다만 제작의 순서상 유성 영화에서는 먼저 존재하고 있던 영상에 음악이 부가된 데 비해, <춘향뎐>에서는 판소리 가락이 먼저 있고 영상이 그것에 부가되었다는 점에서 둘은 차이를 보였다. 이 영화는 이처럼 눈에 보이지 않는 음악적 요소까지 시각화하기 위해 노력한 작품이라고 할 수 있다.

<춘향뎐>이 끌어다 쓴 판소리 <춘향가>의 음악은 분명한 내용을 담은 가사를 지니고 있음이 특징적이다. 임권택 감독은 그 가사의 내용대로 영상을 구성하려고 했기 때문에 음악과 영상의 조

---

19) 제프리노웰-스미스, 이순호 외 공역, 『옥스퍼드 세계 영화사』, 열린책들, 2005, 263면.

화가 또 다른 면을 지니게 되었다. 음악의 리듬이나 템포와 영상의 빠르기가 일치하는 것은 무성 영화와 비슷하지만, 가사의 내용이라는 새로운 부분이 가미되었기 때문에 음악과 영상의 관계는 더욱 복잡한 양상을 띠게 되었던 것이다. 영화 <춘향뎐>이 판소리의 가사를 얼마나 충실하게 반영하였는가는 방자가 이 도령의 분부에 따라 그네를 타고 있는 춘향을 부르러 건너가는 장면이나 포졸들이 사도의 명령대로 의기양양하게 춘향의 집으로 그녀를 잡으러 가는 장면 등을 통해 알 수 있다. 이러한 장면들에서 방자나 포졸들의 행동은 새롭게 더해진 내용이 전혀 없이 조상현 명창의 창에 담긴 내용 그대로이다. 이 도령이 떠난 후에 홀로 남은 춘향이 독수공방할 때 명창이 부르는 '갈까 부다' 장면에서도 '수지니, 날지니, 해동청, 보라매다 쉬여 넘는' 대목이 나올 때 정말로 매가 등장시켜 하늘을 한 바퀴 휘돌도록 함으로써 가사를 충실하게 반영하였다. 이 과정에서 주목할 것은 임권택 감독이 시각적으로 표현하기 힘든내용, 예를 들면 중국고사를인용하여 인물의 성격을 설명하는 대목 같은 것은 영상으로 표현하지 않았다는 점이다. 이는 영화의 표현 매체인 시각적 이미지가 문학의 표현매체인 문자를 따라가지 못하기 때문에 발생한 것이라고 할 수 있다. 이밖에도 임권택 감독은 판소리 가사의 충실한 반영이라는 목적을 위해 쇼트의 배열 등에서 할리우드의 고전적 영상문법을 일부러 위반하기도 하였다.

하지만, 판소리를 충실하게 옮기려 한 여러 장면에서는 창이 전면에 부각되기 때문에 원래 화면에 있어야 할 내재적 사운드, 즉 방자의 발자국 소리나 꾀꼬리 소리 등의 현장음은 상대적으로 미약해지는 단점이 드러난다. 또한 판소리의 내용대로 영상을 제작하기 위해 컴퓨터 그래픽으로 꾀꼬리를 묘사함으로써 작위성도 두드러질 수밖에 없었다. 이는 이 도령과 춘향이가 단풍잎 위에서 뒹굴 때 둘이 껴안고 있는 자세를 '좋을 호(好)'자와 비슷하게 하고 화면의 오른편에 그 모습과 유사하게 한자로 '호'자를 그래픽으로 처리한데서 절정에 달한다. 한편 <춘향뎐>은 판소리를 바탕으로 했기 때문에 전체적으로 인물의 감정을 드러낼 때 사용하는 클로즈업[20] 기법을 적게 사용한다. 다시 말해, 조상현 명창의 입을 통해 표현되는 판소리로 인물의 희로애락이 표현되었으므로 굳이 영상을 통해 인물의 감정을 분명하게 드러내지 않아도 되었다. 이처럼 판소리의 음악적 요소를 충실하게 반영하려 한 시도는 영화의 장르적 특성인 '화면을 통한 상상력의 환기'를 상당히 제한하고 마는 결과를 초래했다.

---

20) 피사체의 흉상 정도만이 나오는 클로즈업에서 관객의 주의는 화면의 앞부분에만 모아지고, 특히 피사체의 눈과 입에 집중된다. 그래서 러브신이나 비밀을 속삭이는 장면, 혹은 화를 내는 장면 등에서 쓴다. 로이 톰슨, 권창현 역, 『숏의 문법』, 커뮤니케이션북스, 2004, 80면.

이상에서 다룬 내용과는 별도로, 판소리의 각색 과정에서는 판소리의 창이나 사설 그대로 살려야 할 부분과 과감하게 판소리의 음악적 요소를 버리고 일반 영화처럼 제작해야 할 부분을 결정하는 것도 중요한 문제이다. 임권택 감독은 <조상현 창본 춘향가>의 전체 완창 시간인 4시간 35분 중에서 40% 정도를 사용했다고 밝힌 바 있다. 실제로 영화 <춘향뎐>의 전체 러닝타임 2시간 12분 가운데 조상현 명창의 판소리가 들리는 시간은 무려 55분이나 된다. 물론 영화의 상영 시간을 감안할 때 전체를 사용하는 것은 불가능했겠지만, 이 정도의 시간은 실로 어마어마한 양이라고 할 수 있다. <춘향뎐>의 경우 인물이 주고받는 대사 부분은 명창한 사람이 노래하는 것보다 여러 명의 등장인물들이 하는 것이 낫기 때문에 영화배우들이 연기를 하였다. 이에 비해 인물의 내면을 묘사할 때는 뮤직비디오처럼 판소리 소리꾼의 창에 맞추어 적절한 화면을 보여 주는 방식으로 처리하였다.[21] 한편 장면이나 인물의 행동을 설명하는 지문 역할을 하는 '아니리'도 그것과 어울리는 화면을 배치하여 표현하고 있다.

이 과정에서 드러난 문제점은 판소리가 지닌 고유하고 독특한 해학성이 대폭 축소되었다는 것이다. 인물의 한이나 비통함이 강

---

[21] 인물의 내면을 표현하는 부분은 판소리의 핵심적 대목인 '눈'이라고 할 수 있는데, <춘향가>에서는 <사랑가>, <이별가> 등이 해당된다. 황혜진, 앞의글, 292면.

조되는 극에서는 이완의 단계인 '희극적 숨 돌리기'가 필수적인데, 이는 주로 아니리를 통해 표현된다.[22] <춘향뎐>에서는 군데군데 삽입된 이른바 경드름제 또는 덜렁제라 불리는 판소리 대목이 희극적 숨 돌리기라고 할 수 있다.[23] 구체적으로는 매 맞고나온 춘향 앞에서 기생이 춤추며 노래하는 장면이나 암행어사 출도직전에 임실군수가 춤을 추고 농말을 하는 장면 등이 이에 해당된다. 하지만 이런 장면이 차지하는 비중은 각색 과정에서의 요구되는 불가피한 생략으로 인해 원작인 판소리에 비해 매우 작은 편이다. 또한 이를 즐길 수 있는 관객들도 판소리에 대해 조예가 깊거나 적어도 판소리를 알아들을 수 있는 수준의 사람으로 한정될 가능성이 크다. <춘향뎐>은 예술 영화가 아니라 상업 영화를 표방했으므로 각계각층의 관객들을 주요한 대상으로 삼았을 것인데, 미국식 장르 영화에 익숙한 그들은 디제시스에서 벗어난 이런 장면들에서 우습다기보다 뜬금없다고 느낄 수도 있다. 이는 영화 속에서 과제 때문에 정동 극장에서 판소리 공연을 감상하는 학생들도 그 관객들에 포함된다고 할 수 있다. 만약 <춘향뎐>이 처음부터 뮤지컬로 창작

---

22) 정병헌, 『판소리 문학론』, 새문사, 1993, 61면.
23) 임권택 감독은 원작에 포졸이 춘향에게 심통을 내면서 그녀를 잡으러 가는 장면처럼 경드름제나 덜렁제에 해당하는 대목이 풍부하다고 하면서, 이런 대목에 주목했다고 밝혔다. 허문영 정리, 「<춘향뎐>과 임권택 [4]-임권택 vs 김명곤 대담」, 『씨네21』, 2000.2.1., 한겨레신문사.
http://www.cine21.com/news/view/mag_id/32358

로 창작되었더라면 사정은 달라졌을 수도 있었을 것이다. 이상에서 살펴본 것처럼 <춘향뎐>에서는 판소리의 음악적 요소를 최대한 살리려고 시도하였지만, 일부는 성공하고 일부는 그렇지 못한 결과를 가져온 것으로 볼 수 있다.

4. 계몽성의 의도적 노출을 통한 판소리 교육

임권택이 <춘향전>을 제작하면서 판소리를 충실하게 각색한 이유는 판소리를 가르치려는 강한 계몽적 의도 때문이라고 할 수 있다. 그는 이를 위해 자신의 관객으로 설정한 대중들이 쉽게 이해할 수 있도록 판소리를 현대적으로 재창조하는 식으로 변형시키지 않았다. 그 대신 판소리가 다루고 있는 세계가 어떤 세계인지를 알려 주기 위해 충실한 각색을 선택하였다. 그래서 이 영화의 디제시스를 가리켜 "판소리가 창출하는 가상 세계에 있을 법한 대상을 재현하여 대중에게 '이게 맞다'고 가르치는 것"[24]이라고 보는 견해도 나오게 되었던 것이다. <춘향뎐>을 통해 표현된 임권택의 계몽성은 판소리의 내용을 보여 주는데서 그치지 않고 판소리가 무엇인지를 알려주고자 하는 데까지 나아간다. 그는 영화의 바깥서사인 정동 극장공연 중에 관중장면을 넣은 것에 대해 질문을 받고 다음

---

24) 황혜진, 앞의 글, 285면.

과 같이 대답하였다.

> 나는 소리판이 지금 왜 필요한 것이냐를 이게 소리판이 만들
> 어 낸 거다라는 걸 꼭 보여주고 싶었어. 죽어도 넣겠다고 내가
> 한 거지. 해외에서도 이게(관객 장면: 인용자) 없으면 이해 못
> 할 사람이 많아. 예컨대, 추임새로 '얼쑤, 좋다' 같은 게 들어가
> 는데, 이게 〈십장가〉 대목처럼 아주 비장한 장면에서도 들어가
> 거든. 이게 기분 좋아서가 아니라 판소리 특유의 흥이라는 걸
> 알리려면 소리 공연에서 나온 거라는 점을 설명해야 한다고 생
> 각한 거야. 제일 중요한 건 소리가 지금 우리와 무슨 관계가 있
> 는가를 보여주고 싶었던 거지.[25]

이처럼 임권택은 과거의 유산인 판소리가 오늘날에도 필요한 이
유가 무엇이고 그것이 지금 우리와 무슨 관계를 맺고 있는지를 알
려주기 위해, 또 판소리 특유의 흥이 무엇인가를 알려 주기 위해
판소리 공연 중에 객석의 관중들이 호응하는 장면을 삽입하였다.
만약 관객들이 판소리의 세계에 깊이 빠져 들도록 할 목적이었다
면, 그는 굳이 감정 이입을 방해하는 미장아빔의 구조를 취하지 않
았을 것이다. 미장아빔의 바깥 서사인 정동극장의 공연은 춘향과
이몽룡이 펼치는 이야기가 판소리 속의 허구적인 이야기에 불과하

---

25) 허문영 정리, 앞의 글.

다는 것을 알려 주는 해설적 기능을 담당하기 때문이다. 하지만 그는 판소리가 공연되고 수용되는 방식을 보여 주기 위해 일부러 공연 장면을 삽입하였다. 평소에도 그랬는지는 모르겠지만, 적어도 <춘향뎐>을 만들던 당시의 그에게 영화는 강력한 교육 수단이었다고 할 수 있다.

영화를 교육적 수단으로 보는 관점은 서구에서 영화가 발명되고 얼마 지나지 않은 초창기에 이미 수립된 것이다. 20세기 초에 영화가 상업적 성격을 띠게 되면서 서사 영화에 대한 수요가 폭발적으로 증가하자, 영화제작사들은 문학작품의 각색을 하나의 대안으로 제시하게 된다. 이미 만들어져 있는 장면, 플롯, 캐릭터 등은 새로운 이야기를 창조하는 것보다 훨씬 매력적이었던 것이다. 특히 문학작품이 지닌 품격은 당시 미국에서 이민자들을 중심으로 형성된 중산층을 영화관으로 끌어들이는 데 중요한 역할을 한다. 더구나 무성 영화는 영어에 익숙하지 않은 관객들도 쉽게 감상할 수 있었다. 미국보다 문학적 전통이 훨씬 강력하였던 영국에서는 자국의 문학적 유산을 대중들에게 교육할 수 있는 수단으로 영화를 수용한다. 그때 이미 셰익스피어의 희곡을 각색한 많은 작품이 존재하고 있었고, 찰스 디킨스, 제인 오스틴, 브론테 자매, 토머스 하디 등의 작품도 활발하게 각색되었다. 이후 미국의 PBS나 영국의 BBC는 문학의 고전을 각색할 때 교육적 시각을 견지하게 된다. 이처럼 서구의 영화계가 고전 문학 작품과 대중 문학 작품에 주목한 것은 많은 사람들이 그것을 즐길 수 있음이 증명되었기 때문이다. 고전 문학 작품이 시간을 초월하여 여러 세대에게 인기가 있었고 대중문학 작품은 베스트셀러로서 당대인들에게 인기가 있었던 것이다.[26)]

이러한 서구의 역사적 상황은 임권택이 판소리 <춘향가>를 각색하여 영화로 만든 것과 여러 측면에서 상당히 유사하다. 무엇보다도 그가 다른 문학 작품이 아니라 판소리를 선택한 것은 판소리가 오랫동안 여러 소리꾼들에 의해 창작된 적층 문학으로서 '한국의 셰익스피어'[27)]라 불릴 만큼 뛰어난 문학성을 갖추고 있었기 때문이다. <춘향전>이 1922년부터 지금까지 무려 19회나 영화로 각색된 것도 같은 맥락에서 이해할 수 있다. 다만, 식민지 시대의 영화인들에게는 <춘향전>이 세대를 이어져오는 문학의 고전이자 당대의 베스트셀러로서 각색의 대상이었음에 비해, 임권택에게 판소리 <춘향가>는 문학의 고전일 뿐 자기 시대의 베스트셀러가 아니었다는 점이 다를 뿐이다.

---

26) John Desmond and Peter Hawkes, Adaptation:Studying film ans literature, NewYork, NY:McGraw-Hill, 2006. pp.14~16.
27) 이 영화가 제작되던 당시 판소리 다섯 마당은 '한국의 셰익스피어'라고 불렸다. 조선희, 「편집장이 독자에게 : 판소리는 한국의 셰익스피어」, 『씨네21』, 2000.1.25., 한겨레신문사.
http://www.cine21.com/news/view/mag_id/32535

영화를 교육적 수단으로 보는 임권택은 판소리 내용의 충실한 각색을 통해 <춘향뎐>의 내용을 구성하였고, 판소리 공연 장면을 통해 판소리가 무엇이며 어떻게 공연되는가를 보여 주었다. 이 밖에 그는 <춘향뎐>이 권력에 대한 민중의 저항성을 의도적으로 보여 줌으로써 강한 계몽성을 드러내었다. 이에 해당하는 장면으로는 암행어사 출도 후에 봉고파직당한 변학도에게 암행어사 이몽룡이 말을 건네는 장면을 꼽을 수 있다. 여기에서 변학도는 이몽룡에게 춘향의 행동이 나라에서 정한 종모법, 즉 양인인 아버지와 천인인 어머니 사이에 태어난 자식은 어머니의 신분을 따라야 한다는 법에 어긋나기 때문에 춘향은 국사범이라고 항변한다. 이에 대해 이몽룡은 "그것이 당신의 지나친 폭압에 대한 사람이고자 하는 의지였다고 생각지 않으시오."라고 답변함으로써 임권택이 생각하는 작품의 주제를 직접적으로 드러낸다. 이러한 이몽룡의 대사는 감독이 자신의 등장인물을 너무나 사랑한 나머지 의도적으로 등장인물의 입을 통해 자신의 생각을 대변하도록 한 것이라고 할 수 있다. 주지하다시피, 이러한 말하기는 수많은 시각적 이미지를 통해 환유적으로 감독의 연출의도를 형상화하는 영화의 장르적 특징을 무시한 것이라 할 만하다.

임권택 감독이 의도한 계몽성이 드러나는 또 다른 장면으로는 앞서 언급한바, 중간 중간에 삽입된 정동극장에서의 판소리 공연을 꼽을 수 있다. 이 공연은 <천자문가>를 부르는 장면, 춘향이 매를 맞는 <십장가> 장면, 이몽룡이 과거에 급제한 후 어사가 되어 전라도로 돌아오는 장면, 마지막에 판소리 공연을 마무리하는 장면에서 화면에 나타난다. 이 공연을 찍은 장면들에서 중심이 되는 것은 공연을 하는 조상현 명창이 아니라, 그의 등 뒤에서 익스트림 롱 쇼트로 찍힌 관객들의 모습이다. 판소리 <춘향가>가 얼마나 감동적인가를 드러내기 위해 감독은 첫 부분에서 판소리 공연을 듣지 않으려고 하던 대학생이 절창에 감동하는 모습을 보여주고, 이몽룡이 전라도로 돌아오는 장면에서는 관객 한 명이 일어나 춤을 추는 장면을 보여준다. 그리고 마지막 장면에서는 드디어 모든 관객이 일어나 명창과 고수에게 박수를 보내는 장면이 덧붙여져 있다. 이러한 장면들은 위에서 인용한 감독 자신의 의견처럼 판소리의 필요성, 현재성, 고유성 등을 알려 줄 뿐만 아니라 서사적 기능도 담당한다.[28] 그럼에도 불구하고 그 장면들이 판소리 <춘향가>가 얼마나 감동적인가를 관객들에게 전달하고자 하는 의도를 과도하게 표출하고 있다는 것은 사실이다. 다시 말해 판소리가 우리의 정서에 적합할 뿐만 아니라, 판소리가 우리의 삶에 중

---

28) 판소리 공연 장면은 판소리 <춘향가>의 이야기 속으로 관객들이 몰입하지 못하게 함으로써 상업 영화인 이 영화의 오락적 기능을 축소시키고, 그 대신 관객들로 하여금 판소리의 공연 형식과 장르적 성격에 대해 생각하도록 하는 점에서 서사적 기능을 담당한다.

요한 의미를 지니고 있는가를 전달하려는 의도 때문에 그러한 장면이 강조되었던 것이다. 문제는 계몽성이 의도적으로 드러나 있다는 것이 아니라 그것이 지나칠 정도로 전면에 부각되어 있다는 것이다. 만약 <춘향뎐>이 원래부터 판소리와 <춘향가>의 특성을 교육시키려는 의도 아래 만들어졌다면 것마저도 문제가 되지 않을 것이다. 하지만 <춘향뎐>은 PBS와 BBC 같은 공영방송에서 방영할 목적으로 교육적 시각에서 만들어진 영화가 아니라, 일반 영화관에서 상업적으로 상영할 목적으로 만들어진 영화이다. 돈을 벌 목적으로 만든 상업 영화가 관객에게 흥미를 제공하지는 않고 오히려 관객을 계몽하려 든다면 문학 작품을 충실히 각색한 대부분의 영화들처럼 그 결과는 참담할 수밖에 없을 것이다.

5. 고전 각색의 다양한 스펙트럼을 위하여

지금까지 살펴 본 바와 같이, 영화 <춘향뎐>의 가장 두드러진 특징은 <조상현 창본 춘향가>를 원본에 충실하게 영상으로 재현했다는 점이다. 판소리가 지닌 장르적 특성으로 인해 원작을 영화로 각색하는 작업은 수월한 면도 있었고 어려운 면도 있었다. 또 음악적 요소 중의 일부인 가사를 그대로 영상으로 옮기다 보니 상상력이 제한되고 해학성도 축소된 점이 없지 않았다. 영화를 교육의 수단으로 삼아 계몽성을 지나치게 드러냄으로써 관객들에게 흥미를 제공하지 못한 것도 상업 영화로서는 치명적 한계라고 할 수 있다.

그럼에도 불구하고 감독이 의도한 대로 교육적 관점을 취한다면, 이 영화는 판소리 <춘향가>가 어떤 내용으로 되어 있고 어떤 특징을 지니고 있는지를 파악하는데 아주 훌륭한 도구가 될 수 있다. 이 점은 이 영화가 판소리 다름 아닌 <춘향가>의 뮤직비디오라는 평가를 받게 된 이유이기도 하다. 그래서 이 영화는 <춘향가>를 교육하는데 널리 활용할 수 있을 것이다. 또한 이 영화는 정동극장에서 벌어지는 판소리 공연을 여실하게 묘사한 작품이다. 무대 위에서공연하는 소리꾼과 고수뿐만 아니라 추임새를 넣어 가며 그들과 호흡을 함께 하는, 그럼으로써 공연을 완성시키는 관객까지 잘 보여 주고 있다. 이런 이유로 이 영화는 판소리의 공연과 수용 방식을 교육하는 데 좋은 자료가 될 수도 있다. 영화 <춘향뎐>은 판소리 <춘향가>를 바탕으로 하였다는 점과 판소리 공연을 보여준다는 점 이외에도 또 다른 장점을 지니고 있다. 무엇보다도 이 영화는 계절의 흐름에 따라 변하는 우리나라의 자연을 갖가지 색으로 화면에 담아내었다. 첩첩이 겹쳐진 지리산의 풍경이나, 오곡이 무르익은 가을 들판, 눈 덮인 겨울 산 뿐만아니라 한옥의 아름다운 곡선까지를 화면을 통해 아름답게 그려내었던 것이다.

또 등장인물들이 입고 나오는 수많은 의상을 통해 한복의 멋스러움도 잘 표현하고 있다. 그러므로 이 영화는 한국적 미가 무엇인지를 느끼도록 해 주는 작품이라고 해도 과언이 아닐 것이다.

한편, 이 영화는 영화 교육과 관련하여 여러 가지 생각할 거리를 제공한다. 무엇보다도 이 영화는 음악과 영화의 관계에 대한 새로운 접근 태도를 요구한다. 시각적 이미지를 중심으로 하는 영화의 장르적 본질에 충실하려는 이론가들은 우리 귀에 들리지는 않지만, 이미 영화의 쇼트 자체에 풍부한 음악성이 존재한다고 믿기도 한다. 이런 이론가들은 판소리를 영화화한 이 영화를 보면서 영화에서 음악이 얼마만큼 커다란 비중을 차지할 수 있는지에 대해 고민하지 않을 수 없을 것이다. 각색과 관련해서도 이 영화는 세계 영화사상 유례를 찾아보기 힘들 정도로 판소리를 영화로 충실하게 옮긴 희귀한 예에 속한다. 판소리 자체가 음악, 문학, 연극적 요소를 다 지니고 있기 때문에 이 영화는 이 세 가지 요소를 한꺼번에 영화로 각색할 때 생길 수 있는 여러 문제점을 보여 주고 있다. 이는 장르 간의 교섭이라는 각색의 기본 성격과 관련하여 쉽게 해결할 수 없는 과제라고 할 수 있다.

끝으로, 영화 <춘향뎐>은 백 년 가까이 계속되어 온 <춘향전> 계열 영화의 하나이다. 이제까지 이 계열의 영화가 그렇게 해 왔듯이, 앞으로도 수용자인 관객의 상상력을 더욱 자극할 수 있는 새로운 영화가 나왔으면 한다. 이는 각색이 충실한 각색, 중간적 각색, 변형적 각색으로 나누어지듯이 고전에 충실한 각색, 고전을 재해석한 각색, 고전의 흔적을 찾아보기 힘들 정도로 새롭게 창조된 각색이 활발하게 진행되기를 바라는 것이나 다름없다. 그렇게 될 때 고전은 참신한 면모를 띠며 세대와 세대를 넘어 면면이 이어질 것이다.*

* **출전** : 「판소리의 영화화 과정에 나타난 문제점」, 『고전문학과 교육』 26, 한국고전문학교육학회, 2013.8.

3 부

발레를 통해 드러난 몸의 사회학

- 변영주 감독의 「발레 교습소」

1. 서론 : 몸의 복권과 춤에 대한 인식 변화

　대부분의 사람들에게 인생의 전 시기 가운데 청소년기만큼 불안
정한 때는 거의 없을 것이다. 특정 연령에 속해 있다는 것 자체가
모든 사람에게 영구적이라는 생각을 주지 않는데, 특히 청소년이
란 어른에 거의 종속되다시피 한 아동과 독립된 개체로서의 삶을
살아가는 성인의 중간에 자리 잡은 과도기적 존재에 해당하기 때
문에 경계인으로서의 성격을 가질 수밖에 없다.[1] 이들은 성인이

---

[1] 조반니 레비・장-클로드 슈미트 공편, 정기문 역(2007), 『청소년의 역사』, 새
　물결출판사, 12면.

되기 위해 그 이전보다도 훨씬 강도 높게 자기가 속한 사회의 문화적 요소들로부터 영향을 받으며, 법이나 관습에 규정된 여러 가지 제도적 절차를 거쳐야 한다. 그리고 이미 어릴 때부터 드러난 남녀의 육체적, 문화적 차이를 고착된 형태로 받아들이게 된다.

한국 영화사에서 청소년의 성장을 다룬 영화가 십대들을 새로운 관객으로 끌어들이면서 전성기를 구가한 때는 1970년대이다. 이 시기에는 소위 하이틴물이라는 이름을 달고 제작된 '얄개' 시리즈, '여고' 시리즈, '진짜 진짜……' 시리즈 등이 속속 제작된 바 있다. 이후로도 예전만큼 많은 수는 아니지만 장르를 달리하여 여고 괴담 시리즈 등이 계속 발표되어 그 맥을 이었다. 그 중에 2004년에 만들어진 변영주 감독의 「발레 교습소」는 청소년을 다루면서도 독특하게 발레라는 소재를 끌어들여 우리의 눈길을 사로잡은 영화이다. 이 영화는 한 무리의 청소년들이 발레 교습을 통해 성숙해 가는 모습을 보여 주는데, 이들은 대부분의 청소년들처럼 짧지만 격렬한 고민의 시기를 보내며 육체적으로 자신의 몸을 가꾸고 미래를 향한 방향도 결정하게 된다. 아이돌 그룹 지오디(god)의 멤버인 윤계상이라는 대중 가수를 캐스팅하여 화제를 모았던 이 영화는 대학수학능력시험이 끝난 이후에 개봉함으로써 수험생 특수를 노렸으나 흥행에는 실패하였다. 그래서인지 몰라도 이 영화에 대해 학계와 평론계는 거의 관심을 가지지 않았다. 하지만 이 영화는 개인의 몸에 대한 몇 가지 시각을 적나라하게 드러내고 있어 우리의 주목을 끈다.

원래 춤은 사회적 측면과 주술적 측면이라는 두 개의 영역에서 중요한 기능을 담당하였다. 전자는 공식적 제의(祭儀) 및 공동체의 질서 유지와 관련되어 있고, 후자는 번영의 기원 및 나쁜 기운의 축출과 관련되어 있다.2) 이처럼 사회적 의식(儀式)으로서의 성격이 강했던 춤은 20세기 이후에 서로 사랑하는 커플들을 위한 의식이 되었다가 점점 개인의 몸을 위한 의식으로 진화하게 된다.3) 「발레 교습소」에 등장하는 발레는 고전적인 춤의 일종이지만, 이 춤을 바라보는 사람들의 시각은 춤이야말로 개인의 몸을 위한 의식이라는 현대적 정의를 분명하게 보여 준다고 할 수 있다.

춤에 대한 현대적 인식이 정립된 것은 사생활의 역사에서 가장 중요한 변화 중의 하나인 몸의 복권과 관련을 맺고 있다. 오늘날 몸은 더 이상 정신을 담는 그릇 역할에 만족하지 않는다. 몸 자체가 수단이자 목적이 되었기 때문이다. 앤소니 기든스가 말한 것처럼 이제 몸의 관리는 건강 유지라는 목표를 향한 수단적 지위에서 벗어나 '현대적 성찰성의 일부'가 된 것이다.4) 뿐만 아니라 삐에르

---

2) 로데릭 랑게, 최동현 역(1994), 『춤의 본질 : 인류학적 관점에서』, 도서출판 신아, 190~191면.

3) 앙투안 프로·제라르 뱅상 공편, 김기림 역(2006), 『사생활의 역사』 5, 새물결출판사, 47면..

4) 앤소니 기든스, 권기돈 역(1997), 『현대성과 자아 정체성 : 후기 현대의 자아

부르디외나 크리스 쉴링의 주장대로 몸은 사회 구성원의 계급적 차이를 드러내 주는 자본으로서의 역할도 담당한다. 각 사회 계급은 몸을 계발하는 방식과 특정한 몸의 형태에 부여되는 상징 가치에 상당한 영향력을 발휘하는데, 이것이 바로 육체자본의 생산이다. 이처럼 사회 분야에서 가치를 인정받을 수 있는 방식으로 몸을 계발함으로써 이루어지는 육체자본의 생산은 경제자본이나 문화자본, 사회자본의 형태로 전환되기 때문에 문제적이다.5) 말하자면 몸은 사회적 계급이 권력을 행사하거나 사회적 불평등을 재생산하는 과정에서 우리가 생각하는 것보다 훨씬 더 다양한 역할을 담당하고 있는 것이다.

이 글에서는 위에서 살펴본 앤소니 기든스와 삐에르 부르디외, 크리스 쉴링 등의 몸에 대한 이론에 입각하여, 영화 「발레 교습소」에 나타난 몸에 대한 다양한 시각들과 몸과 관련된 사회학적 문제

와 사회』, 새물결출판사, 182면.
5) 문화자본, 육체자본, 사회자본은 부르디외의 개념이다. 문화자본은 그림이나 책과 같이 객관화된 형태, 대학 졸업장처럼 제도화된 행태, 육체적 또는 정신적으로 몸에 구현된 형태가 있다. 이 가운데 마지막 형태, 즉 체현된 문화자본(Embodied cultural capital)이 육체자본이다. 이는 의식적으로 획득하거나 가족 등으로부터 사회화나 전통을 통해 수동적으로 물려받은 지식, 교양, 기능, 취미, 감성 등의 성향으로 구성된다. 끝으로 사회자본은 상호 인식과 상호 인정을 통해 제도화된 지속적 관계망의 소유와 관련된 현재적이고 잠재적인 자본을 말한다. 크리스 쉴링, 임인숙 역(1993), 『몸의 사회학』, 나남출판, 186~187면 및 삐에르 부르디외, 최종철 역(1995), 『구별짓기 : 문화와 취향의 사회학』상, 새물결출판사, 12면.

들을 규명해 보려고 한다. 다시 말해 예술의 일종인 춤을 배우고 공연하는 행위가 예술 내부에 국한되어 자족적으로 수행되는 것에 그치지 않고 그것을 넘어서서 어떤 사회적 기능까지 담당하고 있는지를 분석할 것이다. 이는 춤을 단순한 신체 훈련이나 예술의 일종으로 보지 않고 개인적 정체성의 중심 요소인 몸을 관리하는 유효한 방법으로 보는 데서 출발한다.

2. 영화 속의 발레를 바라보는 세 가지 시각

연작 다큐멘터리 영화인 「낮은 목소리」 시리즈를 제작한 변영주 감독이 「밀애」에 이어 두 번째로 만든 상업 영화 「발레 교습소」에는 각기 다른 사정으로 발레를 배우기 위해 구민회관의 문화 강좌를 찾은 사람들이 등장한다. 먼저, 남자 주인공인 강민재(윤계상 분)는 대학수학능력시험을 치른 후 아버지 차를 몰래 운전하고 다니다가 교통사고 현장에서 발레 강사인 양정숙(도지원 분)에게 범인으로 오해를 받아 어쩔 수 없이 발레 강좌에 등록하게 된다. 범인이 아닌 것은 곧 밝혀지지만, 면허증도 없는 데다 술을 먹고 운전을 한 사실이 양정숙에게 들통 났기 때문에 그에게 선택의 여지는 없었다. 그를 포함하여 항상 밝은 성격을 보이는 장동완(이준기 분)과 춤에 소질이 있는 이창섭(온주완 분)은 늘 붙어 다녀 삼총사로 불리는데, 이들 두 사람 역시 친구와의 의리 때문에 함께 발레를 배우게 된다. 한편 민재는 같은 층에 사는 동갑내기 황보수진(김민정 분)을 짝사랑하는데, 그녀는 학업이나 생활면에서 똑 부러지게 일을 처리하는 모범생이다. 그런 그녀도 선머슴 같은 성격을 교정하고자 하는 엄마의 끈질긴 강요에 못 이겨 발레를 배우게 되는데, 그녀 곁에는 춤을 잘 추는 창섭을 내심 좋아하는 차승연(박그리나 분)이 있다. 이들 외에도 발레 교습반에는 동네에서 비디오 가게를 하며 구민회관 문화 프로그램을 두루 섭렵 중인 배도일(이정섭)과 중국집 배달원이면서 발레에 뛰어난 소질을 보이는 엄종석(도한 분), 요구르트 배달 일을 하면서 장애 아동들을 돌보는 오향자(조한희 분), 살을 빼기 위한 목적을 가진 동네 주부 세 사람, 아름다운 몸매를 가꾸려는 젊은 아가씨 두 사람 등이 있다.

　원래 발레는 궁정에서 왕족과 귀족 사이에서 번성하다가 17세기 후반부터 전문가들이 무대 위에서 주도적인 역할을 맡게 되면서부터 소재와 형식이 다양해지고 고도의 전문적인 훈련을 필요로 하는 형태로 변화의 길을 걸은 예술이다.[6] 이런 이유로 인해 아동이 아닌 다른 세대의 사람들이 접근하기에는 일정한 진입 장벽을 가진 춤이 되었다. 수백 년에 걸쳐 축적된 발레의 테크닉은 단시간에 익힐 수 있는 것이 아니라 오랜 기간 집중적으로 수련을 해야만

---

6) 심정민(2004), 「루이 14세 시대의 궁정 발레의 본질적 특징에 대한 연구」, 『한국무용사학』 제2호, 한국무용사학회, 23면.

습득할 수 있는 고난도의 기술이었기 때문이다. 그래서 이 영화처럼 성인들이 발레를 배우려고 한다면, 그는 발레 전문가가 되려는 대신에 다른 이유를 가지고 있을 수밖에 없는 것이다.

구민회관의 교양 프로그램에 참가한 사람들이 발레를 대하는 시각은 매우 다양한데, 첫 번째로 들 수 있는 것은 발레를 건강한 몸을 만들기 위한 수단으로 여기는 시각이다. 이는 살을 빼기 위해 구민회관에서 발레 교습을 선택한 주부 세 사람의 시각에 해당한다. 물론 이들은 표면적으로는 흔히 '정상적'이라고 여기는 몸매를 남에게 보이기 위해 살을 빼려고 하지만, 다른 한편으로는 엄격한 자기 관리를 통해 건강을 책임지라는 무언의 사회적 경고 때문에 살을 빼려는 의도를 더욱 강하게 갖고 있다. 그런 점에서 이들에게 몸은 더 이상 노동을 수행하기 위한 수단이 아니라 그 자체로 목적이 되었다고 할 수 있다. 오늘날 이러한 시각은 기본적으로 지역의 복지관이나 헬스클럽 같은 조직의 도움이 없이도 행할 수 있는 조깅 같은 개인 운동에서 주로 발견된다. 하지만 여전히 에어로빅 댄스같이 텔레비전이나 인터넷을 통하든 오프라인에서 직접 강습을 받든 반드시 지도자의 가르침을 받아야만 하는 일부의 춤에서 관찰되기도 한다. 예전에는 주로 시간적 여유가 많은 사람들에게 허용되었던 이러한 시각이 이제는 노동 시간의 단축으로 인해 중산층 이하로도 확산되는 추세에 있다. 그래서 건강한 몸을 만들기 위해 발레 등의 몸 관리 프로젝트를 수행하는 것을 더 이상 부르주아적이라고 부를 수 없게 되었다. 이 영화에서 구민회관으로 발레를 배우기 위해 찾아 온 세 사람의 주부들 역시 개인 교습을 받지 않고 상대적으로 수강료가 저렴한 구민회관을 찾은 것으로 보아 상류층에 속한다고 보기는 어렵다. 오히려 이들은 우리 시대를 살아가는 이들에게 개인적 취향의 문제가 아니라 일종의 의무로 변해 버린 운동[7]을 통해서 건강관리를 하려는 평범한 중산층일 뿐이다. 발레를 해도 자신들이 원하는 대로 살이 빠지지 않자, 별다른 재미를 찾지 못한 이들은 아무런 거리낌 없이 발레 교습을 그만두게 된다. 발레는 운동도 안 되고 살도 안 빠진다고 하면서 에어로빅댄스로 갈 걸 그랬다고 후회하는 것으로 보아, 아마도 살을 효과적으로 빼서 건강을 유지시켜 주는 또 다른 춤이나 운동을 찾아 떠났을 것이다.

발레에 대한 두 번째 시각은 첫 번째 시각과 일정한 관련을 맺고 있는 것으로, 건강관리보다는 예쁘고 균형 잡힌 몸을 만들어 남에게 과시하려는 데 중점을 두는 시각이다. 이는 아름다운 몸매를 가꾸려는 두 명의 젊은 아가씨가 가진 시각이며, 중국집 배달원인 엄종석이 보여주는 시각이기도 하다. 원래 이러한 시각은 소수의 보디빌더나 배우들에게 국한된 것이었는데, 최근에는 일반인들에

---

7) 앙투안 프로 · 제라르 뱅상 공편, 김기림 역(2006), 전게서, 146면.

게도 널리 확산되었다. 그 결과 더욱 남성다운 몸매나 여성다운 몸매를 갖기 위하여 현대 의학의 힘을 빌리는 일까지 행해지고 있지만, 수술에 따른 위험을 감당할 수 없는 사람들은 운동을 선택할 수밖에 없다. 이 영화에서 두 명의 아가씨나 엄종석은 발레를 통해 늘씬한 몸매를 가꾸려고 하는데, 이들은 비록 몸을 가꾸는 방향은 다르지만 타인에 대한 자기 몸의 과시라는 측면에서 남녀 보디빌더들과 거의 동일한 목적을 가지고 있다고 볼 수 있다.

앞에서 언급한 주부들을 포함하여 이들에게 있어 몸은 자아의 표현과 밀접한 관련을 맺고 있다. 다른 사람의 시선에 노출되는 자신의 몸매에 대해 신경을 쓴다는 것 자체가 이미 몸을 개인적 정체성에서 빼놓을 수 없는 요소로 인정하는 것이다. 자신의 신체를 통제하는 이들의 행위는 주체로서 당연한 행위이며, 다른 사람에 의해 능력이 있다고 받아들여지는 데 필수적인 것이기도 하다.[8] 그렇다면 이들은 다른 방법도 많은데, 왜 어려운 발레 교습을 선택한 것일까? 이에 대한 대답은 춤 자체가 자신이 생각한 바를 몸으로 표현해야 하는 예술의 일종이라는 데서 찾을 수 있다. 고전적 춤은 몸을 통해 이루어지는 다른 활동에 비해 상대적으로 정신의 활동을 더 활성화시킨다. 그래서 우리는 대부분 고전적 춤을 보면서 고상하고 세련된 미적 정서를 느끼게 된다. 특히 일반인들에게

8) 앤소니 기든스, 권기돈 역(1997), 전게서, 117면.

고급 예술의 일종으로 알려진 발레는 "스트레스와 우울증을 감소시키고, 자신의 내면에 존재하는 부정적인 자아를 없애 주며, 심신의 조화로운 발달"[9]을 가져다준다. 이런 점에서 중국집 배달원인 엄종석의 친구들이 엄종석의 공연을 보면서 "꿈★은 이루어진다"는 현수막을 펼쳐 보이는 것은 그가 발레를 통해 자신의 신체를 통제하고 가꾸어 내어 다른 사람들에게 자신의 사회적 위치와 상관없이 당당하고 '고급스런' 주체로 거듭났음을 증명해 주는 행위이라고 할 수 있다.

이 영화 속의 발레에 대한 세 번째 시각은 발레를 다른 사람들로부터 해방된 몸을 만드는 수단으로 여기는 것이다. 이는 타인에 대한 자기 몸의 과시보다는 타인의 통제로부터 자신의 몸을 마음대로 사용하려고 하는 데 초점이 놓여 있어 두 번째 시각과 뚜렷이 구별된다고 할 수 있다. 이는 남녀 주인공인 민재와 수진을 비롯하여 민재의 친구인 동완을 통해 분명하게 드러나는 시각이다. 이들은 모두 자기 자신의 선택이 아닌 다른 사람의 뜻에 의해 발레를 처음 시작했다는 점에서 공통적이다. 또한 이들은 부모로부터 원치 않는 간섭을 받아 극도의 억압 상태에 놓여 있다는 공통점도 지니고 있다. 민재는 민간 항공사 비행기 조종사인 아버지의 대를 잇기 위해 항공 관련 학과로 진학할 것을 종용받는 처지이고,

9) 제임스 전(2002), 「발레 활동 참가와 스트레스 및 우울증의 관계」, 『한국체육학회지』 제41권 제4호, 한국체육학회, 142면.

수진은 가족으로부터 떠나기 위해 멀리 제주도에 있는 대학교에 진학하려고 하지만 뜻대로 되지 않을 뿐만 아니라 오히려 엄마로부터 여성다워지라고 발레 교습을 강요당하는 처지이다. 동완은 컴퓨터 게임을 좋아하지만 부모는 물론 친구들에게까지 감히 내색도 하지 못하며, 여자들이나 하는 발레를 배운다고 가부장제에 젖은 완고한 아버지로부터 구타까지 당하는 신세이다.

민재와 동완은 처음에 발레리노들이 생식기를 보호하기 위해 착용하는 댄스 벨트의 용도조차 모를 정도로 발레에 문외한이었고, 여자 강사인 양정숙의 손이 자신들의 신체에 닿기만 해도 부끄러워 어쩔 줄 모르는 청소년이었다. 수진 역시 자신의 몸매가 노출되는 발레복을 입고 또래의 남자애들 앞에 나서기가 어색하기는 마찬가지였다. 하지만 이들은 발레 동작을 익혀 가는 동안에 부모로부터 점차 해방되는 기분을 느끼고 되고, 자신의 몸을 마음대로 움직이는 것에 대해 서서히 자부심을 가지게 된다. 이런 과정을 거치면서 발레는 자기의 몸을 다른 사람들의 통제가 아닌 바로 자기의 통제 아래 두게 함으로써 홀로 선 기분을 만끽하도록 하는 해방의 수단이 된다. 자유로운 형식을 표방한 현대 무용이 등장할 때 형식적이고 기교 중심적이라고 비판을 받았던 발레가 이처럼 성년으로 접어드는 청소년들에게 해방된 몸을 만드는 수단이 된 것은 매우 역설적인 현상이라고 하지 않을 수 없다.

3. 육체자본과 다른 자본들 간의 관련 양상

영화 「발레 교습소」에서 찾아볼 수 있는 발레에 대한 시각, 더 엄밀하게 말해 몸에 대한 시각은 그 자체로 완결되지 않고 사회적으로 더욱 확산되기 때문에 문제적이다. 발레를 바라보는 위의 시각들은 자연적으로 발생한 것이 아니라 문화의 발달에 따라 성숙한 문명화의 결과이자 사회적 존재로서 개인에게 강요된 사회화의 결과라고 할 수 있다. 그렇기 때문에 그 시각들이 몸 자체를 넘어서 다른 영역과 관련을 맺는다고 해도 특별하게 생각할 이유는 없을 것이다. 서론에서 말한 바와 같이 몸은 개인적 영역을 넘어서서 사회적으로 가치를 인정받을 수 있는 방식으로 계발됨으로써 육체자본이 된다. 자본은 속성상 교환가치를 지니게 되는데, 육체자본도 이 점에서 예외가 아니다. 구체적으로 말해 육체자본은 노동 시장에서 유리한 위치를 점하게 할 수도 있기 때문에 경제자본과 관련을 맺으며, 사회적 가치를 인정받는 과정에서 사람들과의 관계를 이용하기도 하기 때문에 그 소유주로 하여금 사회 자본을 획득하게 해 준다.

이 영화에서 육체자본이 다른 자본과 맺는 관계는 매우 다양한 양상으로 나타난다. 먼저 수진이 발레를 배우는 목적은 고등학교 때의 선머슴 같은 이미지를 버리고 여성다움을 갖추기 위해서인데,

이는 제도화된 사회자본 및 문화자본의 획득과 관련되어 있다. 수진의 엄마가 한사코 발레를 배우라고 종용하는 이유는 그녀가 입시에 시달리느라 여성으로서의 정체성을 갖출 기회를 가지지 못했기 때문이다. 그녀의 여성적 정체성이 희미한 것은 같은 반의 여자친구가 그녀의 중성적 성격에 반해 사랑을 고백하는 것으로 분명하게 드러나는데, 엄마는 급기야 남자 역할을 하는 수진과 그 여자친구가 결혼하여 자기에게 절을 올리는 광경까지 떠올린다. 사정이 이렇게 되자 엄마는 부랴부랴 딸을 구민회관의 문화센터에 등록시키는데, 이때 그녀가 택하게 되는 프로그램은 '자극적인 방법으로 여성의 육체를 가능한 한 많이 내보이고 발레 타이즈를 신은 우아한 다리와 탄탄한 허벅지를 마음껏 자랑하는'[10] 발레이다. 구세대인 엄마는 여성의 에로티시즘을 잘 드러내 주는 동시에 고급예술이기도 한 발레야말로 딸의 여성성을 구비하게 해 줄 최적의 수단으로 여겼던 것이다. 의식적으로 표출하지는 않았지만, 그녀는 몸을 통해 사회 계급이 드러난다는 것을 알고 있었기에 자신의 딸이 발레를 통해 좀 더 격조 높게 취향을 표현하기를 바랐던 것으로 볼 수 있다.

이처럼 엄마가 수진으로 하여금 몸에 대한 고급 취향을 익히도록 강요한 배경에는 동성애에 빠지는 것은 저급한 취향이고 여성

---

10) 에두아르트 푹스, 이기웅·박종만 공역(1986), 『풍속의 역사 Ⅳ : 르네상스』, (주)까치글방, 310면.

답게 몸을 표현하지 못하는 것도 저급한 취향이라는 인식이 깔려 있다. 그래서 그녀는 입시 때문에 여성으로서의 정체성을 가꿀 기회를 제대로 갖지 못한 딸에게 여성성을 빨리 갖추어 동성애적가 아니라 '정상적인' 사랑을 하고, 나아가 대학 졸업장을 획득하는 데 지장이 없도록 세련된 여성성·교양·태도 등을 배우도록 강요하였던 것이다. 이러한 그녀의 태도는 그 본질에 있어 중세나 근대 초기에 귀족들이 젊은 여성의 사교계 진출을 준비하기 위해 교양 교육을 시켰던 것이나, 사회적 신분 상승의 수단으로 패션 감각을 터득하게 했던 것[11]과 거의 유사하다고 할 수 있다. 프로젝트의 성공 여부와는 상관없이, 결과적으로 수진의 엄마는 그녀의 딸이 발레를 통해 육체자본을 형성하여 사람들과 인적 관계망을 형성함으로써 사회 자본을 획득하고 여대생이 갖추어야 할 고상한 취미와 감성 등을 익힘으로써 장차 안정적으로 대학 졸업장이라는 제도적 문화자본까지 획득하기를 희망했던 것이다.

수진의 예에 못지않게 육체자본과 사회자본의 관계를 파악할 수 있게 해 주는 것은 두 명의 젊은 아가씨들이다. 일반적으로 인적 네트워크를 통해 확산되는 사회자본이 교환되기 위해서는 교환 주체들 사이의 동질성에 대한 인정이 선행되어야 한다. 다시 말해 교환 주체들 중에서 어느 한쪽이 상대방을 자신들보다 저급하거나

---

11) 조안 핑켈슈타인, 김대웅·김여경 공역(2005), 『패션의 유혹』, (주)도서출판 청년사, 166면.

열악하다고 판단하게 되면 그들 사이에서는 사회자본의 교환이 불가능하게 된다. 영화 속에서는 발레 교습이 초반부터 제자리를 잡지 못하게 되자 점점 이탈자가 생기기 시작하는데, 첫 번째 이탈자는 살을 빼기 위해 발레 교습을 선택한 세 명의 주부들이다. 이들은 자신들의 의도대로 살이 빠지지 않자 곧바로 교습을 포기한다. 이 사실을 강사인 정숙에게 전하는 것은 위에서 말한 젊은 아가씨들인데, 두 사람은 구민회관의 발레 교습 자체가 후졌다고 말한다. 그러면서 요구르트 배달을 하는 오향자네 집에 경찰이 들락거린다는 이야기까지 늘어놓으며 그녀를 사이코 아줌마라고 부르다가, 오향자의 가정 사정을 잘 아는 배도일로부터 제지를 당하기도 한다. 영화 속에서 작은 에피소드로 처리된 이 사건을 통해 우리는 두 아가씨가 어떤 생각을 가지고 발레 교습을 신청했는지 분명하게 파악할 수 있다. 자신이 속한 발레반이 '후졌다'고 말한 것은 학습 내용과 구성원 자체가 기대에 미치지 못한 데 대해 직접적으로 비판한 것으로 볼 수 있다. 이들은 적어도 자기들과 비슷한 사회 계급의 사람들을 만나기를 기대하고 있었는데, 자신들이 보기에 하층 계급에 속하는 사람들만 만나고 말았기 때문에 화가 났던 것이다. 이로 인해 사교적 기능은 기대조차 할 수 없게 되어 사회자본의 획득이 불가능해지자, 마침내 다른 사람들을 '후진' 사람들로 흉보게 되었던 것이다.

육체자본과 다른 자본과의 관계는 발레 교습이 행해지는 구민회관 밖에서도 발견된다. 사회 계급적으로 상층에 속하는 사람들은 몸에 대해 많은 시간을 투자하고, 몸 관리를 사회 자본을 획득할 수 있는 사교적 기능과 결합시키는 경향이 있다.12) 이들은 이러한 사교적 기능을 통해 경제적 자본을 보다 용이하게 획득하기도 한다. 이처럼 자본들 간의 교환을 통해 막강한 힘을 가지게 된 이들은 열악한 자본을 가진 하층 계급이 자신들의 자본 획득에 방해가 되면 가차 없이 공격을 가하게 된다. 이것은 영화 속에서 아파트 아줌마들이 연판장을 돌려 재개발에 걸림돌이 되는 1층의 소아암 쉼터를 폐쇄시키고 소아암 환자들을 쫓아내는 장면으로 형상화된다. 이 장면은 정상적인 육체와 비정상적인 육체를 통해 획득된 육체자본 간의 권력관계가 어떠한지를 적나라하게 보여 주고 있다. 그 관계는 비정상적인 몸 때문에 열악한 육체자본을 가진 사람은 주체로서의 지위조차 유지하지 못한 채 풍부한 육체자본 및 그와 연결된 다른 자본을 가진 사람들에게 지배당하게 된다는 것으로 요약할 수 있다. 이를 통해 우리는 현대 사회에서 '몸은 존재의 주체적 방식'13)이라는 사실을 다시 한 번 확인하게 된다.

상층 계급에 비해 생활고에 시달리는 하층 계급은 몸을 계발할 수 있는 시간적 여유를 가질 수 없기 때문에 육체자본을 형성할

---

12) 크리스 쉴링, 임인숙 역(1993),『몸의 사회학』, 나남출판. 193면.
13) 정화열, 박현소 역(1999),『몸의 정치』, 민음사, 267면.

수 있는 기회조차 박탈당한다. 「발레 교습소」의 남자 주인공인 민재는 대학 진학 때문에 아버지와 갈등을 빚다 가출하여 육체노동으로 돈을 번다. 그의 단짝인 창섭이가 백댄서를 지망하다 실패하자 생계유지를 위해 수산시장에서 하루 종일 막노동을 하듯이, 교통사고로 아버지를 여읜 같은 반 김기태가 오랜 시간 동안 아르바이트로 돈 벌이를 하듯이 그 역시 밤늦도록 일을 할 수밖에 없는 처지에 놓였던 것이다. 그런데 뜻밖에도 민재가 중산층이기를 포기하자 육체에 대한 투자 시간도 사라지고 만다. 그 결과 그는 발레 연습을 제대로 하지 못한 대가로 발표회 현장에서 몇 번의 실수를 하게 되고, 어렴풋하게나마 자본의 격차로 인한 사회 계급의 차이를 인식하게 된다. 이는 경제자본과 육체자본의 관계를 단적으로 보여 주는 것으로, 육체자본이 경제자본에 많은 부분을 의존하고 있음이 드러난다.

4. 우회적 계급투쟁의 장으로 변화한 몸

오늘날 우리 인간의 몸은 그것을 소유한 사람이 노력만 하면 얼마든지 변화시킬 수 있다. 또 우리는 몸을 단련시켜 튼튼하게 함으로써 원하는 행동을 할 수 있다. 하지만 반대로 몸을 단련시켜야 하는 이유 때문에 먹고 싶은 것을 먹지 못하고 하고 싶은 행동을 하지 못할 때도 있다. 말하자면 몸은 우리를 자유롭게 하는 동시에 구속하는 존재인 것이다.[14] 몸을 단련시키는 방식은 개인마다 다를 수밖에 없는데, 그 개인은 사회적 존재이기 때문에 결국 몸은 사회적 존재로서의 개인의 계급적 성격을 반영하게 된다. 부르디외에 따르면, 몸이 계급의 상징물이 되는 것은 개인의 사회적 위치, 아비투스(habitus)[15]의 형성, 취향의 계발 때문이다. 여기서 말하는 사회적 위치는 개인이 가진 총자본과 여러 자산들의 비중 및 그 변화로 구성된다. 또한 아비투스는 개인으로 하여금 어떤 상황을 인식하고 반응하게 만드는데, 그것이 의식적으로 밖으로 드러날 때 취향이 된다. 몸은 이와 같은 세 가지 요소의 상호 연관을 통해 발달하게 된다.[16] 이를 바꾸어 말하면, 각각의 개인은 계급에 따라 사회적 위치, 아비투스, 취향이 다르므로 몸도 서로 다른 방식으로 관리될 수밖에 없다는 것이다. 하지만 이와 같은 부르디외의 주장은 안정된 사회에서 벌어지는 사회적 재생산에 초점을 맞추고 있기 때문에 사회 계급의 변화와 그에 따른 몸의 변화를 적절하게 설명하지 못한다는 비판에서 자유롭지 못하다.[17] 그래서

---

14) 크리스 쉴링, 임인숙 역(1993), 전게서, 28면.
15) 아비투스는 일정한 방식의 행동과 인지 등의 구조 체계로서 개인에 의해 내면화되고 체현되며, 일상적 실천들을 구조화하는 메커니즘이다. 삐에르 부르디외, 최종철 역(1995), 전게서, 11면.
16) 크리스 쉴링, 임인숙 역(1993), 전게서, 188~190면.
17) 크리스 쉴링, 임인숙 역(1993), 상게서, 212~213면.

개인의 계급적 변화 과정에 주목하면서 몸의 변화를 주의 깊게 추적할 필요가 있다.

인생의 여러 시기 중에서 한 개인이 계급적 변화를 겪게 되는 전환기의 하나로 청소년기를 꼽을 수 있다. 「발레 교습소」의 남녀 주인공 같은 청소년들은 소년소녀에서 성인으로 넘어가는 과도기적 존재이기 때문에 고등학생이라는 어정쩡한 존재에서 벗어나 성인으로서 일정한 사회적 계급에 편입될 것을 강요받게 된다. 남자 주인공 민재의 경우 어머니가 암으로 돌아가셨지만 아버지가 월급을 많이 받는 비행기 조종사이기 때문에 먹고 사는 데는 별 다른 어려움을 느끼지 않는 중산층에 속한다. 대를 이어 조종사가 되라는 아버지의 강요가 커다란 스트레스 요인으로 작용하고 어머니가 안 계셔서 먹는 것이 시원치 않지만, 이모의 도움을 받아 중산층 집안의 고등학생으로서 발레를 배우며 그럭저럭 자기의 몸을 관리한다. 하지만 그가 대학 입시를 앞두고 아버지와의 충돌 끝에 가출하여 노동판을 전전할 때 그의 몸은 졸지에 하층 계급의 몸으로 전락하게 된다. 아름답게 가꿀 시간을 갖지 못한 몸은 계속되는 노동으로 인해 근육질로 점차 변해 갈 운명에 처하게 되었던 것이다. 그래도 그는 피곤한 몸으로 발레 발표회를 준비하기 위해 안간힘을 쓰게 되는데, 이 과정에서 그의 몸은 아버지의 간섭에서 벗어나 자유로운 몸으로 가꾸어져야 한다는 중산층적인 희망과 노동 때문에 몸매를 가꿀 시간을 갖지 못하는 하층 계급적 현실이 서로 갈등을 빚고 투쟁을 벌이는 장소가 된다.

이런 상황은 유명 가수의 백댄서를 지망하다가 실패한 뒤에 수산 시장에서 하루 종일 생선 나르는 일을 하느라 발레 교습을 받을 시간을 마련하지 못하는 창섭의 몸에서도 동일하게 벌어진다. 그가 가장 두려워하는 것은 아버지가 교통사고로 돌아가시는 바람에 소년 가장이 된 같은 반의 친구 기태처럼 최하층 계급으로 전락하는 것이다. 기태는 암 투병을 하는 동생 기철이의 병원비도 대지 못한 채 매일 매일 입에 풀칠을 하기 위해 두 개의 아르바이트를 하지 않으면 안 되는 처지에 놓여 있다. 그런 그에게 몸매를 가꾸기 위해 같은 반 친구들이 배우는 발레는 그야말로 그림의 떡과도 같은 것이다. 창섭이 기태처럼 되지 않으려고 육체노동을 하면서도 다시 발레 발표회 준비를 위해 돌아올 때까지 그의 몸에서는 서로 다른 사회 계급의 몸에 대한 욕망이 한 바탕 격렬한 갈등을 빚어야만 했다.

위의 두 친구와 비교할 때 사정이 조금 다르기는 하지만, 삼총사의 나머지 한 사람인 동완의 몸도 갈등을 한 바탕 호되게 겪게 된다. 동완의 아버지는 남녀의 구별을 엄격하게 중시하는 가부장제의 신봉자이자 남성 중심주의자이다. 동완의 몸이 어릴 때부터 자기도 모르는 사이에 아버지의 생각대로 남자답게 단련되는 과정을 거쳐 왔을 것은 쉽게 짐작할 수 있다. 하지만 일단 다른 삼총사 멤버들과 함께 발레를 배우게 되자마자, 그는 자신의 몸을 아버지가 바라는 대로 만들지 않고 간섭으로부터 벗어난 자유로운 몸으로 단련하기 시작한다. 발레 교습 도중에 아버지로부터 폭행을 당하고 발표회 당일에도 공연 도중에 아버지에게 쫓기는 몸이 되지만, 그는 자기 생각대로 몸을 단련하는 방식을 결코 포기하지 않는다. 부모가 바라는 대로 자신의 계급에 어울리는 몸으로 단련하지 않고 독자적인 방식으로 몸을 단련하기는 여자 주인공인 수진과 중국집 배달원인 엄종석의 경우도 마찬가지이다. 다만 수진이가 부모의 구속에서 벗어난 자유로운 몸을 추구하는 데 비해 엄종석은 자기 계급의 몸에 대한 일반적인 이상, 즉 근육질의 몸매보다 훨씬 고상하고 우아한 몸매를 가꾸기 위해 노력한다는 점에서 차이를 보일 뿐이다.

이상의 논의를 통해서 보면, 이 영화의 중심에 위치한 청소년들의 몸은 부르디외가 말한 일종의 장이라고 할 수 있다. 부르디외에 의하면 장이란 공시적으로 입장들 또는 지위들이 구조화된 공간이다. 이러한 장의 결정된 역학 관계에서 특정 자본을 독점한 사람들은 보존의 전략으로 나아가게 되고 자본을 별로 갖추지 못한 사람들은 전복의 전략으로 기우는 경향이 있다.[18] 청소년들은 고등학

---

18) 부르디외, 문경자 역(1994), 『혼돈을 일으키는 과학』, 솔출판사, 127~129면.

교를 졸업하고 성인으로 접어드는 과정에서 일정한 사회 계급의 규정을 받기 때문에 그들의 몸은 이미 결정된 사회적 역학 관계를 수용하도록 강요받는다. 다시 말해 그들은 고등학교를 다닐 때는 친구 간에 별다른 사회 계급적 차이를 느끼지 못한 채 같이 학교를 다녔지만, 졸업을 즈음한 시기부터 자기가 속한 계급에 걸맞은 육체자본을 형성해야만 하는 처지에 놓이게 된다. 그 과정에서 그들의 몸은 중산층의 공고한 자기 방어적 행위와 더불어 그것을 전복하기 위한 저항이 공존하는 투쟁의 공간이 되었던 것이다.

5. 결론 : 몸의 미래와 춤의 미래

변영주 감독의 「발레 교습소」는 상업 영화로서 흥행 면에서 성공하지는 못했지만, 위에서 살펴본 것처럼 주제적 측면에서 상당히 문제적인 영화라고 평가할 수 있다. 무엇보다도 이 영화는 몸에 대한 현대적 시각과 관련하여 발레를 바라보는 세 가지의 서로 다른 시각을 보여 주고 있을 뿐만 아니라, 몸에 관한 여러 가지 사회학적 문제들을 다루고 있기 때문이다. 이 영화에서 볼 수 있는 발레에 대한 첫 번째 시각은 건강한 몸을 만들기 위한 수단으로 여기는 것이었다. 주로 뚱뚱한 몸매를 가진 주부들이 보여 준 이 시각은 체중계가 일종의 심문관으로서 우리 곁에 존재하는 현실로부터 비롯된 것이다. 물론 이처럼 비만을 죽음의 공포와 연결시키는 생각은 문명화의 결과이자 사회화의 결과이다. 발레에 대한 두 번째 시각은 우아하고 멋진 몸을 만들어 남들에게 자랑하기 위한 수단으로 이용하는 것이었다. 멀지 않은 과거에는 남들 앞에 자기 몸의 일부를 내보이는 것이 떳떳한 행위는 아니었지만, 문화의 변화 과정에서 그것은 점차 그 몸을 소유한 주체를 남과 다른 존재로 인식시켜 주는 대표적인 행위가 되었다. 발레에 대한 마지막 시각은 발레를 통해 다른 사람, 특히 부모로부터 해방된 신체를 만들려는 의도와 관련되어 있었다. 이 시각은 「발레 교습소」의 주인공들처럼 특히 청소년기에 많이 발견되는 것이라고 할 수 있다.

한편 이 영화에서는 발레라는 몸 단련 프로그램을 통해 획득된 육체자본이 경제자본, 문화자본, 사회자본으로 확산되는 현상을 목격할 수 있었다. 이러한 현상은 특히 상층 계급에서 두드러지게 나타났는데, 이를 통해 우리는 자신의 몸이 사회적 불평등을 재생산하는 데 적지 않게 기여하고 있음을 알 수 있었다. 특히 상류계층의 육체자본이 경제자본과 쉽게 결합하여 폭력적인 양상을 띠었던 점은 매우 주목할 만한 것이었다. 하지만 몸이 이처럼 사회적 계급 관계를 확대 재생산하는 역할만 수행하였다고 보기는 어렵다. 무엇보다도 경계인인 청소년의 몸에서 기존의 질서를 전복하려는 저항적 투쟁이 벌어지고 있음을 발견할 수 있었기 때문이다.

오늘날 사람들은 더 이상 쉽게 분열되는 정신을 통해 자기 정체
성을 추구하지 않는다. 오히려 자신의 눈으로 관찰할 수 있고, 자
신의 노력으로 다듬을 수 있는 몸을 통해 정체성을 추구한다. 그런
의미에서 몸은 정신을 담는 그릇의 역할에서 벗어나 주체 그 자체
가 되었다고 할 수 있다. 현대인들은 이처럼 중요한 몸을 보존하기
위해, 즉 늙어감에 따라 육체자본이 점점 없어지는 것을 막기 위하
여 몸속에 갖가지 종류의 장기를 이식하고 인공적인 보조 기구를
삽입하는 것도 서슴지 않는다. 멀지 않은 미래에는 복제 기술을 이
용하여 노화나 죽음에서 벗어나려는 행위가 벌어질 수도 있다.

이러한 상황에서 다시금 현대인들의 몸 단련 프로그램으로 주목
을 받고 있는 것 중의 하나는 춤이다. 몸의 중요성이 아무리 커진
다 해도 정신의 수양을 도외시할 수는 없는데, 춤이야말로 오랜 옛
날부터 몸을 통해 정신과 육체의 조화로운 발전을 추구하는 전인
교육의 수단으로 널리 알려져 있기 때문이다. 다시 말해 춤은 우리
의 몸을 통해서만 정체성을 추구하는 일방적 태도로부터 벗어날
수 있는 가능성을 제공하는 유효한 수단으로 받아들여지고 있는
것이다.*

---

* **출전** : 「발레를 통해 드러난 몸의 사회학」, 『우리춤과 과학기술』 12, 우리춤
연구소, 2010.08.

뮤직비디오 시대 세 가지 춤의
사회 문화적 의미

- 에이드리언 라인 감독의 「플래시댄스」를 중심으로

1. 현대판 신데렐라 이야기 속의 다양한 춤

미국 케이블 채널의 하나로 MTV(Music television의 약자)가 뉴욕
에서 개국한 1981년 8월 1일은 대중문화의 역사상 커다란 전환기
가 되었다. 이 채널은 텔레비전을 통해 뮤직비디오를 방송하는 데
설립 목적이 있었다.[1] 당시로서는 생소한 이름의 비디오자키(video
jockey)가 등장하여 영상으로 음악을 전달하는 독특한 방식으로 인
해 음악의 성격은 듣는 음악에서 '보는' 음악으로 전환된다. MTV

---

1) http://en.wikipedia.org/wiki/MTV

는 뮤직비디오를 방송하는 데서 머무르지 않고, 음악 관련 행사나 소식을 전하고 음반 판매를 촉진하기 위한 활동 등을 전개하여 음악 종사자와 대중이 만나는 기회를 제공하기도 하였다. 이 채널은 초창기에 젊은 성인을 주요 시청자로 삼았으나, 이후 점차 10대 청소년들을 주요 대상으로 삼았다. 이 과정에서 소위 'MTV 세대'라고 불리는 신세대가 형성되었고, 영상에 익숙한 이 신세대를 중심으로 미국의 대중문화는 새로운 전기를 맞게 된다. 오늘날 MTV는 여러 나라로 진출하여 미국의 대중문화를 전 세계로 전파하는 첨병의 역할을 하고 있다.

1983년에 개봉된 에이드리언 라인 감독의 「플래시댄스(flashdance)」는 이와 같은 뮤직비디오의 대중화라는 시대적 흐름에 맞추어 뮤직비디오의 기법을 대폭 수용한 영화이다. 이 영화에 쓰인 음악 가운데 주제가인 「Flashdance······ What a Feeling」은 1984년 제56회 아카데미 주제가 상과 골든 글로브 주제가 상을 수상하였고, 이 노래뿐만 아니라 영화의 앞부분에 나오는 「maniac」도 영화가 개봉된 해에 빌보드 차트 1위를 차지하였다. 1984년의 26회 그래미상 시상식에서 이 영화의 주제가를 부른 아이린 카라(Irene Cara)는 팝 부문 최고 여가수 상을 수상하였고 사운드트랙은 영화 또는 텔레비전 스페셜 창작 음악 부문에서 최고 앨범 상을 수상하였으며, 전 세계적으로 2천만 장 이상이 팔려 나갔다.[2] MTV는 이 영화의 흥행을 촉진하는 데 적지 않은 공헌을 하였다. 영화의 몇몇 부분을 뮤직비디오로 방송함으로써 큰 비용을 들이지 않고서도 엄청난 홍보 효과를 가져 왔던 것이다. 오늘날 이 영화는 MTV라는 새로운 매체를 이용한 첫 번째 작품으로 인정되고 있다. 「플래시댄스」이후 1980년대 중반에는 영화가 뮤직 비디오에 적합하지 않을지라도 영화를 토대로 만든 뮤직비디오를 이 매체에 방송하는 것이 거의 일반화되었다.[3]

이러한 음악과 더불어 뮤지컬 영화인 이 작품에서 중요한 역할을 담당하는 것은 춤이다. 이 영화는 앞부분의 크레디트가 모두 지나가자마자 바로 춤으로 시작하며, 마지막 부분도 발레 오디션 시퀀스로 마무리된다. 주인공 알렉스 오언스(Alex Owens)는 미국의 대표적 철강 산업 도시인 피츠버그(Pittsburgh)에서 낮에는 용접공으로 일하고 밤에는 바(bar)에서 춤을 추는 댄서이다. 실제로 용접공과 클럽의 댄서로 일하다가 일류 무용 학교에 입학한 모린 마더(Maureen Marder)의 실화를 바탕으로 삼고 있는 이 영화에서 알렉스의 꿈도 무용 학교에 입학하여 장차 발레리나가 되는 것이다. 영화의 맨 처음과 끝 부분에서 그녀가 등장하는 장면 아래 깔리는 주제가의 가사처럼 그녀는 아무것도 가진 것이 없었지만 서서히 자신의

---

2) http://en.wikipedia.org/wiki/Flashdance_(soundtrack)

3) Atkins, Tom(2008), "Flashdance Debuts in Plymouth, Sweeney Shouts", WhatsOnStage, 8th February. http://en.wikipedia.org/wiki/Flashdance에서 재인용.

꿈을 키워 나간다. 때로는 자신을 지지해 주는 정신적 후원자를 잃고 좌절을 겪기도 하지만, 마침내 그녀는 무용 학교 오디션에 합격하여 꿈에 그리던 발레를 배울 수 있는 기회를 가지게 된다. 이처럼 주인공의 정신적 성숙 과정이라는 측면에 주목해서 보면 성장 영화라고 규정할 수 있는 이 영화에서 춤은 중심 서사를 이끌어 가는 것은 핵심 요소이다.

주인공이 회사 사장이자 자신의 연인인 닉 헐리(Nick Hurley)의 도움을 받아 자신이 바라던 바를 이루게 되는 이 영화는 한낱 용접공이 사장과의 로맨스에 성공한다는 점에서 현대의 신데렐라 이야기라고 할 만하다. 많은 신데렐라 이야기들과 마찬가지로 이 작품에서도 주인공 알렉스는 남자의 사람을 통해 꿈과 사랑을 성취한다. 하지만, 남자의 호의를 처음부터 바로 받아들이지 않고 거절을 한다는 점에서 알렉스는 다른 이야기의 주인공들과 다르다. 한편 고전적인 신데렐라 이야기에서 춤이 신데렐라와 남자의 사랑을 매개하듯이, 이 영화의 앞부분에서 알렉스가 클럽에서 추는 춤은 닉과 알렉스의 사랑을 매개한다. 이후에 이어지는 두 사람의 이야기는 알렉스가 꿈꾸는 발레 학교 입학을 중심으로 전개된다. 이처럼 현대의 신데렐라 이야기에서도 춤은 매우 중요한 역할을 한다.

넓은 의미의 뮤지컬 영화에 속하는 이 영화에는 세 가지 종류의 춤이 등장한다. 첫 번째 종류의 춤은 바 또는 클럽에서 전문 댄서들이 추는 춤이다. 이 춤의 주요 목적은 손님들에게 쾌락을 선사하는 것이며, 댄서들은 이 목적을 달성한 대가로 돈을 받는다. 두 번째 종류의 춤은 무용 학교에서 배우는 예술 무용이다. 영화 속에서 이는 발레로 대표되는데, 대중들이 쉽게 배울 수 없는 것이 특징이다. 마지막 종류의 춤은 비보이들(B-boys)이 추는 춤을 포함하여 길거리에서 공연되는 다양한 춤이다. 이 춤들은 고급문화에 속하는 발레와 달리 하위문화의 일종이다. 이 글 분석의 대상으로 삼고자 하는 것은 이처럼 다양한 종류로 나누어지는 영화 속의 춤이다. 그동안 이 영화에 대해서는 본격적인 학문적 연구는 거의 이루어지지지 않았다. 몇몇 평론가들이 뮤직비디오 기법이나 사운드트랙 등에 관심을 보이기도 하였지만, 이는 이 글에서 다루고자 하는 범위는 벗어난 것이다. 여기서는 영화에 등장하는 다양한 춤의 성격과 역할을 분석해 봄으로써, 그것들이 지닌 사회 문화적 의미를 밝혀 보려고 한다.

2. 남성을 위한 상품으로서의 밤무대 춤

영화 「플래시댄스」에 등장하는 여러 가지 춤 중에서 외형적으로 가장 화려한 모습을 지닌 것은 직업적으로 춤을 추는 전문 댄서들의 춤이다. 이러한 종류의 춤은 밤에만 공연되고 돈을 매개로 한다는 점에서 상품화된 춤이라고 할 수 있다. 영화 속의 춤 가운데 여기에 속하는 것은 두 가지인데, 그 중 하나가 모비(Mawby)의 바에서 밤에 공연되는 춤이다. 영화의 첫 부분에서 철강 공장의 용접공으로서 낮 근무를 마친 알렉스는 샨디 시나몬(Shandi Sinnamon)의 「He's a dream」에 맞춰 밤무대에서 춤을 추는데, 이때 바에 들른 닉이 그녀의 춤추는 모습을 보고 호기심을 갖는다. 다음날 그가 알렉스에게 춤추는 것을 보았다고 하면서 왜 댄서가 용접공 일을 하냐고 질문하는 것으로 둘의 관계는 시작된다. 이처럼 사랑의 매개체가 된 춤을 공연한 알렉스는 직업 면에서 보면 일종의 고고 댄서(Go-Go dancer)이다. 1960년대 중반부터 본격적으로 등장한 고고 댄서는 클럽이나 바에서 고객들을 즐겁게 하기 위해 고용한 댄서이다. 그녀 역시 모비의 바를 찾은 고객들을 위해 무대에 올라 음악에 맞춰 다양한 춤을 추며 분위기를 고조시킨다.

영화가 만들어진 1980년대 초반은 디스코(disco)가 1970년대 후반의 전성기를 지나 하우스 디스코(house disco)로 향해 가던 시기이다.4) 빠르고 경쾌한 리듬으로 이루어진 디스코는 이 시기에 이르러 기계적인 요소가 제거하는 방향으로 변화한다. 하지만 이 영화

---

4) 과거에는 언제나 파트너가 있고 사회적 의식이었던 춤은 디스코가 유행한 이후에는 혼자서도 출 수 있는 것으로 바뀌었으며, 개인의 신체를 찬양하는 주요한 수단으로 변화되었다. 앙투안 프로·제라르 뱅상 공편, 김기림 역 (2006), 『사생활의 역사』 5, 새물결출판사, 147~148면.

에서는 디스코의 여왕으로 불렸던 도나 서머(Donna summer)의 「로
미오(Romeo)」와 같은 정통 디스코 음악부터 테크노 음악처럼 기계
적 요소가 가미된 「매니악」 등의 신스팝(synthpop)이 함께 등장한다.
모비의 바에서 알렉스와 그녀의 동료들은 이러한 음악에 맞추어
디스코부터 포스트디스코(postdisco), 브레이크(break) 댄스에 이르는
다양한 춤을 춘다. 특히 알렉스는 위에서 언급한 「He's a dream」에
맞춰 춤을 추는 동안 문 워크(moon walk)를 보여 주기도 하고, 로라
브래니건(Laura Branigan)의 「Imagination」에 맞춰 춤을 출 때는 아방
가르드 풍으로 추기도 한다.

　이와 같은 다양한 춤은 모비의 바에서 벌어지는 일종의 벌레스
크 쇼(Burlesque show)5) 중 일부를 차지한다. 그 곳에서는 사회자가
성적 웃음을 유발하는 콩트를 하다가 댄서들이 춤을 추는 식으로
쇼가 주로 진행된다. 물론 댄서들은 남성 고객에게 보는 즐거움을
선사하기 위해 여성의 매력을 강조한 춤을 춘다. 예를 들어 알렉스
의 경우 「He's a dream」에 맞춰 춤을 추는 동안 몸매가 드러나도
록 쏟아지는 물을 맞기도 하고, 「Imagination」에 맞춰 춤출 때에는
얼굴을 하얗게 분장하기도 한다. 알렉스의 동료 티나 테크(Tina
Tech)도 캐런 캐몬(Karen Kamon)의 「Manhunt」에 맞춰 춤을 출 때
가슴과 하반신만 간신히 가린 검은 옷을 입고 매우 큰 동작으로

---

5) 통속극으로 시작한 미국의 벌레스크 쇼는 점차 남성 관객만을 위한 쇼로 변
　모하였다. http://100.daum.net/encyclopedia/view.do?docid=b09b1374a

이루어진 춤을 춘다. 이 과정에서 춤을 추는 여성 댄서의 몸은 그들을 바라보는 남성 고객에 의해 대상화된다.

이 영화를 연출한 에이드리안 라인 감독은 여성 댄서의 몸을 클로즈업 등의 촬영 기법을 사용하여 효과적으로 표현하였다. 그가 여성의 몸을 에로틱하게 잘 보여 주는 재주를 지니고 있었음은 이후에 찍은 「나인 하프 위크(9½ Weeks)」나 「롤리타(Lolita)」 같은 영화를 보아도 충분히 증명된다. 한편 영화 장르 자체가 남성의 시각적 쾌락을 만족시키는 구조를 갖고 있다는 견해도 있다. 영화가 타인, 특히 여성을 성적 자극물로 사용하는 시각 쾌락증을 제공할 뿐만 아니라 여성이 볼거리로 보여지는 방식을 만들어간다는 것이다.[6] 이에 따르면, 알렉스와 그녀의 동료들이 모비의 바에서 추는 춤은 한편으로는 직접적으로 클럽에 온 손님들에게 시각적 쾌락을 제공하고, 다른 한편으로는 영화를 보는 남성 관객들에게 시각적 쾌락을 제공한다고 볼 수 있다.

이 영화에 등장하는 춤 가운데 돈을 매개로 상품화된 또 하나의 춤은 바로 자니(Jonny)가 운영하는 클럽 잔지바르(Zanzibar)의 스트립 댄스이다. 모비의 바에서 추는 춤이 다소 간접적으로 남성의 시각적 쾌락을 고조시키는 데 비하여, 잔지바르의 스트립 댄스는 훨씬 노골적이고 직접적으로 남성의 시각적 쾌락을 고조시킨다. 일반적

---

6) 로라 멀비, 서인숙 역(1993), 「시각적 쾌락과 내러티브 영화」, 『페미니즘/영화/여성』, 여성사, 65면.

인 스트립 클럽과 마찬가지로 잔지바르에는 붉은 색 조명이 드리워져 있고 남성 고객의 바로 앞에 놓인 테이블 위에서 여성 댄서들은 옷을 조금 걸치거나 완전히 벗고서 다리를 움직여가며 에로틱한 춤을 춘다. 이때 실내에는 자극적 제목을 가진 사이클 브이(Cycle V)의 「Seduce me tonight」이 배경 음악으로 흐른다. 남성 고객들은 여성 댄서의 몸을 보고 흥분한 나머지 지폐를 여성 댄서의 몸에 던지기도 하는데, 이는 춤이 돈을 매개로 상품화되는 과정을 직접적으로 보여 주는 것이라고 할 수 있다.

잔지바르 클럽을 운영하는 자니와 그 곳을 찾은 남성 고객들은 철저하게 돈을 매개로 해서만 서로 관계를 맺을 뿐이다. 자니는 돈을 받고 남성 고객들에게 스트립 댄서의 춤을 보여주고, 남성 고객들은 돈을 내고 여성의 몸을 감상한다. 이 과정에서 자니와 남성 고객 사이에는 돈 거래 이외의 다른 일은 거의 발생하지 않는다. 한편 스트립 댄서들 역시 오직 돈을 벌기 위해 춤을 출 뿐이다. 주인공 알렉스는 자기 친구인 지니 서보(Jeanie Szabo)가 잔지바르 클럽에서 일한다는 소식을 듣고 클럽을 찾아가서 지니를 밖으로 끌어내는데, 이 장면에서도 지니는 오직 돈을 벌기 위해 스트립 댄서가 되었다고 말한다. 그래서 스트립 댄서들과 고용주인 자니 사이에는 어떤 인간적 유대도 맺어지지 않는다. 이 점은 사장이 토끼로 분장한 채 댄서나 고객들과 함께 어울리며 핼러윈 파티를 즐기는 모비의 바와 대조적이라고 할 수 있다.

남성 고객을 위해 공연되는, 상품화된 밤무대의 춤이 문제가 되는 것은 춤이 춤추는 사람의 자기표현을 위한 수단이 아니라 그 사람을 소외시키는 도구가 되기 때문이다. 춤추는 사람은 춤을 통해 자기 자신에게 기쁨을 선사하지 못하기 때문에 춤으로부터 소외되었다고 할 수 있다. 더구나 돈을 받고 춤을 춘다는 것은 이미 춤이 사용 가치로서가 아니라 교환 가치를 지닌 하나의 도구로 변질되었다는 것을 의미한다.7) 돈을 주고 춤을 감상하는 사람도 춤으로부터 소외되기는 마찬가지다. 타인이 춤추는 것을 보면서 예술적 감흥을 느끼고 감정의 순화를 꾀하는 것이 아니라, 오직 시각적 쾌락만 충족시키기 때문이다. 이는 입장료를 내고 예술 무용을 감상하는 것과는 차원이 다르며, 관음증과 유사한 측면을 지닌 것으로 볼 수 있다.

---

7) 이 경우에 춤을 추는 사람이 경험하는 소외는 마르크스가 말한 네 가지 소외의 형태 가운데 '직접적으로 자기 자신에게 적대적이며 자신에게 속하지 않은 자신의 노동 행위로부터의 소외'에 해당한다고 볼 수 있다. 마르셀로 무스토(2011), 「마르크스 소외 개념에 대한 재논의」, 『마르크스주의 연구』 제8권 제2호, 경상대학교 사회과학연구원, 89면.

3. 고급한 문화 자본으로서의 예술 무용

이 영화에 등장하는 춤 가운데 주인공이 가장 높이 평가하는 것은 예술 무용의 일종인 발레이다. 실제 존재하는 것이 아니라 영화 속에 가상적으로 설정된 일류 무용 학교 Pittsburgh Conservatory of Dance and Repertory에 입학하여 발레를 배우는 것이 주인공 알렉스의 꿈이다. 발레에 대한 그녀의 관심은 영화 초반부에 철강 공장에서 퇴근한 뒤에 텔레비전 채널을 돌리다가 우연히 발레 공연을 보게 되는 것으로 표현된다. 그 공연은 새뮤얼 바버(Samuel Barber)의 「현을 위한 아다지오(Adagio for strings)」에 맞춰 진지하게 진행되고 있었다. 알렉스는 텔레비전에서 눈을 떼지 못한 채 음료수 캔을 들고 발레를 흉내 내어 회전을 시도하다 몸에 음료수를 엎지를 정도로 몰입을 한다. 이런 그녀에게 멘토로서 용기를 북돋워 주는 사람은 전직 발레리나 해나(Hanna)이다. 그녀는 위에서 말한 무용 학교 입학을 위한 오디션에 지원하러 갔다가 아무 경력이 없어서 주눅이 들어 돌아온 알렉스에게 이제 18살이니 지금 바로 시작해야 한다고 충고한다. 또한 시간을 내어 함께 드뷔시(Debussy)의 「목신의 오후 전주곡(Prélude à l'après-midi d'un faune)」에 맞추어 공연되는 발레를 보러 가기도 한다. 영화의 후반부에 실의에 빠진 알렉스가 찾아갔을 때 그녀는 세상을 떠난 후였는데, 그녀가 젊은 시절에 신던 토슈즈는 알렉스로 하여금 다시 한번 발레 학교에 도전할 수 있도록 결심하게 하는 계기를 제공한다.

해나와 더불어 알렉스가 발레를 배우는 데 도움을 주는 또 다른 사람은 그녀 회사의 사장 닉이다. 앞에서 살펴본 것처럼 그는 모비의 바에서 춤추는 그녀를 눈여겨보는데, 같이 간 사람이 그녀가 닉의 회사에 다니고 있다고 말해 준다. 다음날 그는 회사에서 그녀에게 말을 걸게 되고, 이후 잔지바르의 자니로부터 위협을 당하게 된 그녀를 구해 주면서 둘은 점차 연인 관계로 발전하게 된다. 그는 무용 학교에 갔다가 원서를 꺼내 보지도 못하고 돌아온 그녀에게 용기를 불어 넣어 다시 지원하도록 하고, 무용 학교의 위원회에 관여하는 지인을 통해 그녀가 오디션을 볼 수 있는 기회를 가질 수 있도록 돕기도 한다. 하지만 알렉스는 이러한 닉의 도움을 처음부터 순순히 받아들이지는 않는다. 그녀는 오디션을 보러 오라는 통보를 받고 기뻐하다가 그것이 닉의 도움 덕분이라는 것을 알게 된 뒤 그에게 불같이 화를 내게 된다. 이 사건은 자칫 알렉스가 발레를 포기할 뻔한 중대한 고비가 된다. 하지만 닉은 포기하지 않고 그녀를 다시 찾아가 "꿈을 버리면 죽는다는 걸 왜 모르니?"라고 하면서 발레를 향한 열정을 다시 일으키고자 한다. 그리고 그녀가 마침내 오디션에 합격하자 함께 기뻐한다.

해나와 닉, 두 사람의 지원을 받아 이루어지는 알렉스의 발레 학교 입학 과정에서 두드러지게 드러나는 것은 발레가 매우 까다로운 입학 자격을 요구한다는 사실이다. 알렉스가 오디션 원서를 내기 위해 처음으로 무용 학교를 찾아갔을 때 그녀를 기다리고 있었던 것은 경력으로 채워야 할 무수한 빈칸들이었다. 접수를 안내하는 사람은 그때까지 받은 모든 댄스 교육 경력을 적어야 하며, 각 기관에서 배운 기간도 함께 기록해야 한다고 말한다. 이 말을 듣는 동안 그녀는 자기 앞에 서 있는 지원자들의 발을 보게 되는데, 모두 오랫동안의 연습 과정이 드러나는 모양을 하고 있다. 결국 열등감에 시달리던 알렉스는 자신을 보고 쑥덕거리는 다른 지원자들의 눈길을 피해 도망치게 된다. 이처럼 「플래시댄스」에서 발레는 한낱 용접공이자 밤무대 댄서인 주인공이 감히 근접할 수 없는, 까다로운 자격을 요구하는 고급 예술로 그려져 있다.

유럽에서 발생한 발레는 르네상스 시대에 사치스러운 이탈리아의 왕실에서 발생하여[8] 프랑스로 전파되었고, 루이 14세가 왕실 아카데미를 설립하면서 저변이 확대되었다. 발레가 오늘날의 형태를 갖게 된 것은 17세기에 러시아의 표트르 대제가 프랑스로부터 발레를 도입한 이후이다. 20세기에 접어들어 세르게이 디아길레프 (Sergej Dâgilev)가 발레 뤼스(Ballets Russes)를 설립한 것을 계기로 비로소 왕실과 관계를 맺지 않은 민간 차원의 발레단이 생겨나게 된

---

8) 대니얼 부어스틴, 이민아 외 공역(2002), 『창조자들』 2, 민음사, 434면.

다. 하지만 이처럼 처음 탄생할 때부터 왕실의 보호를 받으면서 시작된 발레는 지금까지도 일반인들이 접근하기 힘든 고급 예술로 인식되고 있다. 발레리나가 되기 위해서는 오랜 동안의 수련이 필요하고, 그 과정에서 고도의 기술을 연마해야 한다. 같은 발레를 하는 무용수 사이에도 서로 간에 엄격한 구분, 즉 넘어설 수 없는 계급 간의 장벽이 존재한다. 이러한 특징은 발레에 대한 접근을 어렵게 만드는 장애 요소로 작용한다.

흔히 고급 예술로 인식될수록 창작을 위한 오랜 시간의 학습 기간이 필요하고 감상을 위해서도 오랫동안 학습이나 숙련의 과정을 거쳐야 한다. 학교는 이러한 예술 창작과 감상을 위한 교육을 담당하는데,[9] 학교를 다니지 못한 사람은 그 예술 분야에서 배제를 당하게 된다. 프랑스의 사회학자 부르디외에 의하면, 국가가 공인한 공식적이고 제도적인 기관인 학교 교육을 받지 못한 구식 독학자는 정통적인 학교 교육에서 배제되었기 때문에 특정한 문화에 대한 경외감을 갖게 된다.[10] 『플래시댄스』의 주인공 알렉스도 부르디외가 말하는 구식 독학자처럼 무용 교육을 제대로 받은 적이 한번도 없다는 사실 때문에 발레 교육에 대한 남다른 경외심을 품고

---

9) 학교는 선별된 문화적 전통을 학생에게 교육하고 권장하는 것을 통해 이 역할을 수행한다. 존 스토리, 박모 역(1994), 『문화 연구와 문화 이론』, 현실문화연구, 23면.

10) 삐에르 부르디외, 최종철 역(1995), 『구별짓기 : 문화와 취향의 사회학』 상, 새물결, 149면.

있다. 하지만 그녀를 기다리고 있는 것은 사회적 낙인이다. 오디션 원서를 접수하러 간 자리에서 그녀가 마주친 다른 지원자들의 시선과 원서의 빈칸이 바로 무용 교육에서 배제되었다는 것을 표시하는 낙인이다. 이 점에서 발레는 학력의 차이를 분명하게 드러내 주는 표시 도구라고 할 수 있다.

　고급 예술은 감상 과정에서도 그 위상에 맞는 적절한 매너를 요구한다. 예를 들면 클래식 음악이나 그것을 기반으로 하여 공연되는 발레의 감상자는 정장을 입고 예의바르게 행동해야 한다. 이를 지키지 않을 경우 교양 없는 사람으로 비난을 받게 된다. 예술과 같은 상징적 재화일수록 그것을 사용하는 방식이 계급을 나타내는 핵심적 지표 중의 하나이며, 다른 계급과의 거리를 만들어 내는 차별화 전략의 이상적 무기가 되는 것이다.[11] 영화 속에서 철강 공장인 사장인 닉은 알렉스가 몸을 회전시키는 것을 보고 한 번 더 시도해 보라고 할 정도로 발레를 보는 안목을 지니고 있다. 그리고 헤어진 전처와도 다른 공연이 아니라 발레 공연을 같이 감상할 정도로 높은 교양 수준을 갖추고 있다. 이런 장면들을 통해서, 닉이 알렉스와 다르게 상류 계급에 속한다는 것이 은연중에 드러난다. 다시 말해 발레에 대한 그의 인식과 안목은 오랜 시간의 학습 기간을 직접 거친 뒤에 획득한 문화 자본으로 기능하고 있는 것이다.

---

11) 상게서, 118면.

하지만 알렉스에게 발레 감상은 몸에 밴 익숙한 취미 활동이 아니라 예외적인 사건이다. 영화 속에서 해나와 함께 발레 공연을 감상하는 그녀는 평소 입고 다니던 편한 옷 대신 정장을 입고 작품 감상에 임하지만, 평소 그녀의 모습과 비교해 보면 생경함을 느낄 수 있다. 두 말할 나위도 없이 알렉스가 다니는 철강 공장의 동료들이나 모비의 바에서 함께 춤추는 동료 댄서들은 발레 공연을 보러 갈 엄두도 내지 못할 것이다. 이상에서 살펴 본 것처럼 예술 무용의 일종인 발레는 영화 속에서 주인공과 같은 노동자 계급이 접근하기에는 여러 가지 제약이 따르는 사회적 제도의 산물이며, 이에 대한 취미는 서로 다른 계급 간의 차이를 분명하게 나타내 주는 문화 자본의 일종이다.

한편, 이러한 문화 자본에 대한 남녀 간의 불균등한 소유는 이 영화의 바탕에 깔려 있는 신데렐라 이야기의 서사 구조를 더욱 굳건하게 해 주는 요소가 되기도 한다. 신데렐라 이야기는 문자 그대로 얼굴에 재를 묻힌 한갓 부엌데기가 궁중 무도회에 갔다가 우여곡절 끝에 왕자의 사랑의 얻게 된다는 내용으로 되어 있다. 즉, 하층 계급이 여성이 상층 계급에 속한 남성의 도움으로 신분 상승에 성공하는 이야기이다. 페미니즘의 시각에서 볼 때 남성 우월주의가 분명하게 드러나는 이러한 서사 구조는 이 영화에서도 발견되는데, 그 속에서 문화 자본의 차이는 회사 내의 지위 고하와 더불어 남녀 간의 계급 차이를 보다 분명하게 드러내 주는 역할을 한다. 이렇듯 이 영화는 신데렐라 이야기의 서사 구조에 기초해 있지만, 그럼에도 많은 관객들로부터 호응을 불러일으킬 수 있었던 것은 현대의 신데렐라인 용접공 알렉스로 하여금 자신의 남자인 닉의 계급적 우위를 일방적으로 수용하지 않도록 했기 때문이다. 1960년대 이후 뚜렷해진 여성의 지위 상승에 힘입어, 이 영화는 미국 사회 내에 내재한 계급 관계에 대해 어느 정도 저항하는 면모를 보여 주었던 것이다.

4. 쾌락과 저항의 도구로서의 길거리 춤

대중문화의 역사에서 1980년대 초반은 마이클 잭슨(Michael Jackson)이라는 팝의 황제가 등장한 시기이자, 1970년대 뉴욕에서 시작된 힙합(hip hop) 문화가 서서히 확산되면서 이후에 다가올 전성기를 예비하던 시기이다. 어릴 때부터 노래를 잘 부르고 춤을 잘 잘추었던 마이클 잭슨은 이전의 가수들과 달리 영상 매체를 적극적으로 활용함으로써 당시 새롭게 등장한 MTV가 자리를 잡는 데 커다란 기여를 하였다. 그는 어려운 댄스 기법을 대중화시키기도 했는데, 뮤직비디오를 통해 보여 준 문 워크는 미국은 물론이고 세계 곳곳에서 추종자를 만들어 낼 정도였다.[12] 이처럼 마이클 잭슨의 뮤직비디오는 흑인 가수에 대한 편견을 넘어 흑인에 대한 인종 차별을 극복하는 데 공헌하기도 한다. 백인 중심의 대중문화가 한 흑인 가수의 춤과 노래를 통해 전복되는 현상이 벌어졌던 것이다.

마이클 잭슨의 음악이 「플래시댄스」의 개봉 무렵에 인기를 끌었던 데 비하여, 힙합 문화가 전성기를 맞이한 것은 그 이후이다.[13] 힙합 문화를 구성하는 중심 요소는 흔히 랩(rap) 음악으로도 불리는 힙합 음악과 더불어 브레이크 댄스로 알려진 비보잉(B-boying)이다. 이 밖에 스크래칭(scratching), 그래피티(graffiti), 비트박싱(beatboxing) 등도 힙합 문화를 이루는 주요한 요소들이다. 힙합 문화는 뉴욕, 특히 브롱크스 지역에 살던 흑인 청년들 사이에서 블록(block) 파티 또는 거리 파티로 불리는 파티가 점차 대중화되던 1970년대 초에 형성되었다.[14] 이 문화의 가장 중요한 특징은 하위문화의 일종으로 출발했다는 점이다. 하위문화는 한 사회 내의 소수 집단 또는 하위 집단의 가치, 신념, 태도, 라이프스타일을 가리키는 용어이다.[15] 그러므로 힙합 문화를 즐긴다는 것은 지배 문화와 구별되는 다른 문화를 추구한다는 것을 의미하는데, 1980년대 초반에 성장

---

12) 조정아(2004), 『팝음악의 결정적 순간들』, 돋을새김, 280면.
13) 랩 음악이 인기를 얻기 시작한 것은 런 디엠시(Run DMC)의 「Walk this way」가 빌보드 싱글 차트 4위까지 올라간 1986년 이후이다. 상게서, 304면.
14) http://en.wikipedia.org/wiki/Hip_hop_music
15) 앤드류 에드거·피터 세즈윅 공편, 박명진 외 역(2012), 『문화 이론 사전』, 한나래, 523면.

한 힙합 문화는 마이클 잭슨의 활동과 함께 이후 미국의 대중문화를 이끌어 가는 커다란 힘이 된다. 영화 「플래시댄스」는 이 두 가지를 뮤직비디오 기법의 강력한 힘에 의존하여 은연중에 소개하고 있다.

표면적으로 볼 때, 「플래시댄스」가 중심 서사인 현대의 신데렐라 이야기를 통해 높이 평가하는 춤은 발레이다. 마이클 잭슨의 춤이나 힙합 문화는 지나가는 투로 그려지고 있을 뿐이다. 그런데 이는 스토리 세계에 초점을 맞추었을 때만 유효할 뿐, 영화에 등장하는 춤에 초점을 맞추면 사정은 달라진다. 특별한 무대나 장치를 갖추지 않은 채 청년들이 길거리에서 공연하는 비보잉을 포함하여 하층 계급이 즐기는 다양한 춤이 발레보다 더 부각되고 있기 때문이다. 여기서 말하는 하위 계층의 여러 가지 춤에는 마이클 잭슨이 널리 퍼뜨린 문 워크를 위시하여 한때 한국에서 가수 박남정이 추어 화제가 되었던 로봇 춤, 교통경찰이 추는 교통 신호 춤 등이 포함된다.

하위 계층의 춤 가운데 영화에서 가장 비중 있게 다루어진 것은 한 무리의 청년들이 추는 길거리 춤이다. 비록 길이는 1분 15초가량이지만, 이 춤은 나름의 의미를 지니고 있다. 영화에서 알렉스는 동료들과 운동을 마친 뒤 지니와 함께 지니 집으로 저녁을 먹으러 가다가 길거리에서 붐박스(Boombox)라 불리는 휴대용 기기의 음악에 맞춰 춤을 추는 청년들을 만난다. 청년들이 추는 춤은 크게 두 가지로 구분된다. 첫 번째 춤은 로봇 춤과 문 워크이다. 처음에는 1명이 나와 로봇 춤을 추다가 한 명이 더 나와 2인 로봇 춤으로 변하고, 그것이 끝나면 우산을 든 1인 문 워크가 이어진다. 두 번째 춤은 비보잉이다. 탑락(toprock)으로 시작한 춤은 다운락(down-rock)으로 이어지고 윈드밀(windmill) 같은 파워무브(powermove)로 이어지며, 끝 부분은 대개 프리즈(freeze)로 마무리된다.

이 길거리 공연에서 주목되는 것은 춤이 영화를 감상하는 관객들은 물론이고, 춤추는 사람과 구경하는 사람들에게도 신바람을 불러일으킨다는 점이다. 처음에는 구경꾼이 알렉스와 지니뿐이었지만, 나중에는 어린이부터 나이 먹은 노인에 이르는 다수의 남녀노소로 늘어난다. 그들은 춤을 보며 음악에 맞춰 몸을 움직이기도 하고 박수를 치며 춤꾼과 상호 작용을 하기도 한다. 그리하여 추는 즐거움과 보는 즐거움이 동시에 발생하고 춤추는 사람과 구경하는 사람 사이의 장벽까지 허물어진다. 이 공연 장면에서 또 하나 주목해야 할 점은 백인과 흑인이 함께 즐기고 있다는 것이다. 남녀노소로 구성된 구경꾼뿐만 아니라 춤추는 사람들도 백인과 흑인이 차별 없이 한데 어울려 즐기는 모습을 보여 준다. 이것은 발레 공연을 관람하러 온 관객들이나 발레 학교의 학생들, 자니의 클럽 손님들이 거의 모두 백인으로 채워져 있다는 점과 대조를 이룬다. 그만

큼 길거리 춤은 백인 중심의 지배 문화와 구별되는 하위문화로서
의 특징을 지니고 있다고 하겠다.16)

또 하나의 길거리 춤은 위에서 소개한 청년들의 춤에 이어서 펼
쳐지는 교통경찰의 춤이다. 길에서 차량의 흐름을 조절하는 교통
경찰이 춤을 출 때 배경에 깔리는 음악은 경쾌한 리듬을 가진 조
르주 비제(Georges Bizet)의 「카르멘 조곡 2번(Carmen Suite No. 2)」 중
'경비대의 교체(La garde montante)'이다. 외재 음향[nondiegetic sound]17)
의 일종인 이 음악에 맞추어 교통경찰이 교통 신호 춤을 익살스럽
게 추고 있고, 지나가던 알렉스가 그에게 다가가 웃으면서 그의 흥
내를 낸다. 이 춤은 자기를 놀리는 알렉스에게 교통경찰이 손으로
권총을 쏘는 흉내를 내면서 끝이 난다. 이 장면 역시 춤추는 사람
들과 영화를 보는 관객들에게 쾌락을 제공할 뿐만 아니라, 보기에
따라서 엄격한 형식을 갖춘 지배 문화의 오페라 음악을 길거리 춤
의 배경 음악으로 사용함으로써 그 음악의 권위를 조롱하고 비판
하는 것으로 해석할 수도 있다.18)

---

16) 하위문화의 핵심은 지배 문화에 대한 저항에 있다. 크리스 바커, 이경숙·
    정영희 공역(2009), 『문화 연구 사전』, 커뮤니케이션북스, 369면.
17) 외재 음향에 대하여는 데이비드 보드웰·크리스틴 톰슨, 주진숙·이용관
    공역(1993), 『영화 예술』, 이론과 실천, 373쪽 참조.
18) 이는 성격상 하위문화의 생산성과 일맥상통한다고 볼 수 있는데, 여기서 하
    위문화의 생산성이란 지배 문화로부터 광범한 상품을 전유한 뒤에 브리콜
    라주(bricolage)를 통해 새로운 의미를 부여하는 것을 말한다. 존 피스크, 박
    만준 역(2002), 『대중 문화의 이해』, 경문사, 218면.

이상의 두 장면은 대중들이 비보잉과 다른 춤을 즐기는 길거리 공연을 직접적으로 보여 줌으로써 그 춤들이 지닌 의미를 생각하게 한다. 이와 함께 이 영화에서 눈여겨 볼 것은 알렉스와 동료들이 모비의 바에서 추는 춤에도 비보잉 등 길거리 춤의 동작들이 포함되어 있다는 사실이다. 심지어 무용 학교 입학을 위한 오디션 과정에서 주인공이 추는 춤에도 비보잉의 동작이 들어 있다. 이는 이 영화가 발레와 같은 예술 무용보다 하위문화에 속하는 길거리 춤을 더 우위에 두고 있음을 보여 주는 뚜렷한 증거이다. 다시 말해, 하위문화에 대한 상층 계급의 편견을 깨뜨리려는 시도가 이루어지고 있는 것이다. 이런 시도는 뮤지컬 장르에 속하는 이 영화의 형식적 특징과도 부합하는 면이 있다. 이 영화는 뮤지컬이면서도 배우들이 노래를 하지 않고 오프 스크린 음악을 쓰는 등 변화를 꾀한 작품이다. 이는 지금의 시각에서 보면 그다지 충격적이지 않지만, 영화가 개봉되던 당시로서는 상당히 파격적이었다. 이와 같은 형식적 특징은 하위문화의 춤을 높이 평가하는 독특한 시각과 부합하면서, 이 영화의 성격을 규정하는 중요한 요소가 된다.

5. 뮤지컬 영화를 통한 시대적 역동성의 표현

음악과 영화를 결합하면서 등장하게 된 할리우드의 뮤지컬 영화는 시대의 흐름에 따라 스윙, 로큰롤, 헤비메탈 등 새로운 음악 스타일을 수용하면서 발전해 왔다. 이러한 음악에는 항상 그와 잘 어울리는 춤이 함께 하였다. 1980년대 초반에 시작된 뮤직비디오 시대의 영화 「플래시댄스」에도 그 시대의 음악과 춤이 동시에 등장하고 있다. 물론 이 밖에도 서양의 전통적인 춤이나 상품화된 춤 등이 등장하여 화면의 다채로움을 더하였다, 이 글에서는 이처럼 다양한 춤의 성격과 역할에 대해 알아보았는데, 그 내용을 요약하면 다음과 같다.

이 영화 속에서 가장 화려하게 묘사된 춤은 바나 클럽에서 전문 댄서들이 추는 춤으로, 이는 돈을 매개로 하여 상품화된 춤이다. 이러한 춤에는 모비의 바에서 댄서들이 고객들 앞에서 추는 춤과 잔지바르에서 춤추는 스트립 댄서들의 춤이 있다. 이 춤들은 춤을 추는 주체가 자신의 내면을 드러내기 위해 이용하는 표현의 도구가 아니라, 거꾸로 그를 소외시키는 도구가 된다. 그리고 남성 고객과 영화 관객에게 관음증적 쾌락을 제공하기도 한다. 다음으로 예술 무용에 속하는 발레가 있는데, 이 춤은 오랜 기간 동안 창작과 감상을 위한 학습과 숙련을 요구한다. 이러한 특징 때문에 이 춤은 창작과 감상 과정에서 사람들의 학력의 차이를 뚜렷하게 부각시켜 준다. 또한 하층 계급이 접근하기 어려운 제도의 산물로서, 이에 대한 취미는 계급 간의 차이를 분명하게 표시해 주는 문화

자본이 된다. 마지막 춤은 하위문화에 속하는 길거리의 여러 가지 춤이다. 이 춤은 추는 사람과 보는 사람들은 무론이고 영화 관객들에게도 즐거움을 선사한다. 비보잉으로 대표되는 이 춤은 위에서 언급한 두 종류의 춤에 비하면 형식적으로 상당히 파격적인데, 그 중요한 특징은 지배 문화에 대한 저항이다. 「플래시댄스」라는 이 영화의 제목이 지닌 의미도 이와 같은 길거리 춤의 성격과 관련지어 생각해 보면 보다 분명해질 것이다.

사람들이 뮤지컬 영화에 열광하는 것은 춤 자체가 주는 즐거움이 크기 때문이다. 춤은 본질적으로 마음속에 솟아나는 흥을 효과적으로 표현할 수 있는 도구이다. 그래서 춤추는 사람을 보고 있으면 그 사람의 생명력을 느낄 수 있다. 뮤지컬 영화가 사람들의 흥미를 끄는 이유도 여기에서 찾을 수 있을 것이다. 이 영화도 길거리 춤이라는 새로운 춤을 집중적으로 보여 줌으로써 그 춤에서 느껴지는 쾌락과 저항의 힘을 느낄 수 있도록 하는 데 성공하였다. 이러한 성공은 뮤지컬 영화가 앞으로 뮤지컬 영화가 나아갈 방향을 모색하는 데 적지 않은 시사점을 제공해 준다. 춤을 통해 특정한 시대의 역동성을 관객들에게 제대로 전달한다면 뮤지컬은 미래에도 관객들에게 즐거움을 충분히 선사할 수 있을 것이다. 물론 영화 「플래시댄스」 속의 춤들이 유로디스코를 대표하는 조르조 모로더(Giorgio Moroder)의 음악과 함께 했듯이, 춤을 더욱 돋보이게 해

줄 음악과 함께 한다면 그 성과는 더욱 커질 것이다.*

* 출전 : 「뮤직비디오 시대 세 가지 춤의 사회 문화적 의미」, 『우리춤과 과학기술』 22, 우리춤연구소, 2013.08.

할리우드 뮤지컬 영화의 전통과 혁신

- 롭 마셜 감독의 「시카고」를 중심으로

1. 21세기 뮤지컬 영화 붐의 기폭제

춤은 일반적으로 음악에 맞추어 몸을 움직임으로써 내면의 감정이나 의지를 표현하는 예술이기 때문에 음악을 자유자재로 이용할 수 없는 무성 영화에는 적합하지 않았다. 무성 영화 시대에도 피아노나 오케스트라 반주가 화면에 곁들여지는 경우가 없지 않았기 때문에 굳이 춤을 수용하자면 할 수도 있었지만, 그것은 몹시 까다로운 작업이 될 수밖에 없었기에 춤 영화는 많이 만들어지지 않았다. 1923년 무렵에 단편 영화 분야에서 뮤지컬 영화가 만들어지기 시작하였을 뿐이다. 춤이 장편 영화에 본격적으로 수용된 시기, 즉 장편 뮤지컬 영화가 등장한 시기는 현대적인 무대 뮤지컬이 자리를 잡은 시기와 거의 일치한다. 선명한 극적 주제와 격조 높은 음악으로 구성되어 최초의 현대적인 무대 뮤지컬 공연으로 평가되는 「쇼 보트(Show boat)」가 미국에서 공연된 때는 1927년이다.[1] 이 해에는 영화사상 최초의 유성 영화인 「재즈 싱어(Jazz singer)」도 탄생하였는데, 이 영화는 할리우드 최초의 장편 뮤지컬 영화이기도 하다. 이처럼 공연 무대와 영화 스크린 위에 뮤지컬 장르가 동시에 등장한 것은 결코 우연의 일치라고 볼 수만은 없다. 뮤지컬 공연의 구성 요소인 춤과 음악이 관객들의 시각과 청각을 집중시켜 작품을 재미있게 즐길 수 있도록 해 주었기 때문에, 무대 뮤지컬 공연이 뉴욕의 극장 무대에 등장하자마자 곧바로 할리우드의 영화로 수용되었던 것이다. 그래서 「브로드웨이 멜로디」, 「브로드웨이 스캔들」처럼 당시의 많은 뮤지컬 영화의 제목에는 '브로드웨이'라는 단어가 포함되어 있다.[2]

1929년에 55편, 1930년에 77편이나 제작된 뮤지컬 영화는 새로움을 더 이상 보여 주지 못해 1931년부터 급격하게 인기를 잃어간다.[3] 이를 극복하기 위하여 할리우드 영화사들은 내러티브와 촬

---

1) 손정섭(2004), 『뮤지컬 oh! 뮤지컬』, 북스토리, 103면.
2) Rick Altman(1999), Film/Genre, BFI, p.31.
3) 릭 올트만(2005), 「뮤지컬」, 제프리 노웰-스미스 편, 이순호 외 공역, 『옥스퍼드 세계 영화사』, 열린책들, 362면.

영·편집 등의 측면에서 혁신을 구가하였고, 이후 뮤지컬 영화는 1930년대에만 무려 200편을 넘어서는 등 1960년대까지 30여 년 동안 실로 경이로운 발전을 거듭하게 된다. 하지만 1965년에 「사운드 오브 뮤직」, 1968년에 「올리버!」가 아카데미 작품상을 받은 이래로 30년 이상 뮤지컬 영화는 아카데미 작품상을 수상하지 못하였다. 그동안 1972년에 「카바레」, 1975년에 「내슈빌」, 1979년에 「올 댓 재즈」, 1983년에 「드레서」, 1991년에 「미녀와 야수」, 2001년에 「물랭루주」가 아카데미 작품상 후보에 오르기는 했지만, 해를 거듭할수록 좋은 작품이 드물어진 것을 목격할 수 있다. 이런 추세를 거스르기도 하듯, 2002년에 개봉된 「시카고」는 아카데미 작품상을 포함하여 여우 조연상(캐서린 제타존스), 미술상, 의상상, 편집상, 음향 효과상을 수상하였고 여우 주연상, 남우 조연상, 여우 조연상(디온 비베), 감독상, 각색상, 촬영상, 주제가상 등의 후보에 지명되었고 커다란 성과를 거두었다. 수입 면에서도 비록 박스 오피스 1위에 오르지 못했지만, 미국과 캐나다에서 1억 7천만 달러 이상을 기록하였고 다른 나라들에서도 1억 3천만 달러 이상을 기록하여 모두 3억 달러가 넘는 수입을 올렸다. 이 영화의 성공 이후 할리우드에서는 뮤지컬 영화 붐이 일어 이후 「오페라의 유령」, 「드림 걸스」, 「헤어 스프레이」, 「맘마 미아!」, 「라 비 앙 로즈」, 「레 미제라블」 등이 계속하여 제작되었다. 주지하다시피 이 영화들은 「라

비 앙 로즈」를 제외하면 모두 뉴욕의 브로드웨이와 런던의 웨스트 엔드의 무대 뮤지컬을 각색한 것이다. 가히 뮤지컬 영화의 중흥 시대라 부를 수 있을 만큼 다양하고 많은 작품들이 제작된 것은 「시카고」의 성공에 힘입은 바 크다.

그렇다면 「시카고」는 어떤 이유로 인하여 아카데미 작품상을 받고 천문학적 수입을 올리는 등 작품성과 상업성 양면에서 성공할 수 있었던 것일까? 이 영화는 앞서 설명한 할리우드 뮤지컬 영화의 전통을 이어받은 영화이다. 전형적인 뮤지컬 장르 영화이기 때문에 내러티브 측면에서 1930년대의 초기 할리우드 뮤지컬 영화에게 적지 않게 빚을 지고 있다. 비록 각색상을 수상하는 데는 실패했지만, 무대 뮤지컬을 통하여 이미 어느 정도 검증된 플롯을 가져와서 뮤지컬 영화의 전통적 내러티브 방식에 맞게 적절히 변형하였던 것이다. 이는 플롯의 전개 과정에서 공연이 주인공의 삶에서 중요한 의미를 띠고 있다는 점을 통하여 뚜렷하게 드러난다. 촬영 측면에서도 역시 1930년대에 확립된 다양한 촬영 기법을 활용하고 있다. 한편, 이 영화는 몇몇 측면에서 이전의 뮤지컬 영화와 구별되는 새로운 면모를 보여 주기도 하였다. 이는 아카데미상 수상 분야를 살펴보면 어느 정도 짐작할 수 있다. 우선, 미술상과 의상상 수상이 말해 주듯이 이 영화는 시대적 배경인 1920년대를 미술적 요소나 의상 등을 통하여 높은 수준에서 재현하는 데 성공하였다.

또한 편집상 수상에서 알 수 있듯이 예전의 뮤지컬 영화와 달리 공연 장면을 길게 보여 주는 데 치중하지 않고 새로운 방식으로 관객에게 선보였다.

이처럼 「시카고」는 한편으로 할리우드 뮤지컬 영화의 전통을 계승하면서도 다른 한편으로는 현대적 영화 제작 기법을 이용하여 새로운 면모를 보여 줌으로써 성공을 거두었는바, 이 논문에서는 이를 깊이 천착해 보고자 한다. 개봉한 지 그렇게 오래되지 않았기 때문에 이 영화를 본격적으로 다룬 연구 성과는 많이 축적되지 않았다.[4] 하지만 이 영화에 대한 연구는 뮤지컬 영화 장르의 오랜 숙제인 내러티브와 춤 공연의 결합 방식에 대한 중요한 시사점을 던져 줄 것이다.[5] 전통의 창조적 계승이라는 측면에서도 이 영화

---

4) 대표적 연구로는 다음과 같은 것들이 있다. 조혜영(2003), 「현실, 그 억압의 환상을 넘어⋯⋯ : 영화 『시카고』를 통해 들여다 본 현실을 중심으로」, 『문학과경계』 3(2), 문학과경계사 ; 박정혜(2006), 「영화 시카고에 나타난 팜므 파탈의 메이크업 표현에 관한 연구」, 『한국복식학회지』 56권 7호, 한국복식학회 ; 이숙영(2011), 「뮤지컬 영화를 통해 본 장르 분석 연구 : 롭 마샬 감독의 <시카고>를 중심으로」, 『영상기술연구』 15, 한국영상제작기술학회 ; 이지선(2014), 「백스테이지 뮤지컬에 나타난 영화 매체적 무용 표현 특성 : 버스비 버클리(Busby Berkeley)와 프레드 아스테어(Fred Astire)를 중심으로」, 『무용예술학연구』 46집, 한국무용예술학회. 이 중 조혜영은 「시카고」 속의 억압적 현실 상황에 대하여, 박정혜는 벨마와 록시의 메이크업에 대하여, 이숙영은 캐릭터·플롯·공간의 특성에 대하여 다루었다. 또한 이지선은 「시카고」는 아니지만 초기 뮤지컬 영화를 대상으로 무용 표현에 나타난 특성을 연구하였다.
5) 이 문제와 관련하여 배리 랭포드는 「시카고」 내에 서사와 쇼를 위한 공간들이 확립되어 있는데, 후자가 전자를 반복하고 반어적으로 확장하였다고 보았

는 많은 생각거리를 제공해 줄 것으로 생각된다. 최근 들어 우리나라에서도 무대 뮤지컬이 대유행을 하고 있거니와, 이러한 추세에 맞추어 양질의 뮤지컬 영화를 제작해야 하는 것은 우리 영화계에 주어진 커다란 숙제이다. 이 숙제를 해결하기 위해서도 성공한 뮤지컬 영화의 본보기로 「시카고」를 분석해 보는 일은 매우 필요한 일이라고 할 수 있다.

2. 다른 장르로 각색되기 전의 내러티브 원천

1920년대 말부터 시작된 할리우드 뮤지컬 영화의 전통을 잇고 있는 「시카고」는 내러티브 측면에서 초기 백스테이지 뮤지컬 영화와 이후의 통합 뮤지컬 영화의 내러티브 전통을 창의적으로 계승하고 있다. 초기 뮤지컬 영화에서는 백스테이지(backstage) 뮤지컬 영화의 내러티브가 대세를 이루었다. 백스테이지 뮤지컬 영화란 "뮤지컬 무대 뒷이야기를 영화적 소재로 삼아 배우들의 삶과 애환을 그린 영화로 극중 배경을 공연 극장 무대 뒤로 삼아 영화 속 노래와 춤이 극의 전개에 주된 요소로 등장하는 뮤지컬 영화의 한 장르"[6]이다. 여기에 속하는 영화의 내러티브에서 과제로 떠오른 것

다. 배리 랭포드, 방혜진 역(2010), 『영화 장르 : 할리우드와 그 너머』, 한나래, 169면.

은 뮤지컬 넘버를 중심으로 하는 뮤지컬 공연과 백스테이지 멤버,
주로 코러스 걸로 등장하는 인물의 이른바 '무대 뒤' 로맨스를 결
합하는 것이었다. 하지만, 두 요소 간의 결합은 1930년대 중반까지
도 원활하게 이루어지지 않았다. 엔터테인먼트 요소로 구성된 뮤
지컬 쇼와 성공에 대한 열망을 간직한 백스테이지 멤버가 벌이는
로맨스 간의 간격이 쉽게 메워지지 않았던 것이다.

초기에는 유능한 남성 예술가와 그의 파트너인 백스테이지 멤버
가 다른 조연들 때문에 원만한 로맨스에 도달하지 못한 채 갈등을
겪다가 임박한 클라이맥스 단계의 쇼를 통해 사랑을 성취하고 성
공을 이룬다는 식으로 내러티브가 구성되었다.[7] 이와 같이 춤과
음악이 결합된 쇼를 통해 인물들 간의 갈등을 해결하는 방식은 쇼
를 공연해야 하는 날짜가 다가옴에 따라 등장인물들의 성격과 로
맨스의 갈등이 그 쇼에 종속된다는 문제점을 안고 있었다. 쇼가 내
러티브와 긴밀한 관계를 맺지 못한 채 별개의 볼거리로 제공됨으
로써 내러티브가 쇼를 위해 희생되는 현상이 벌어졌던 것이다. 이
런 이유로 인하여 1940년대에 이르면 등장인물 간의 로맨스를 중
심으로 하는 이야기와 클라이맥스 부분의 쇼를 효과적으로 결합시
키려는 시도, 즉 서사와 공연의 정체성을 합일시키려는 시도가 더

---

6) 이지선(2014), 앞의 글, 67면.
7) 토마스 샤츠, 한창호·허문영 공역(1995), 『할리우드 장르의 구조』, 한나래,
   305-307면.

욱 집중적으로 이루어진다. 그 결과 등장인물의 춤과 노래가 쇼 무대나 리허설 무대에서만 나타나는 것이 아니라, 쇼와 상관없이 그들의 심리와 플롯 전개에 의해 자연스럽게 나타나는 '통합' 뮤지컬 영화가 선을 보이게 된다.[8] 한편, 통합 뮤지컬 영화가 이처럼 백스테이지 뮤지컬 영화에 비하여 내러티브를 강조하고 있음에도 그것이 뮤지컬 영화이기를 포기하지 않는 한 인물이 말을 하다가 갑자기 노래하고 춤을 출 때의 어색함을 탈피하기는 어려웠다. 이 문제는 이후 뮤지컬 영화가 해결해야 할 숙제로 남겨지는데, 뮤지컬 영화 「시카고」 역시 이 숙제로부터 자유롭지 못하다.

뮤지컬 영화 「시카고」는 무대 뮤지컬 「시카고」를 각색한 것이며, 이 무대 뮤지컬은 희곡 「시카고」를 각색한 것이다. 희곡 「시카고」는 모린 왓킨스(Maurine Watkins)가 『시카고 데일리 트리뷴』의 리포터로서 7개월간 근무하던 1924년에 직접 취재했던 법정의 두 사건을 바탕으로 창작한 것이다. 그녀는 시카고로 오기 전에 하버드 대학교 영문과의 조지 베이커(George Baker) 교수가 운영하는 극작 워크숍에 참여하였는데, 베이커 교수는 학생들에게 좀 더 넓은 세상에서 경험을 해 보라고 용기를 북돋우면서 신문 보도를 추천하였다.[9] 이에 모린은 1924년 초에 시카고로 건너와서 악명 높은 쿡 카운티 감옥의 여자 살인범 감방으로 취재를 가게 된다. 최초의 제

---

8) 배리 랭포드, 방혜진 역(2010), 앞의 책, 147면.
9) 'Maurine Dallas Watkins'. https://en.wikipedia.org/wiki/Maurine_Dallas_Watkins

목이 「작고 용감한 여인(The brave little woman)」이었던 이 희곡은 「시카고」로 제목이 바뀌어 1926년 12월 30일에 초연되었다.

앞서 말한 법정의 두 사건이란 살인 용의자로 체포되었다가 무죄로 방면된 뷸라 아난(Beulah Annan)과 벨바 개르트너(Belva Gaertner) 사건을 말한다.[10] 희곡 「시카고」에서 록시 하트(Roxie Hart)의 모델이 된 뷸라 아난은 1924년 4월 3일에 자신의 부부 침실에서 해리 칼스테드(Harry Kalstedt)의 등을 총으로 쏘아 죽인다. 25살이었던 그녀의 초기 진술에 따르면, 두 사람은 칼스테드가 가져온 와인을 나누어 마시고 말싸움 끝에 총을 향해 동시에 손을 뻗었지만 먼저 총을 쥔 것은 뷸라이다. 해리가 옷을 입고 모자를 쓰는 동안 총을 쏜 그녀는 의자에 앉아 칵테일을 마시고, 그가 죽어가는 것을 보면서 네 시간 동안 「훌라 루(Hula Lou)」라는 폭스트롯 곡을 반복해서 튼다. 그 이후 뷸라는 남편에게 전화를 하여 자신을 강간하려는 남자를 죽였다고 말한다. 그녀의 진술은 이후 몇 번에 걸쳐 바뀐다. 처음에 그녀는 살인을 자백하지만, 이후 강간의 공포 때문에 정당방위로 해리를 쏘았다고 주장한다. 또 다른 진술에서는 해리가 그녀를 떠나겠다고 말하여 그녀는 홧김에 쏘았다고 이야기한다. 뷸라의 말을 들은 검사들은 해리가 그녀를 떠나겠다고 위협하자 질투심에 의한 분노로 총을 쏘았다고 추측하였다. 뷸라는 마지막 법

---

10) 'Chicago (play)'. https://en.wikipedia.org/wiki/Chicago_(play)

정 심문에서 해리에게 임신했다고 말한 뒤에 그와 다투었으며, 둘이 총을 향해 동시에 손을 뻗었다고 진술한다. 뷸라의 남편인 앨버트는 최고의 변호사인 윌리엄 스튜어트(William Stewart)와 오브라이언(W. W. O'Brien)을 고용하기 위하여 돈을 은행에서 인출하였고 재판이 끝날 때까지 그녀 곁을 지켰지만, 그녀는 같은 해 5월 25일에 무죄로 방면되자 남편이 너무 느려 그를 떠난다고 말하였다.[11] 이와 같은 그녀의 이야기는 기자인 왓킨스에 의하여 「어여쁜 여자 살인범에게 교수형을 요구하라(Demand noose for 'prettiest' woman slayer)」라는 제목의 기사로 신문에 실렸고, 왓킨스가 쓴 희곡에도 대부분 반영되었다.

한편, 벨마 켈리(Velma Kelly)의 모델이 된 카바레 가수 벨바 개르트너는 뷸라 아난 사건이 일어나기 직전인 1924년 3월 11일에 자동차 영업 사원인 월터 로(Walter Law)를 총으로 쏘았다고 전해진다. 두 번의 이혼 경력이 있는 38세의 벨바와 연인 관계인 월터는 29세의 유부남으로 아이가 하나 있었는데, 사건 당일에 버려진 벨바의 자동차 운전대 위로 쓰러진 채로 발견되었다. 그가 타고 있던 자동차 바닥에는 술병과 총이 놓여 있었다. 자신의 아파트에서 체포된 벨바는 피에 흥건히 젖은 옷이 방바닥에 있었음에도 둘이 함께 술을 마시고 운전을 했지만 무슨 일이 있었는지는 기억나지 않

---

11) 'Beulah Annan'. https://en.wikipedia.org/wiki/Beulah_Annan

는다고 자백한다. 이후 3월 12일에 살인 혐의로 체포된 벨바는 강도에 대한 두려움 때문에 총을 지닌 채 월터와 함께 여러 술집과 재즈 하우스를 전전하며 술을 마셨다는 사실을 인정한다. 한때 월터가 벨바를 떠나려 했을 때 집착이 심한 벨바가 칼로 위협하였기에 월터는 언젠가 그녀에게 살해당하리라고 믿었다는 월터 동료의 진술이 있었지만, 벨바의 변호인인 토마스 내시(Thomas Nash)는 이를 무시하고 월터가 총으로 자살하였을 것이라는 주장을 펼친다. 그 결과 벨바는 같은 해 6월 6일에 무죄로 석방되었다.[12]

이와 같은 두 명의 살인 용의자를 다룬 왓킨스의 기사는 선정적이고 풍자적이었기 때문에 감상적 성격의 다른 기사와 달리 널리 읽히게 된다. 왓킨스는 무죄로 풀려난 그들이 유죄이며 법원의 재판 시스템을 유린하였다고 믿었다. 그녀는 짧은 기자 생활을 마치고 베이커 교수가 옮겨 간 예일 대학교에서 이 사건들을 희곡으로 창작하는 과정에서 이러한 현실 상황에 대한 냉소와 환멸을 담아낸다. 희곡 창작 과정에서 뷸라 아난은 록시 하트로, 벨바 개르트너는 벨마 켈리로 새롭게 창조되었고, 뷸라의 변호사였던 윌리엄 스튜어트와 오브라이언은 한 인물로 합성되어 부드러운 말투의 빌리 플린(Billy Flynn)으로 창조되었다.[13] 이렇게 창작된 희곡은 상업

---

12) 'Belva Gaertner'. https://en.wikipedia.org/wiki/Belva_Gaertner
13) Rebecca Price, "The Real Women of "Murderess Row" and the Woman Who Told Their Story". http://www.tpac.org/spotlight/the-real-women-of-chic-agos-

적으로도 흥행에 성공하고 비평가들로부터도 호평을 받아 브로드
웨이에서 172회나 공연되기에 이른다.

3. 뮤지컬 영화 내러티브 전통의 창의적 수용

브로드웨이에서 성공한 연극은 2002년에 영화로 만들어지기 전
에 두 번에 걸쳐 영화로 각색되었다. 첫 번째 작품은 1927년에 세
실 드밀(Cecil DeMille) 감독이 연출한 같은 제목의 영화이고, 두 번
째 작품은 1942년에 윌리엄 웰먼(William Wellman) 감독이 연출한
「록시 하트」이다. 두 번째 영화에는 당대 뮤지컬 영화를 주름잡던
진저 로저스(Ginger Rogers)가 주인공으로 출연하였다.[14] 이 영화들
은 내러티브 면에서 희곡과 상당히 다른 면모를 지니고 있다.

무성 영화 「시카고」는 록시 하트의 행적을 중심으로 비판적 시
각을 드러내기는 하지만, 멜로드라마적 성격을 보다 강화한 작품
이다. 록시의 남편인 에이머스는 집 근처의 담배 가게에서 근무하
고 있는데, 그는 출근하자마자 청소부 아가씨 케이티(Katie)로부터
일전에 시계 쿠폰을 주었던 것에 대한 감사 인사를 받는다. 그때
남자 손님이 한 명 곁에 있었는데, 그가 바로 에이머스의 아내 록

---

murderess-row-and-the-woman-who-told-their-story/
14) 'Chicago (play)', op. cit.

시의 연인이다. 이 남자는 록시의 아파트를 찾아갔다가 그녀로부터 돈을 요구받는다. 그동안 록시는 그를 유혹하여 돈을 요구해 왔는데, 그는 그 요구에 지쳐 그녀를 바닥에 밀쳤고 화가 난 록시는 총을 쏘게 된다. 이 와중에도 아파트 안의 자동 피아노에서는 경쾌한 음악이 흘러나오고 있었다. 록시가 에이머스에게 도움을 청하자, 그는 검사에게 자신이 정당방위로 쏘았다고 말한다. 하지만 검사의 계략에 의해 록시가 범인인 것이 밝혀지고 되고, 결국 그녀는 철창에 갇히는 신세가 된다. 이에 에이머스는 유능한 변호사인 플린을 찾아간다. 플린이 거액의 수임료를 요구하자, 돈이 모자란 에이머스는 플린의 금고에서 돈을 훔친다. 이 과정에서 그는 플린의 경호원과 다투다가 시계를 잃어버리는 결정적 실수를 한다. 한편, 록시는 플린의 지시대로 죄가 없는 척하면서 남자들로 구성된 배심원들 앞에서 멋진 다리를 보여 주어 무죄로 풀려나게 된다. 이후 플린의 탐정이 에이머스를 의심하며 잃어버린 돈을 찾으러 집에 왔을 때 시계가 없어 곤경에 처한 에이머스를 구해 주는 것은 케이티이다. 풀려난 록시가 남은 돈을 차지하려 하자 에이머스는 돈을 불에 던지고 그녀를 집 밖으로 내쫓는다. 이때 케이티가 나타나 물건을 정리하는데, 그녀와 에이머스의 로맨스가 암시되면서 영화는 끝난다.[15] 이 영화에서 주목할 만한 것은 남성들에게 호소하기

15) 'Synopsis for Chicago'. http://www.imdb.com/title/tt0017750/synopsis?ref_=ttpl_pl_syn

위해 그녀의 성적 매력을 십분 활용하였다는 점이다. 이는 무대 뮤지컬이나 롭 마셜 감독의 영화에서도 그대로 이어진다.

「록시 하트」는 뮤지컬의 전성기에 만들어진 영화답게 진저 로저스의 춤을 보여 주는 데 초점이 맞추어진 뮤지컬 영화이다. 이 영화는 호머 하워드(Homer Howard)라는 사람이 1927년에 신참 기자 때 겪은 이야기를 나중에 자신의 후임인 신참 동료에게 이야기해 주는 미장 아빔(mise-en-abyme)의 형태를 띠고 있다. 젊은 여성 댄서인 록시의 남편 에이머스는 자신의 집에서 극장 예매 직원인 프레드 케이슬리(Fred Casely)를 총으로 쏘게 되는데, 당시 시카고에서는 여성을 살인 혐의로 거의 기소하지 않았기 때문에 록시가 남편 대신 감옥에 가게 된다. 그녀는 댄서로서 자신의 명성을 되살리기 위해 비난을 감수하기로 하였던 것이다. 에이머스는 빌리 플린을 변호사로 고용하는데, 빌리는 록시가 연약한 여성이며 그녀의 행위는 정당방위였다고 꾸미게 된다. 이때 록시에 반한 호머는 감옥 관리인인 마이클 피네건(Michael Finnegan)으로부터 진범이 에이머스라는 사실을 전해 듣고 그녀를 구해 내려고 시도한다. 한편, 언론의 관심이 다른 여성 죄수에게 쏠리자, 록시는 그 관심을 자신에게로 돌리기 위해 임신한 척하기도 한다. 플린은 더 많은 동정심을 사기 위하여 부부를 이혼시키기로 결정한다. 우여곡절 끝에 재판정에 서게 된 록시는 배심원들을 속이고 무죄로 풀려나며, 그녀 대신 에

이머스가 대중의 주목을 받으며 체포된다. 대중의 관심 밖으로 밀려난 록시는 가난한 기자인 호머와 부유한 증권 중개인으로 배심원을 지낸 오말리(O'Malley) 중 한 명을 선택해야 하는 처지가 된다. 현재 시제로 돌아와 호머가 이야기를 끝내자 그의 아내가 그를 데리러 오는데, 그녀는 바로 여섯 명의 아이를 두고 있고 또 한 명을 임신한 상태인 록시였다.16) 이와 같은 내러티브로 볼 때, 이 영화는 앞의 영화에 비하여 풍자적이고 비판적인 면이 많이 약화되어 있음을 알 수 있다. 그 대신 역시 멜로드라마적 색채가 짙어진 것이 눈에 뜨인다.

이 영화로부터 약 30년 이상 지난 1975년에 만들어진 무대 뮤지컬 「시카고」는 앞의 영화들이 록시 하트에 초점을 맞추었던 것과는 달리 벨마 켈리의 역할을 상대적으로 부각시키고 있음이 특징적이다. 벨마는 자신의 남편이 그녀의 보드빌 공연의 파트너인 동생과 함께 침대에 있는 것을 보고 둘에게 총을 쏜 뒤에 체포되는데, 그녀는 나이트클럽의 코러스 싱어인 록시의 우상이다. 한편, 록시가 살해하는 프레드는 「록시 하트」에서처럼 극장 예매 직원으로 등장하는 것이 아니라 나이트클럽 사장의 친구이자 가구 판매원으로 바뀌어 등장한다. 감옥 관리인인 피네건도 유성 영화에서는 남성이며 살해당하는 인물이지만, 무대 뮤지컬에서는 살인범 감방의

---

16) 'Roxie Hart (film)'. https://en.wikipedia.org/wiki/Roxie_Hart_(film)

여성 소장인 '마마' 모튼('Mama' Morton)으로 바뀌어 등장한다.

뮤지컬 영화 「시카고」는 앞서 만들어진 두 편의 영화 대신 무대 뮤지컬을 각색한 것이다. 그렇기 때문에 등장인물과 내러티브 측면에서 두 작품은 거의 동일하다. 비록 유성 영화가 뮤지컬 형식을 띠고 있기는 하지만, 두 영화보다 더 직접적으로 1930~40년대의 초창기 뮤지컬의 내러티브 전통에 맞닿아 있는 것은 무대 뮤지컬이다. 이를 고려하면, 영화 「시카고」가 같은 장르에 속하는 1927년의 무성 영화나 1942년의 유성 영화를 따르지 않은 것은 이 영화가 할리우드 뮤지컬 영화의 내러티브 전통을 계승하고 있다는 의미로 받아들일 수 있다. 무엇보다도 백스테이지 멤버를 주인공으로 삼고 있다는 점에서 그러하다. 주인공인 록시 하트는 뮤지컬 넘버 '록시'에서 자기 꿈이 스타라고 외치며 악착같이 성공하려 한다는 점에서 백스테이지 뮤지컬 영화의 주인공들의 후계자이다. 뮤지컬 영화사에서 중요한 위치를 차지하고 있는 1933년 작 「42번가」와 「1933년의 황금광들」은 전형적인 백스테이지 뮤지컬의 공식을 공고히 한 작품으로 평가받고 있다.17) 이 영화의 주인공들은 내러티브의 끝부분에서 스타가 되고 남자 주인공과의 애정에도 성공한다. 이들과 마찬가지로 록시는 자신이 그토록 갈망하던 스타의 자리에 오른다. 무명의 코러스 멤버에서 벨마와 함께 당당하게 자신

---

17) 토마스 샤츠, 한창호·허문영 공역(1995), 앞의 책, 295면.

의 이름을 내걸고, 그것도 자신의 우상인 벨마의 이름보다 앞에 자신의 이름을 내걸고, 대중들의 열화와 같은 성원을 받게 된 것이다.

무명의 주인공이 스타가 되는 내러티브로 구성되어 있음에도, 뮤지컬 영화 「시카고」는 백스테이지 뮤지컬 영화는 아니다. 이 영화에서 불리는 대부분의 뮤지컬 넘버들이 주인공을 비롯한 여러 인물들의 내러티브와 밀접하게 관련되어 있기 때문이다. 물론 첫 장면에서 벨마가 무대에서 다른 무용수들과 함께 보드빌 쇼를 하는 중에 춤을 추면서 부르는 「올 댓 재즈(All That Jazz)」처럼 뮤지컬 넘버와 그에 따른 춤이 순전히 공연 자체만을 위한 것도 있다. 하지만 대부분의 뮤지컬 넘버와 춤은 인물의 성격을 설명하거나 인물이 겪은 사건을 상징적으로 보여 주는 등 내러티브의 진행과 밀접하게 관련된 것이다. 이런 점에서 이 뮤지컬 영화는 통합 뮤지컬의 속성을 강하게 드러내고 있는데, 관객들이 공연이라는 비현실적 또는 환상적 세계에 매몰되지 않도록 하기 위하여 많은 경우 공연 장면과 현실의 장면을 교차 편집하여 보여 주고 있음이 특징적이다.[18] 이는 1942년의 유성 영화에서 진저 로저스가 담당한, 처음부터 춤을 잘 추는 것으로 설정된 인물이 길게 공연을 하는 점

---

18) 조혜영은 이 영화가 현실과 판타지를 교차 편집하여 인물의 심리를 표현하면서 뮤지컬 형식은 주로 판타지 속에서 사용하는데, 그 판타지는 현실에 대한 상징성을 내포하고 있다고 보았다. 조혜영(2003), 앞의 글, 352면.

과 뚜렷이 구별된다. 다시 말해, 뮤지컬 영화「시카고」는 과거의
통합 뮤지컬 영화가 추구하던 내러티브와 공연의 결합이라는 과제
를 이어받아 두 요소를 자연스럽게 연결하고 있는 것이다. 그래서
인물이 말을 하다가 노래하고 춤을 추는 장면이 나오더라도 그 장
면들은 최대한 튀지 않게 보이는 효과를 내고 있다.

4. 스타 시스템의 활용과 촬영 기법의 계승

뮤지컬 영화가 본격적으로 만들어지기 시작하던 1930년대 중반
이후에는 춤과 노래 실력을 겸비한 프레드 아스테어(Fred Astaire),
진저 로저스, 진 켈리(Gene Kelly), 주디 갈랜드(Judy Garland) 등이
대거 등장하였다. 이러한 유명 스타에 의존하는 스타 시스템은 이
후 뮤지컬 영화를 이끌어 간 주요한 요소로 자리 잡는다. 뮤지컬
영화「시카고」역시 화려한 출연진을 자랑한다. 이 영화에서 춤과
노래 실력을 마음껏 뽐내는 르네 젤위거(Renée Zellweger), 캐서린
제타존스(Catherine Zeta-Jones), 리처드 기어(Richard Gere)는 이 영화의
제작을 위해 자진해서 출연료를 낮추기도 하였다.[19] 이들 중에 캐
서린 제타존스는 아카데미 여우 조연상을 수상하였다. 이들은
1942년의 유성 영화에 출연한 진저 로저스처럼 뛰어난 춤 실력을

19) 민경원(2013),『뮤지컬 영화』, 커뮤니케이션북스, 320면.

갖춘 배우도 아니고 브로드웨이에서 활동하는 전문 뮤지컬 배우는 아니지만, 그 이름만으로도 관객들이 한 번쯤 주목하게 되는 스타들이다. 스타는 관객의 입장에서 보면 욕망의 대상이지만, 제작자의 입장에서 보면 상업적 성공을 보장하는 돈벌이 도구이다.[20] 이처럼 할리우드의 유명 현역 배우를 대거 동원한 점은 이 영화 역시 이러한 스타의 역할에 크게 의지하고 있음을 말해 주는 좋은 증거이다. 한편, 스타 배우 중에서 리처드 기어는 법정 시퀀스에서 탭댄스를 추는데, 이 춤 역시 과거의 뮤지컬 영화로부터 물려받은 유산이다.[21]

스타 시스템과 더불어 이 영화는 촬영 기법 면에서도 초창기의 뮤지컬 영화를 계승하고 있다. 뮤지컬 영화 특유의 촬영 기법을 고안해 낸 사람은 브로드웨이에서 활동하다가 1930년에 워너브라더스로 옮긴 버스비 버클리(Busby Berkeley)이다. 그는 <그림 1>처럼 무대 전면에 고정되어 있던 카메라를 <그림 2>처럼 자유롭게 이동시킴으로써 새로운 화면을 만들어내는 데 성공한다. 또한 「각광행진(light parade)」의 한 장면인 <그림 3>처럼 '버클리 톱 쇼트(Berkeley top shot)'이라고 불리는 극단적인 하이 앵글 오버헤드 쇼

---

20) Jill Nelmes(Ed.)(2007), Introduction to film studies(4th edition), London, U K. : Routledge, p.129.
21) 빠른 템포로 리듬을 타며 탭댄스를 추는 리처드 기어의 구두를 보여 줌으로써 그의 계산된 전략은 극적 효과를 증폭시킨다고 보는 견해도 있다. 이숙영(2011), 앞의 글, 144면.

트를 이용하여 군무를 추는 무용수들을 꽃이나 도형 같은 다양한
패턴으로 보이도록 하는 화면을 창조한 바 있다.22) 그뿐만 아니라
역동적으로 움직이는 카메라를 이용하여 뮤지컬 넘버를 촬영함으
로써 춤을 추는 배우들의 몸을 다양한 방식으로 담아내기도 한다.
이러한 촬영 기법은 무대 뮤지컬과 구별되는 뮤지컬 영화만의 독
특한 특징으로 자리 잡게 된다.

〈그림 1〉　　　　　　〈그림 2〉　　　　　　〈그림 3〉
「재즈 싱어」(1927)　　「42번가」(1933)　　「각광 행진」(1933)

후대의 다른 뮤지컬 영화와 마찬가지로 뮤지컬 영화 「시카고」는
버스비가 확립한 촬영 방법을 이어받는다. <그림 3>과 같은 극단
적인 하이 앵글 오버헤드 쇼트를 사용하지는 않지만, <그림 6>처
럼 지미집이나 크레인 등을 이용하여 과거의 뮤지컬 영화와 유사
한 하이 앵글 쇼트를 촬영하여 배치하였다. 뮤지컬 넘버가 공연되

---

22) 배리 랭포드, 방혜진 역(2010), 앞의 책, 152면. 이지선은 이러한 화면들을
　　가리켜 "카메라가 다리 사이를 오가며 여성 다리를 탐닉하는 듯한 장면" 또
　　는 "만화경을 들여다보는 것 같은 이미지"라고 표현하였다. 이지선(2014), 앞
　　의 글, 77면.

는 동안 계속되는 춤은 다양한 각도에서 촬영되어 관객의 눈을 즐겁게 하여 준다. 춤의 속성이 율동에 맞추어 몸을 움직여 아름다움을 표현하는 것인데, 움직이는 카메라는 몸의 움직임을 더욱 역동적으로 나타내는 역할을 한다. 또한 <그림 4>의 롱 쇼트처럼 인물의 전신을 포착하는 쇼트로 움직임을 일정 시간 동안 연속적으로 보여 주는 전통적 기법도 일부 사용하였다. 이러한 촬영 기법은 한 사람 혹은 여러 사람이 춤을 추고 있는 광경을 눈으로 직접 보고 있는 듯한 느낌을 주기 때문에 초기 뮤지컬 영화에서부터 널리 사용된 것이다.

 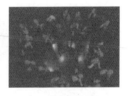

〈그림 4〉
「올 댓 재즈
(All that jazz)」

〈그림 5〉
「독방 탱고
(Cell block tango)」

〈그림 6〉
「록시
(Roxie)」

이 영화는 때때로 <그림 2>나 <그림 3>을 연상시키는 <그림 5>나 <그림 6>처럼 무용수들이 만들어내는 일정한 패턴을 보여 주기도 한다. 이처럼 뮤지컬 영화의 전통적 촬영 기법을 계승한 다양한 촬영 기법을 통하여 이 영화는 다채로운 화면을 구성하게 된다.

초기 뮤지컬 영화의 여러 가지 촬영 기법 가운데 이 영화가 창
조적으로 계승한 또 하나의 기법은 거울 쇼트이다. 초기 뮤지컬에
서 거울을 사용한 대표적인 예는 1932년에 촬영된 <그림 7>이다.
일반적으로 거울은 자신을 비추어 보는 매개체이다. 그래서 거울
을 바라보는 행위는 내면 성찰의 의미를 띨 때가 많다. 또한 <그
림 8>처럼 거울에 비친 다양한 모습은 등장인물의 다양한 면모를
나타내기도 한다. 이 뮤지컬 영화에서 거울 쇼트가 등장하는 장면
은 록시가 스타가 되기 위하여 희망찬 내일을 꿈꾸는 넘버 '록시'
를 공연하는 장면이다.

〈그림 7〉	〈그림 8〉	〈그림 9〉
「오늘 밤 나를 사랑해 주오(love me tonight)」(1932)	「상하이에서 온 여인(The lady from Shanghai)」(1947)	「록시(Roxie)」

그녀는 거울에 비친 자신의 모습을 보면서 자신의 과거를 되돌
아보고 꼭 스타가 되고 말거라는 다짐을 하는데, 여기서 거울은 그
의 내면을 비추어 주는 자기 반영의 도구라고 할 수 있다. 거울의

또 다른 역할은 시점을 중복시켜 관객에게 복합 시점의 존재를 암시하고,[23] 화려하며 다채로운 화면을 제공해 준다는 점이다. 대체로 거울이 많을수록 그 효과는 복잡해지는 경향이 있는데, 이 영화에서도 전통적인 삼면거울을 비롯하여 <그림 9>에 나오는 것처럼 아주 많은 수의 거울이 동원되기도 한다. 이 장면을 보는 관객들은 거울에 비친 대상의 크기가 비슷한 <그림 7>보다는 덜하지만, 자신이 앉은 위치에 대하여 약간의 혼란을 겪게 된다. 또한 여러 명의 무용수가 춤을 추는 것 같은 착각을 불러일으키는 효과를 맛보게 된다. 이와 같이 거울로 인하여 화면이 분할되는 것 역시 무대 뮤지컬과는 뚜렷히 구분되는 뮤지컬 영화만의 특성이다.

5. 변화를 위한 새로운 요소들의 도입

오늘날의 관객들은 예전에 비하여 빠른 화면 전환을 선호하는 편이다. 특히 배우의 동작이 빠른 장르일수록 그 동작에 맞추어 빠른 템포로 화면이 전환되는 경우가 많다. 뮤지컬 영화는 배우가 춤을 추기 때문에 동작이 빠른 편이다. 그래서 현대 뮤지컬 영화에서는 롱 테이크보다는 몽타주에 가까운 화면 전환이 대세를 이루고

---

23) 조엘 마니, 김호영 역(2007), 『시점 : 시네아스트의 시선에서 관객의 시선으로』, 이화여자대학교출판부, 82면.

〈그림 10〉「요즈음(nowadays)」

있다. 앞서 언급한 것처럼, 뮤지컬 영화는 대체로 초기부터 뮤지컬 넘버가 공연되는 장면을 롱 쇼트로 이용하여 롱 테이크로 찍었다. 하지만 무대 뮤지컬과 차별되는 특성을 갖추는 과정에서 롱 테이크로 처리하지 않고도 얼마든지 춤추는 화면을 효과적으로 관객들에게 전달할 수 있다는 것이 알려지게 되었다. 이러한 흐름에 기름을 부은 것은 MTV의 존재이다. MTV에 나오는 뮤직비디오는 뮤지컬 영화와 비슷한 측면이 많다. 노래는 두 장르 모두에 공통적인 요소이고, 댄스곡의 뮤직비디오에는 춤도 자주 등장하기 때문이다. 이로 보면, 뮤직비디오는 뮤지컬 영화의 경쟁자라고 해도 큰 무리가 없을 듯하다.

1981년 8월 1일에 첫 방송을 시작할 때 케이블 TV와 위성 방송을 통하여 전 세계에 송출된 MTV의 첫 이미지가 아폴로 11호의 달 착륙 장면의 '몽타주'였다는 사실은 의미심장하다. MTV가 처음부터 빠른 화면 전환을 선호하였다는 것을 말해 주기 때문이다. 새로운 경쟁자, 즉 음악의 비트에 맞추어 화면이 빠르게 전환되는 뮤직비디오에 맞서기 위하여 같은 시대의 뮤지컬 영화도 전통적인 롱 쇼트와 롱 테이크를 버리고 다양한 쇼트로 구성된 프레임과 빠른 화면 전환을 추구하기 시작하였다. 그 대표적인 예가 바로 1983년에 제작된 에이드리언 라인 감독의 「플래시댄스(flashdance)」이다. 이 영화에는 디스코(disco), 신스팝(synthpop), 포스트디스코(postdisco), 브레이크 댄스(break dance)와 같은 빠른 템포의 춤곡들이 대거 등장한다. 이러한 음악이 나올 때 추는 춤도 격렬하기 때문에 화면도 MTV와 구분하기 힘들 만큼 빠른 템포로 편집되어 관객에게 다가가게 된다.

뮤지컬 영화 「시카고」는 「플래시댄스」가 열어 놓은 이러한 길을 과감하게 수용한 작품이다. 어떤 뮤지컬 넘버도 과거의 뮤지컬 영화에서처럼 롱 쇼트와 롱 테이크만으로 구성되어 있지 않다. MTV 못지않게 클로즈업(close-up)부터 익스트림 롱 쇼트(extreme long shot)에 이르는 다채로운 쇼트로 교차 편집되어 있으며, 장면의 전환도 음악만큼이나 빠르게 진행된다. <그림 10>은 이 영화의 하이라이트인 마지막 무대 공연 장면들을 캡처한 것으로, 1분 30초 정도의 길이를 가진 영상이다. 이 안에는 실로 다양한 쇼트가 들어 있다. 처음에 체스트(chest) 쇼트로 시작된 화면은 바로 롱 쇼트로 바뀌고, 어느새 공중에서 내려오는 조명이 비칠 때는 익스트림 롱 쇼트로 바뀐다. 다시 뒷배경이 전환되면서 프레이밍(framing) 높이도 미디엄(medium) 쇼트로 변경되었다가 롱 쇼트를 거쳐 체스트 쇼트로 변경된다. 의상의 변화에 따라 조명도 파란 색 계통의 빛에서 빨간 색 계통의 빛으로 바뀌고 배경도 막이 내려오면서 변경된다. 이처럼 이 영화는 MTV의 영향을 받은 현대적 편집 기법을 과감하게 적용하여 관객들로부터 호응을 얻었다.

이 영화가 도입한 또 다른 새 요소로 란제리에 가까운, 끈만 달린 검은색 또는 은색의 반짝이면서 찰랑거리는 민소매 원피스나 빨간 색 계통의 브래지어, 팬티, 가터벨트만 착용한 과감한 의상도 들 수 있다. 이러한 의상을 부각시키기라도 하듯 카메라는 자주 클로즈업을 통하여 춤추는 여성의 몸을 보여 준다. 원래 1920년대 무성 영화부터 주인공의 다리를 보여 주어 배심원들의 마음을 빼앗는 것이 이 영화의 중요한 요소이었기 때문인지는 몰라도, 이 영화는 여성의 몸에 대한 약간의 관음증적 성격을 담은 화면을 과감하게 보여 준다.[24] 무대 뮤지컬에서도 이러한 의상을 착용하고 공

---

24) 록시와 벨마 역을 맡은 두 여배우는 각각 순수하고 신비한 여성의 이미지와 성적 매력이 넘치고 잔인성을 지닌 이미지를 이용하였는데, 이를 표현하기 위하여 눈두덩이에 짙은 스모키 메이크업과 윤곽만 살린 자연스러운

연을 진행할 수 있지만, 그것은 카메라가 클로즈업을 통하여 관객의 눈앞에 보여 주는 것과는 비교 대상이 되지 못한다. 과거의 영화들에서는 여성의 몸을 통하여 남성들로만 구성된 배심원 제도를 풍자하였지만, 이 영화는 그런 측면을 상실한 채 여성의 몸을 보여 주는 데 좀 더 치중하고 있는 점은 지적해 두어야 한다.

한편, 이 영화에서 빌리가 언론인들을 기만하는 '우리 둘 다 총을 향해 손을 뻗었어요(We Both Reached for the Gun)'라는 제목의 뮤지컬 넘버는 꼭두각시 인형극 형식을 빌린 춤을 통하여 표현된다. 이는 뮤지컬 영화라는 장르적 한계에 머무르지 않은 창의적 발상에서 비롯된 것이라고 할 수 있을 것이다. 이와 같은 춤 장면은 빌리가 매수한 선샤인(sunshine) 등의 기자들이 권력의 도구임을 잘 표현하고 있으며,[25] 록시 역시 그에 의하여 조종되는 인물임을 극명하게 드러내고 있다. 이밖에 록시가 임신했다는 말에 아빠가 될 꿈에 부풀었던 에이머스가 기자 회견장에 달려갔으나, 아무도 그를 알아보지 못하자 실망하여 부르는 뮤지컬 넘버 '미스터 셀로판(Mister Cellophane)' 공연 장면에서 에이머스는 스스로 광대 분장을 하면서 노래와 춤을 선보인다. 그가 추는 춤은 우스꽝스러운 춤사위로 이루어진 광대 춤이다. 이 역시 뮤지컬 영화에서 쉽게 볼 수 없는 것으로, 이 영화에서 찾아볼 수 있는 새로운 요소라고 할 수

메이크업을 이용하였다. 박정혜(2006), 앞의 논문, 103면.
25) 이숙영(2011), 앞의 글, 144면.

있다.

6. 결론을 대신하여

지금까지 이 글에서는 21세기 들어 뮤지컬 영화 붐이 일어나는
데 결정적 역할을 한 뮤지컬 영화 「시카고」가 할리우드 뮤지컬 영
화의 전통을 어떻게 계승하고 혁신하였는가를 살펴보았다. 이 뮤
지컬 영화는 1927년과 1942년에 만들어진 두 편의 영화보다는
1975년에 만들어진 무대 뮤지컬의 내러티브를 대폭적으로 수용하
여 만들어진 작품이다. 백스테이지 멤버를 주인공으로 삼고 있다
는 점, 그 주인공이 끝내 성공하여 공연을 한다는 점에서 이 영화
는 초기 백스테이지 뮤지컬의 전통을 이어받고 있다. 뮤지컬 넘버
와 관련하여, 이 영화 속의 많은 넘버와 춤이 내러티브와 밀접하게
관련을 맺고 있는 통합 뮤지컬 영화적 성격을 지니고 있다. 이는
공연 장면과 현실 장면의 교차 편집을 통해 더욱 뚜렷해진다. 한편
초기 뮤지컬 영화와 마찬가지로 이 영화는 스타 시스템에 의존하
고 있는데, 이는 할리우드의 유명 배우를 대거 캐스팅한 것을 통해
증명된다.

이 영화가 이룩한 할리우드 뮤지컬 영화의 전통 계승은 버스비
버클리가 확립한 촬영 방법을 원용하는 데서도 드러난다. 버스비

는 움직이는 카메라를 이용하고 하이 앵글 쇼트를 자주 사용하였으며, 롱 쇼트와 롱 테이크로 춤추는 장면의 역동성을 보여 주었다. 이 영화에서는 이와 같은 버스비의 전통적 촬영 방법을 적극적으로 이용하였다. 또한 초기 영화에서 사용한 거울 쇼트도 수용하여 다양한 효과를 거두었다.

한편, 이 영화가 할리우드의 뮤지컬 영화 전통을 따르지 않고 새로이 도입한 요소로는 다양한 쇼트와 빠른 장면 전환을 들 수 있다. 이는 시대의 변화에 따른 관객층의 기호에 부합하려는 노력의 일종으로 평가할 수 있을 것이다. 과감한 의상이나 여성의 몸에 대한 탐닉, 꼭두각시 인형극 형식의 차용, 우스꽝스러운 광대 춤의 도입 등도 이 영화가 받아들인 새로운 요소로 꼽힌다. 이 영화는 이러한 요소를 통하여 오늘날의 관객 취향을 만족시킬 수 있었고, 결과적으로 작품성과 상업성 양면에서 크게 성공할 수 있었다.

이상에서 살펴본 뮤지컬 영화 「시카고」는 뮤지컬 영화 제작, 나아가 영화 제작 일반에서 전통의 창조적 계승이 어떤 방식으로 이루어져야 하는지에 대한 시사점을 던져 준다. 무엇보다도 장르 자체가 생명을 지닌 유기체처럼 시대에 따라 변화를 겪을 수밖에 없음을 염두에 두어야 하며, 바로 이러한 점 때문에 전통을 무작정 답습하는 것은 지양되어야 한다는 점을 알려 준다. 또한 시대적 변화, 특히 관객의 취향에 맞는 요소를 과감하게 도입하는 것이 필수

불가결하다는 점도 알려 주고 있다. 영화의 여러 측면 중에서 산업적 측면은 결코 가벼이 여길 수 없는 것인데, 이 산업적 측면을 떠받드는 기초가 바로 관객이기 때문이다. 오늘날 우리 영화의 현실은 뮤지컬 영화가 활성화하지 못하고 있다. 앞으로 「시카고」의 예를 통하여 알게 된 여러 가지 사실을 바탕으로 우리나라에서도 뮤지컬 영화 제작이 활발해지기를 기대해 본다.*

---

* 출전 : 「할리우드 뮤지컬 영화의 전통과 혁신」, 『우리춤과 과학기술』 33, 우리춤연구소, 2016.05.

저서 및 논문

· 저서

1. 『한설야 단편 선집』 1~3, 김외곤 편, 태학사, 1989.

2. 『해방공간의 비평문학』 1~3, 송기한·김외곤 공편, 태학사, 1991.

3. 『한국 근대 리얼리즘 문학 비판』, 김외곤, 태학사, 1995.

4. 『한국 언어문화의 이해』, 김외곤·최지현 공저, 도서출판 역락, 2000.

5. 『임화 전집 1 : 시』, 김외곤 편, 박이정, 2000.

6. 『임화 전집 2 : 문학사』, 김외곤 편, 박이정, 2001.

7. 『문학과 문화의 경계선에서』, 김외곤, 새물결, 2002.

8. 『한국 현대 소설 탐구』, 김외곤, 도서출판 역락, 2002.

9. 『만화 문화유산 탐험대』 2, 김외곤·에듀코믹, 픽셀즈, 2006.

10. 『방송 광고와 광고비평』, 김병희·김영순·김외곤·마정미·배진환 공저, 나남, 2006.

11. 『한국 문학과 문화의 상상력』, 김외곤, 글누림출판사, 2009.

12. 『한국 근대 문학과 지역성 : 충청북도의 근대문학』, 김외곤, 도서출판 역락, 2009.

13. 『임화 문학의 근대성 비판』, 김외곤, 새물결출판사, 2009.

14. 『얀이 들려주는 하늘에서 본 지구 이야기』 1, 얀 아르튀스 베르트랑·김외곤·안광국, 황금물결, 2010.

16. 『얀이 들려주는 지구의 미래』, 얀 아르튀스 베르트랑·김외곤·안광국, 황금물결, 2010.

17. 『얀이 들려주는 하늘에서 본 지구 이야기』 2~3, 얀 아르튀스 베르트랑·김외곤, 새물결, 2013.

• 논문

1. 「구세대의 전쟁문학에 나타난 중립적 시각과 윤리의식」, 한국학보 16, 일지사, 1990.
2. 「전후세대의 의식과 그 극복 - 박경리론」, 문학사와 비평 1, 문학사와 비평학회, 1991.
3. 「〈대하〉와 〈동맥〉에 나타난 개화사상과 개화 풍경」, 한국현대문학연구 1, 한국현대문학회, 1992.
4. 「임화의 비평론과 생활세계의 인식」, 호서어문연구 3, 호서대 국어국문학과, 1995.
5. 「1930년대 후반 창작방법론에 미친 외국 이론의 영향(1)」, 한국현대문학연구 4, 한국현대문학회, 1995.
6. 「임화의 소설론과 생활세계의 인식」, 한국학보 21, 일지사, 1995.
7. 「새로운 소설론의 모색을 위하여」, 한국현대문학연구 5, 한국현대문학회, 1997.
8. 「포석 조명희의 문학과 근대성」, 호서문화논총 11, 서원대 호서문화연구소, 1997.
9. 「김남천 문학에 나타난 주체 개념의 변모 과정 연구」, 한국현대문학연구 5, 한국현대문학회, 1997.
10. 「남북한 현대 소설사의 비교」, 현대소설연구 7, 한국현대소설학회, 1997.
11. 「현대 소설에 나타난 교사와 학생상」, 인문과학연구 7, 서원대 인문과학연구소, 1988.
12. 「민족문학론의 근대성에 대한 비판적 연구 - 임화의 논의를 중심으로」, 한국현대문학연구 6, 한국현대문학회, 1998.
13. 「조벽암 문학 연구」, 호서문화논총 13, 서원대 직지문화산업연구소, 1999.
14. 「임화의 '신문학사'와 오리엔탈리즘」, 한국문학이론과 비평 5, 한국문학이론과 비평학회, 1999.
15. 「소설 작품 속의 다양한 타자」, 서원대 미래창조연구원 학술대회지, 서원대 미래창조연구원, 1999.
16. 「홍구범 소설 연구」, 호서문화논총 14, 호서대 호서문화연구소, 2000.
17. 「1930년대 후반 임화의 문학론 재론」, 현대문학이론연구 13, 현대문학이론학회, 2000.

18. 「임화의 문학 비평과 미술 비평의 관련성」, 인문과학연구 9, 서원대 인문과학연구소, 2000.

19. 「사이버 소설의 문학적 의미와 기능」, 한국현대문학연구 8, 한국현대문학회, 2000.

20. 「〈임꺽정〉과 한국 근대문학」, 호서문화논총 15, 서원대 호서문화연구소, 2001.

21. 「조명희 문학의 근대성」, 서원대 미래창조연구원 학술대회지, 서원대 미래창조연구원, 2001.

22. 「독서력 향상을 위한 학교 교육의 방향」, 교육발전 21, 서원대 교육연구소, 2002.

23. 「김기진의 문학 활동 연구」, 호서문화논총 17, 서원대 호서문화연구소, 2003.

24. 「사이버 문학과 국어교육」, 국어교육학연구 17, 국어교육학회, 2003.

25. 「임화의 초기 문학 활동 연구」, 인문과학연구 12, 서원대 인문과학연구소, 2003.

26. 「단재 신채호 문학의 민족성과 근대성」, 호서문화논총 18, 서원대 직지문화산업연구소, 2004.

27. 「박태원의 〈천변풍경〉과 근대 도시 경성」, 성심어문논집 26, 성심어문학회, 2004.

28. 「한일 문학인의 만주 기행 비교」, 학술대회, 만주학회, 2004.

29. 「식민지 문학자의 만주 체험」, 한국문학이론과 비평 24, 한국문학이론과 비평학회, 2004.

31. 「만주와 한국 문학」, 학술대회, 만주학회, 2004.

32. 「이병주 문학과 학병 세대의 의식구조」, 지역문학연구 12, 경남부산지역문학회, 2005.

33. 「한국 문화유산의 스토리텔링 적용 연구」, 과학과 문화 3, 서원대 미래창조연구소, 2006.

34. 「1920~30년대 한국 근대 소설의 영화 수용과 변모 양상」, 한국문학이론과 비평 32, 한국문학이론과 비평학회, 2006.

35. 「1930년대 프랑스 영화 〈무도회의 수첩〉의 수입과 그 영향」, 우리춤과 과학기술 4, 우리춤연구소, 2007.

36. 「김남천의 프랑스 시적 리얼리즘 영화 수용 연구」, 한국문학이론과 비평 36, 한국문학이론과비평학회, 2007.

37. 「대중문화에 의해 호명된 주체의 의미 투쟁」, 씨네포럼 9, 동국대 영상미디어센터,

2008.

38. 「교실 바깥에서의 고전 읽기 현상 - 문화산업의 콘텐츠로서 고전 읽기 현상」, 독서연구 19, 한국독서학회, 2008.

39. 「할리우드 뮤지컬 영화 장르와 도그마 영화감독의 만남」, 김외곤·육상효, 우리춤과 과학기술 10, 우리춤연구소, 2009.

40. 「발레를 통해 드러난 몸의 사회학」, 우리춤과 과학기술 12, 우리춤연구소, 2010.

41. 「심훈 문학과 영화의 상호텍스트성」, 한국현대문학연구 31, 한국현대문학회, 2010.

42. 「신병 훈련소에서 셰익스피어 가르치기」, 고전문학과 교육 21, 한국고전문학교육학회, 2011.

43. 「뮤직비디오 시대 세 가지 춤의 사회 문화적 의미-에이드리언 라인 감독의 「플래시댄스」를 중심으로」, 우리춤과 과학기술 22, 한양대 우리춤연구소, 2013.

44. 「판소리의 영화화 과정에 나타난 문제점-임권택의 〈춘향뎐〉을 중심으로」, 고전문학과 교육 26, 한국고전문학교육학회, 2013.

45. 「무용가 이미라 연구」, 김외곤·김운미, 무용역사기록학 30, 무용역사기록학회, 2013.

46. 「2인칭 서술이 작품의 수용에 미친 영향」, 한국현대문학연구 40, 한국현대문학회, 2013.

47. 「할리우드 뮤지컬 영화의 전통과 혁신-롭 마셜 감독의 「시카고」를 중심으로」, 우리춤과 과학기술 33, 한양대 우리춤연구소, 2016.